KB046282

분리된 평화

존 놀스 지음

신소희 옮김

A SEPARATE PEACE

문예출판사

A SEPARATE PEACE

by John Knowles

베아와 짐에게
감사와 사랑을 담아

• 옮긴이 주는 〔 〕로 표시했습니다.

1

데번을 다시 찾아간 뒤로 그리 많은 시간이 지나진 않았다. 이상하게도 그곳은 내가 학생으로 있던 15년 전보다 더 새롭게 느껴졌다. 내 기억보다 더 차분하고, 더욱 수직적이며 꽉 짜인 분위기, 더 좁은 창문과 마치 잘 보존하기 위해 사방에 광택제를 한 겹 씌운 것처럼 더 반들거리는 목재들. 하지만 물론, 15년 전 우리는 전쟁 중에 있었다. 어쩌면 당시 학교가 잘 관리되지 못했던 것인지도 모른다. 어쩌면 광택제 또한 다른 사물들과 마찬가지로 전장에 나가 있었던 것일지도 모른다.

반들거리는 이 새로운 나무 바닥이 썩 마음에 들진 않았다. 그 때문에 학교는 마치 박물관처럼 느껴졌다. 그것은 내게 정확한 사실이었지만, 내가 원하지 않는 현실이기도 했다. 깊고 암묵적이며 감정이 이성보다도 강해지는 모종의 방식으로, 내게 데번 학교는 내가 들어온 날 존재하게 되었으며, 학생으로 있던 동안 생동하며 실재했고, 내가 떠난 날에 촛불처럼 꺼져버린 그런 장소였다.

하지만 지금 여기에 그곳이 있다. 광택제와 왁스의 섬세한 손길로 보존된 채. 이와 함께 보존되어 있는 것은, 닫혀 있는 방 안의 텁텁한 공기처럼 그 나날들을 둘러싸고 꽉 채웠던 익숙한 두려움, 너무도 짙어서 나로서는 아예 감지하지도 못했던 두려움이다. 두려움이 없는 상태라는 것을 한 번도 알거나 느껴보지 못했던 나는, 두려움의 존재 역시 인식할 수 없었던 것이다.

15년 세월을 거슬러 뒤돌아보면서, 내 삶을 에워싸고 있던 그 두려움을 나는 이제 명확히 알아차릴 수 있다. 이는 다시 말해 그동안 내가 무척 중요한 임무를 성취해냈다는 의미일 것이다. 나는 두려움에서 벗어나고야 만 것이다.

두려움의 메아리를 나는 느낀다. 또한 불안정하고 억누를 수 없는 기쁨도 솟구쳐온다. 두려움의 동반자이자 그 이면, 이따금씩 어두운 하늘을 가로지르는 오로라처럼 그 나날들을 환히 밝혀주었던 기쁨이.

학교에서 가보고 싶은 두 곳이 있었다. 양쪽 다 두려운 장소들이지만, 그렇기 때문에 가보고 싶었던 것이니까. 데번 여관에서 점심을 든 후 나는 걸어서 학교로 돌아갔다. 11월 말에 가까운, 일 년 중에서도 스산하고 모호한 시기였다. 뭔가 추적거리며 자기 연민에 젖게 되는 11월의 하루, 먼지 하나도 유난히 눈에 밟히는 그런 날이었다. 다행히 데번에서 이런 날씨는 매우 드문 편이었다. 오히려 얼음 같은 손길로 조이는 듯한 겨울날, 혹은 뉴햄프셔답게 작렬하는 여름날이 더 데번다웠다. 하지만 그날은 유독 축축하고 우울한 바람이 내 주위로 몰아치고 있었다.

나는 길먼 거리를 따라 걸었다. 그 동네 최고의 번화가. 건물들은 당당하고 독특한 것이 내 기억 속 그대로였다. 교묘하게 현대적으로 개조한 옛 식민지 시절의 목사관들, 증축한 빅토리아시대의 목조 주택, 드넓은 신고전주의 양식의 교회들이 길가에 늘어서 있어 예전과 다를 바 없이 인상적이면서도 위압적이었다. 그 건물들로 들어가는 사람이나 잔디 위에서 노는 아이는 좀처럼 보이지 않았고, 심지어 열린 창문조차도 드물었다. 이제 낙엽이 진 담쟁이덩굴, 애도하듯 줄기만 앙상한 나무들 때문에 건물들은 그 어느 때보다도 장엄하면서도 죽은 것처럼 보였다.

오래된 명문 학교들이 으레 그러하듯, 데번은 담장과 대문 뒤에 고립되어 있지 않고 그 학교를 낳은 마을에서 자연스럽게 솟아 나오듯 위치해 있었다. 그래서 내가 그곳에 가까워지는 동안에도 갑작스러운 조우의 순간 같은 건 없었다. 길면 거리를 따라 선 건물들이 점점 더 방어적인 느낌을 주면 이는 학교가 멀지 않다는 의미였고, 나아가 건물들이 점점 낡은 듯해 보이면 어느새 교내에 들어온 것이었다.

이른 오후였고, 교정과 건물들은 텅 비어 있었다. 모두 체육 수업을 들으러 간 것이다. 아무런 방해도 받지 않고, 나는 '변방 광장'이라고 불리던 널따란 공터를 가로질러 걸어가 한 건물에 이르렀다. 다른 주요 건물들과 마찬가지로 붉은 벽돌로 안정감 있게 지은, 하지만 둥근 지붕이 달린 큰 탑과 종, 시계가 있으며 현관 위에 라틴어 문구가 적힌 곳이었다. 즉 학교의 본관이다.

나는 자동문을 통과해 대리석 홀에 이르렀고, 위로 길게 뻗은 흰 대리석 계단 아래에 멈춰 섰다. 오래된 계단이었지만, 단 가운데마다 반달 모양으로 닳은 시간의 흔적은 그렇게 심하진 않았다. 대리석이 어지간히 견고한 모양이었다. 지극히 이곳다운 모습이었다. 어쩌면 지나치게 이곳다워서인지, 이 계단을 그렇게 많이 생각했는데도 이 유난한 견고함은 기억에 남아 있지 않았다. 그처럼 의미심장한 사실을 내가 간과했다니 놀라운 일이었다.

그 밖에는 딱히 눈에 띈 것이 없었다. 계단은 데번에 있던 시절 매일 적어도 한 번씩 오르내렸던 모습 그대로, 예전과 똑같았다. 그런데 나는? (문득 나는 스스로를 정서적으로 되짚어보며, 나의 회복이 얼마나 오래 전이었는지 새삼 환기하고 있었다) 물론 나이가 들긴 했고 계단에 비해 상대적으로 키도 몸집도 자랐다. 돈도 벌었고 성공도 했고, 유령들과 함께 계단을 오르내리는 것처럼 느껴졌던 그 시절에 비해 '안정적'인 사람이 되었다.

나는 돌아서서 밖으로 나왔다. '변방 광장'은 여전히 텅 비어 있었고, 나는 홀로 널따란 자갈길을 따라 걸었다. 가장 공화당적이고 은행가스러운 나무, 교정 저 끝까지 늘어서 있는 뉴잉글랜드 느릅나무들 사이로 난 길을.

데번은 종종 뉴잉글랜드에서 가장 교정이 아름다운 학교로 꼽히곤 했는데, 그날처럼 음울한 오후에도 그 아름다움은 뚜렷이 느낄 수 있었다. 그것은 공간 하나하나가 이루는 체계의 아름다움이었다. 넓은 광장, 나무 군락, 엇비슷한 기숙사 건물 세 채, 빙 둘러선 오래된 건물들, 이 모두가 긴장된 조화 속에 공존하고 있었다. 언제라도 분쟁이 시작될 것 같은 분위기였고, 실제로 시작된 모양이었다. 식민지 양식 그대로인 학장의 사택에서, 이제는 크고 횅한 통유리 창이 달린 L자형 별채가 뻗어 나와 있었으니까. 언젠가는 학장이 완전히 유리로만 지어진 집 안에서 수조 안의 도요새만큼 만족스럽게 지낼 날도 오지 않을까. 데번의 모든 것이 서서히 변해가며, 이전에 사라진 것들과 서서히 조화를 이루고 있었다. 그러니 이런 희망을 품는 것도 당연한 일이었다. 건물들과 학장과 수업 과정이 그럴 수 있다면 나 역시 그럴 수 있을 거라고, 어쩌면 이미 나 자신도 모르게, 이 같은 성장과 조화를 동시에 이루어냈는지도 모른다고.

내가 가보고 싶었던 두 번째 장소를 보고 나면 그 점에 대해 더 잘 알게 될 것이었다. 그래서 나는 안정감 있는 기숙사 건물들의 붉은 돌벽에 줄기만 앙상하게 들러붙은 담쟁이덩굴을 지나치고, 백 야드 정도 교정 안으로 파고들어온 마을의 버려진 구역을 통과하고, 이 시간대에는 학생들로 꽉 차 있을 텐데도 교정과 마찬가지로 비석처럼 조용하고 견고한 체육관 건물을 지나고, '수용소'라고 불리던 경기장 부속 건물을 지나서(지금 기억하건대 데번에서 처음 보낸 몇 주 동안 '수용소'라는 이름이 얼마나 신비롭게 언급되었던지, 나는 그곳이 분명 엄중한 처벌 장소일 것이라고 생각했다), 마침내 '운동장'이라고 불리던 드넓게 펼쳐진 공터에 이르렀다.

데번은 매우 학구적이면서도 매우 운동을 중시하는 곳이어서, '운동장'은 무척 넓었으며 지금 같은 계절만 빼고 일 년 내내 사용되었다. 지금 그곳은 진흙탕이 되어 내 앞에 공허하게 펼쳐져 있었다. 왼쪽에는 버려진 테니스장, 중앙에는 광대한 풋볼 및 라크로스 경기장, 오른쪽에는 숲, 그리고 맨 끝에는 좁다란 강이 있었지만, 이렇게 멀리서 보니 방죽을 따라 몇몇 벌거숭이 나무밖에 알아볼 수 없었다. 너무도 흐리고 습한 날이라 작은 육상 경기장이 있는 강 건너편은 아예 보이지 않았다.

나는 운동장을 가로질러 성큼성큼 걷기 시작했다. 제법 걸어 들어온 후에야 땅이 얼마나 질고 찐득거리는지 알아차렸다. 정장 구두가 완전히 더러워져 있었다. 하지만 나는 멈추지 않았다. 운동장 한가운데쯤 오니 진흙탕 물이 얕은 호수를 이루어 돌아서 가야만 했다. 형체를 알아볼 수 없게 된 내 구두는, 수렁에서 발을 들어 올릴 때마다 질척질척 민망한 소리를 냈다. 바람은 거칠 것 없이 몰아쳐 와 내게 축축한 습기를 뿜어냈다. 다른 때라면 나 자신이 그야말로 바보스럽게 느껴졌을 것이다. 이 진창과 비를 뚫고 질척거리며 걸어오다니, 그저 나무 하나를 보기 위해서.

강 위로는 살짝 물안개가 끼어, 그리로 다가가다 보니 마치 세상 모든 것에서 떨어지는 듯했다. 오직 강과 강가에 드문드문 선 나무들만이 내 곁에 있는 것 같았다. 이쪽에서는 바람이 더욱 끈덕지게 불어댔다. 추위가 몸에 스며들기 시작했다. 모자라곤 쓰는 일이 없었고, 장갑은 잃어버린 참이었다. 나무 몇 그루가 애처롭게 안개 속으로 가지를 뻗고 있었다. 그중 하나가 아마도 내가 찾는 나무일 것이었다. 놀랍게도 이곳에는 그 나무와 비슷하게 생긴 다른 나무들도 있었다. 내 마음속에서 그 나무는 강둑을 독차지하며 홀로 거대하게 솟아난 대못 같았고, 대포처럼 무시무시하고 잭의 콩나무만큼 높았었다. 하지만 여기와보니 이리저리 나무 군락들이 흩어져 있었고, 그중 어느 나무도 특출하게 거대하지는 않았다.

흠뻑 젖은 뻣뻣한 풀 줄기 사이로 걸어가며 나무들 하나하나를 꼼꼼히 살펴보던 나는 마침내 찾고 있던 나무를 알아보았다. 나무줄기를 따라 위로 뻗어나간 작은 흉터들, 그리고 강 위로 뻗은 가지와 그 곁에 자라난 좀 더 가는 가지 하나를 보고서였다. 이게 그 나무였다.

거기 서 있는 나무는 마치 유년기엔 거인 같았지만 몇 년 후 마주치면 작아져버린 사람들같이 보였다. 내가 자라서 상대적으로 작게 느껴지는 것뿐만 아니라, 늙어서 실제로 몸이 쪼그라든 사람들. 이 같은 이중의 격하로 인해, 당신이 다른 곳을 바라보는 동안 늙은 거인들은 난쟁이가 되어버린다.

나무는 단지 겨울 날씨로 인해 앙상해진 것이 아니라 늙어서 시들고 쇠잔하고 말라붙은 것처럼 보였다. 그런 나무를 본 것이 나는 정말, 정말로 기뻤다. **무언가가 그대로 남아 있을수록, 그것은 결국 더 변해버린다.** 변하지 않는 것은 없다. 나무도, 사랑도, 심지어 폭력에 의한 죽음조차도.

변해버린 나 또한 진창 속으로 다시 되돌아갔다. 온몸이 흠뻑 젖어 있었다. 누가 보더라도, 이제 그만 빗속에서 벗어나 되돌아갈 시간이었다.

나무는 거대했다. 분노에 찬 새까만 강철 첨탑처럼 강가에 우뚝 솟아 있었다. 거기 올라간다면 저주를 받을 것만 같았다. 이런 망할. 피니어스가 아닌 어느 누구도 그런 미친 생각을 떠올리지 못했을 거다.

물론 그 자신은 이 도전에 두려움이라고는 요만큼도 느끼지 못하고 있었다. 두렵지 않았든지, 혹은 두렵더라도 인정하지 않았든지. 피니어스는 그런 사람이었다.

"이 나무에서 제일 마음에 드는 점은 말이야." 그는 특유의 목소리로 말했다. 최면술사의 눈빛을 소리로 바꿔놓는다면 딱 그렇게 들릴 것이다. "그건 말이야, 올라가기가 아주 그냥 누워서 떡 먹기라는 거지!" 그는 녹색 눈을 크게 뜨고 특유의 미치광이 같은 표정으로 우리를 바라보았다. 큰 입가에 걸린 익살스런 히죽거림, 살짝 튀어나온 윗입술 모양만이 그의 정신이 온전하다는 것을 또렷이 보여주고 있었다.

"그게 제일 마음에 드는 점이라고?" 나는 신랄하게 대꾸했다. 그해 여름 나는 무척 많은 것을 비꼬는 말투로 얘기했다. 1942년 여름, 나의 냉소적 시절이었다.

"예압." 그는 대답했다. 그 괴상한 뉴잉글랜드식 맞장구(어쩌면 "예-업"이라고 쓰는 게 더 정확할지도 모르겠다)는 항상 날 웃게 만들었다. 피니도 그 사실을 알고 있었고, 그래서 나는 웃어야만 했다. 그러자 뭔가 덜 냉소적이고 또 덜 무서운 기분이 들었다.

거기에 함께 있던 다른 세 명도(그 당시 피니어스는 거의 항상 하키 팀을 꾸려도 될 만큼 떼를 지어 다니곤 했다), 내 곁에서 불안함을 감춘 채 피니어스와 나무를 번갈아 바라보고 있었다. 새까만 나무줄기에 박힌 거칠게 깎은 나무 발판들은 줄기를 따라 물 위로 한참 뻗은 튼튼한 가지까지 이어져 있었다. 그 가지 위에서 있는 힘을 다해 점프하면 강 한복판으로 무사히 뛰어들 수 있었다. 우리가 듣기론 그랬다. 적어도 열일곱 살 선배들은 그렇게 했다는 거였다. 하지만 그들은 한 학년 차이로, 우리와 완전히 다른 존재였다. 중고학년, 즉 데번 학교에서 우리가 속해 있는 학년에서는 아무도 이런 시도를 해본 적이 없었다. 당연하게도 피니는 중고학년 최초로 이를 시도해볼 생각이었고, 당연히 다른 친구들에게도 함께 시도해보자며 꼬드기려고 했다.

우리는 사실 정확히 말해서 아직 중고학년도 아니었다. 당시는 여름 학기 중이었는데, 전쟁의 진행 속도에 맞추기 위해 신설된 학기였다. 그해 여름 우리는 비천한 중저학년 상태에서 어느 정도 존중을 받게 되는 중고학년 지위에 이르는 위태로운 전환기에 있었다. 상급생 선배들, 징집 연령에 이르러 사실상 군인 취급을 받던 그들은 우리보다 먼저 전쟁터로 나아가고 있었다. 그들은 속성 과정으로 이루어지는 학업뿐 아니라 응급처치 교육과 신체 단련 훈련까지 받느라 정신이 없었다. 신체 단련 중 한 가지가 이 나무에서 뛰어내리는 것이었다. 반면 우리는 여전히 차분하고 얌전하게 베르길리우스를 읽고 강 하류에서 술래잡기를 하며 놀았다. 피니가 이 나무에 대해 생각해내기 전까지는.

우리는 나무를 올려다보았다. 크게 놀란 얼굴 넷, 그리고 흥분한 얼굴 하나. "제일 먼저 할 사람?" 피니는 우리에게 형식적인 물음을 던졌다. 우리는 가만히 서서 그를 마주 보기만 했고, 그러자 그는 옷을 벗기 시작해 팬티만 남은 알몸이 되었다. 그의 운동 실력은 뛰어났지만 (중저학년부터 그는 이미 학교 최고의 운동선수였다) 체격은 썩 특출하진 않았다. 키는 나와 비슷해 5피트 8인치 반〔약 172센티미터〕이었고(그와 같은 방을 쓰기 전까지 나는 스스로 5피트 9인치〔약 173센티미터〕라고 우겼지만, 그가 모두의 앞에서 특유의 단정적이며 놀라울 정도로 긍정적인 말투로 선언해버렸다. "아냐, 넌 나하고 키가 똑같아. 5피트 8인치 반. 우린 키가 작은 편이지.") 몸무게는 150파운드〔약 67킬로그램〕로 분하게도 나보다 10파운드〔약 5킬로그램〕 이상 더 나갔다. 그의 몸은 다리 위로 몸통과 어깨 주변, 팔과 굵고 강건한 목까지 끊임없이 균일하게 흐르는 힘의 덩어리를 이루고 있었다.

그는 나무 옆을 따라 박힌 발판을 빠르게 밟으며 올라갔다. 등 근육이 마치 표범의 근육처럼 움직였다. 발판들은 그의 몸무게를 견딜 만큼 튼튼해 보이지 않았다. 마침내 그는 강물 위로 뻗어나간 가지에 발을 디뎠다. "바로 이 가지에서 선배들이 뛰어내린단 말이지?" 아무도 정확히는 몰랐다. "내가 해내면, 너희도 다 하는 거다. 그럴 거지?" 우리는 어물어물 분명치 않게 대답했다. "좋아." 그는 소리쳤다. "이게 전쟁에 대한 나의 참여다!" 그는 뛰어내렸고, 낮은 가지 몇 개 사이로 떨어져 무사히 물속으로 다이빙했다.

"좋았어!" 곧바로 수면 위에 머리를 내밀며 그가 외쳤다. 젖은 머리카락이 이마에 달라붙어 우스꽝스러운 앞머리를 만들고 있었다. "이번 주 들어 가장 재밌는 시간이었어. 다음은 누구야?"

다음은 나였다. 나무의 존재가 나를 확 덮쳐와 손가락 끝까지 저릿거렸다. 머릿속이 이상할 정도로 가볍게 느껴졌고, 근처의 숲에 가볍게 바람이 스치는 소리는 한 겹 걸러진 것처럼 둔하게 귓전에 울렸다. 나는 가벼운 쇼크 상태에 빠졌던 것이 분명하다. 넋이 나간 채 옷을 벗고 발판을 밟으며 올라가는 내내 말 한마디 하지 않았던 것 같다. 피니가 뛰어내렸던 가지는 땅에서 올려다보았을 때보다 훨씬 가늘고 또 높이 있는 듯 보였다. 그 가지 위로 강 한복판에 뛰어들 만큼 멀리 걸어 나가기란 불가능했다. 그렇다면 뛰어들 때 최대한 멀리 뛰든지, 아니면 방죽 근처의 얕은 물가로 떨어지는 위험을 감수해야 했다. "자, 어서." 피니가 아래에서 입을 열었다. "거기 폼 잡고 서 있지 말고." 본능적인 긴장 속에서도, 나는 그곳에서 내려다보이는 광경이 무척 인상적이라는 것을 알아차렸다. "놈들이 수송선에 어뢰를 쏠 때면, 그렇게 경치나 구경하며 서 있을 순 없을걸. 뛰어!"

내가 대체 여기서 뭐하고 있는 거지? 어쩌다 피니의 말에 넘어가서 이렇게 멍청한 짓을 하고 있지? 피니가 내게 뭔가 마법이라도 걸었나?

"뛰어!"

내가 스스로 목숨을 내던지고 있구나, 하고 생각하며 나는 허공으로 뛰어들었다. 몇몇 나뭇가지 끝이 나를 스치며 부러졌다. 두 다리 아래 부드러운 진흙이 느껴졌고, 그 즉시 나는 환호를 받으며 수면 위로 떠올랐다. 기분이 끝내줬다.

"내 생각엔 피니의 다이빙보다 나았던 거 같아." 엘윈 레펠리어(레퍼(문둥이)라는 별명으로 알려진)가 툭 던졌다. 논쟁을 예상하고 미리 같은 편을 찾기라도 하는 것처럼.

"이봐, 친구." 피니가 예의 온화하지만 날카로운, 가슴 속에서 울려나오는 목소리로 대답했다. "품평을 하고 싶으면 그전에 너도 시험을 통과해야지. 나무가 기다리고 있어."

레퍼는 입을 꽉 다물어버렸다. 그는 대꾸하지도 반박하지도 못했지만, 그렇다고 도망갈 수도 없어서 죽은 듯 가만히 있었다. 하지만 다른 두 사람, 쳇 더글러스와 바비 제인만으로도 충분히 시끄러웠다. 그들은 교칙이 어떻다느니, 위경련을 일으킬지도 모른다느니, 혹은 그전엔 한 번도 얘기하지 않았던 신체적 문제가 있다느니 하고 주절주절 불평해댔다.

"그럼 너뿐이네, 친구." 마침내 피니가 내게 말했다. "너하고 나뿐이야." 그와 나는 운동장을 가로질러 되돌아갔다. 두 명의 귀족처럼, 나머지 녀석들을 앞질러서.

그 순간 우리는 이 세상 최고의 친구였다.

"너 정말 대단했어." 피니가 쾌활하게 말했다. "내가 한번 꼬드기자마자 그렇게."

"네가 누구한테 뭘 꼬드겼다는 거야."

"아냐, 꼬드긴 것 맞아. 그런 점에선 난 너에게 좋은 친구지. 그렇게 하지 않으면 너는 항상 도망치려고 하거든."

"난 평생 한 번도 도망친 적 없어!" 나는 소리쳤다. 그의 비난에 대한 분노가 더 거셀 수밖에 없었던 것은, 그 말이 백 퍼센트 사실이었기 때문이다. "이 멍청아!"

피니어스는 그저 침착하게 걸어갈 뿐이었다. 어쩌면 흘러갔다는 표현이 더 맞겠다. 흰 운동화를 신고 물 흐르듯 나아가는 그의 동작, 그토록 무심하고 일관된 움직임은 '걷는다'는 말로는 형용할 수 없는 것이었다.

나는 그와 나란히 걸었다. 거대한 운동장을 건너 체육관으로 향했다. 발아래 싱싱한 녹색 잔디에서 이슬방울이 흩어졌고, 우리 앞에는 황혼빛에 반짝이는 풀밭 위로 푸릇한 아지랑이가 희미하게 어른거렸다. 피니어스는 처음으로 이야기를 멈추었고, 이제 나는 귀뚜라미 울음소리와 해 질 녘에 우는 새소리를 들을 수 있었다. 체육관 트럭이 우리보다 몇백 미터 앞에서 텅 빈 경주로를 따라 달려갔고, 체육관 뒷문에서 갑작스럽게 터져 나온 희미한 웃음소리가 들려왔으며, 그다음엔 서늘하고도 모성적인, 본관 원형 탑의 여섯 시 종소리가 학교 전체에 번져갔다. 이 세상 최고로 고요하고도 널리 울려 퍼지는 종소리. 침착하고 차분하며 완강하고도 결정적인.

종소리는 널따랗게 퍼진 느릅나무들의 우듬지 위로도 흘러갔고, 기숙사의 거대한 박공지붕들과 거대한 굴뚝들 위로, 좁다랗고 허름하

16

며 오래된 다락방 위로, 그리고 광활한 뉴햄프셔의 하늘을 가로질러 강에서 돌아오는 우리에게까지 이르렀다. "서두르지 않으면 저녁 식사에 늦겠어." 나는 이렇게 말하면서, 피니가 소위 '웨스트포인트 육군 사관학교식'이라고 부르는 자세로 걷기 시작했다. 피니어스가 웨스트포인트나 그것으로 대표되는 권위적 존재들을 딱히 싫어했던 것은 아니다. 단지 권위라는 것을 필요악으로 생각했고, 행복이란 그것에 반항함으로써 얻을 수 있다고 여겼을 뿐이다. 권위란 그가 던지는 모욕을 매번 도로 튕겨내는 농구대 백보드와도 같았다. 내 '웨스트포인트 걸음'을 견디기 어려웠던지 그가 내 다리 사이로 불쑥 오른발을 집어넣었고, 내 몸은 잔디밭 가운데 내던져졌다. "네 150파운드 몸뚱어리 좀 치워봐!" 나는 으르렁댔다. 피니가 내 등 위에 앉아버렸기 때문이다. 피니는 일어나 내 머리를 유쾌하게 토닥이더니 다시 운동장을 가로질러갔다. 내 반격을 경계하며 두리번거리는 대신 자신의 극도로 민감한 귀, 누군가 뒤에서 다가와도 공기의 움직임으로 그것을 느낄 만큼 예민한 신경만 믿고서. 내가 그에게 달려들자 그는 폴짝 옆으로 비켜났지만, 나는 발을 내밀어 간신히 그의 몸을 걸어찰 수 있었다. 그가 내 다리를 잡았다. 잔디밭에서 레슬링 경기가 벌어졌지만, 곧 그의 승리로 끝났다. "서둘러야겠다." 그가 말했다. "안 그러면 너 영창에 갇히겠어." 우리는 다시, 좀 더 빠르게 발을 내디뎠다. 바비와 레퍼, 쳇은 어느새 앞에서 제발 좀 서두르라며 우리를 재촉하고 있었다. 피니는 또다시 자신의 함정으로 나를 옭아맸고, 나는 그의 공모자가 되어버린 것이다. 그와 함께 걸음을 재촉하던 나는 갑자기 울컥 화가 치밀었다. 여섯 시 종, '웨스트포인트 걸음', 서둘러야 하는 것과 규칙에 순응하는 것에 대해. 피니가 옳았다. 그리고 그 사실을 그에게 알려줄 방법은 딱 하나뿐이었다. 나는 엉덩이로 냅다 그의 엉덩이를 쳐받았다. 순식간에 쓰러졌지만 그의 표정은 정말로 유쾌해 보였다. 바로 이런 행동이 그가 나를 좋아하는 이유였다. 그를 덮쳐 무릎으로 가슴을 누르기까지 했으니, 그보다 큰 우정의 표시가 있겠는가. 우리는 한참 동안 신나게 옥신각신했고, 저녁 식사에 완벽하게 늦었다는 걸 알게 된 다음에야 서로를 놓아주었다.

우리는 체육관과, 기숙사의 제일 앞쪽 건물들을 지나갔다. 사방이 깜깜하고 조용했다. 그해 여름 데번에 머문 학생은 겨우 이백 명뿐이어서 학교를 채우기엔 턱없이 모자랐다. 널따란 교장 사택을 지나고 (교장이 워싱턴에서 정부를 위해 무슨 일을 하는 중이라 그곳은 비어 있었다), 예배당을 지나고(오전 잠깐 동안만 사용되어 역시 지금은 비어 있었다), 본관 건물을 지났다. 창문 여러 개 중 몇몇은 아직도 희미한 불빛을 흘리고 있었는데, 선생들이 자기 반 교실에서 연구 중이었기 때문이다. 짧은 내리막길에 이어 널찍하고 잘 다듬어진 잔디 광장이 있었는데, 주변의 거대한 조지 왕조 양식 건물들에서 불빛이 쏟아져 내렸다. 아이들 여럿이 저녁 식사를 마치고 잔디밭에서 빈둥대고 있었으며, 건물 하나에 딸린 부엌 별채에서 달그락거리는 소리가 아이들의 얘기 소리에 섞여들었다. 하늘은 점점 어두워져갔고, 기숙사와 오래된 건물들은 서서히 불빛을 밝혀갔다. 저 멀리서 〈사과나무 아래 앉지 마세요〉를 연주하는 커다란 축음기 소리가 들려오다가, 〈그들은 너무 젊지도 늙지도 않네〉로 바뀌었다. 그러다 장중한 분위기의 〈바르샤바 협주곡〉으로, 한결 잔잔한 〈호두까기인형〉으로 이어졌다. 그러고는 음악이 멈추었다.

피니와 나는 함께 쓰는 방으로 갔다. 서재의 노란 스탠드 불빛 아래 우리는 각자 과제인 하디의 책을 읽었다. 나는 《더버빌의 테스》를 반쯤 읽은 참이었고, 그는 《속된 무리를 떠나서》를 좌충우돌 힘겹게 읽어가는 중이었다. 가브리엘 오크나 밧세바 에버딘 같은 희한한 이름을 지닌 사람들이 있다는 데 놀라면서. 교칙 위반인 우리의 라디오는, 음량을 너무 작게 틀어두어 알아듣기도 힘들었지만, 하여튼 뉴스를 방송하는 중이었다. 창밖으로는 초여름 바람이 살랑대며 불어왔고, 우리보다 늦게까지 밖에 있어도 되는 상급생들이 종소리가 정확히 열 번 울리는 시간에 맞추어 비교적 조용하게 돌아왔다. 아이들이 우리 방 앞을 지나 어슬렁어슬렁 욕실로 갔고, 한동안 계속해서 샤워기 소리가 들려왔다. 그러고는 학교 전체의 전등이 하나하나 꺼져갔다. 우리는 옷을 벗었다. 나는 파자마로 갈아입었지만, 그것이 군인답지 못하다는 말을 들었던 피니어스는 그냥 침대에 들었다. 잠시 침묵이 흐르는 동안 우리는 서로가 기도를 하고 있으리라고 짐작했고, 그렇게 여름 학기의 하루가 끝을 맺었다.

2

우리가 저녁 식사에 빠졌다는 사실은 바로 알려졌다. 다음 날 아침 (북부 지방의 여름 아침답게 해맑고 환했다) 프루돔 선생이 우리 방을 찾아 왔다. 그는 어깨가 딱 벌어졌고 심각한 표정을 띠었으며 회색 정장 차림이었다. 그에게는 데번 교사들 특유의 무심하고 거의 영국인다운 분위기가 없었는데, 여름 학기 동안의 기간제 교사였기 때문이었다. 그는 자신이 아는 대로 교칙을 강력히 집행했고, 저녁 식사 참석도 어기면 안 될 교칙 중 하나였다.

우리는 강에서 헤엄치고 있었습니다, 하고 피니는 해명했다. 그러다 레슬링 시합을 하게 되었고, 그다음엔 석양이 누구라도 지켜보고 싶을 만한 장관을 연출했죠. 그러는 와중에 볼일이 있어서 꼭 만나야 했던 친구 몇몇과 마주쳤고……. 그는 이러쿵저러쿵 주워섬겼다. 얘기를 하는 그의 목소리는 울림상자 같은 가슴팍에서 솟구쳤다 가라앉았다 했고, 눈은 크게 뜨일 때마다 방 저쪽까지 비출 듯 강렬한 초록빛을 쏘았다. 환한 창문을 등지고 그늘에 서 있는 그의 모습은 햇볕에 그을려 건강함을 발산했다. 피니를 바라보면서 그 산만하지만 유창한 해

20

명에 귀를 기울이는 동안, 프루돔 선생의 짐짓 엄격한 태도는 빠르게 사라져갔다.

"자네가 지난 2주간 아홉 번이나 식사에 빠지지만 않았어도……." 선생이 한마디 던졌다.

하지만 피니는 자신의 우위를 밀어붙였다. 식사에 빠진 것을 면죄받고 싶어서가 아니었다. 그런 것은 그에겐 전혀 흥미 없는 일이었다. 만약 뭔가 새롭고 참신한 방식으로 벌을 받게 된다면, 그는 오히려 벌을 즐길지도 몰랐다. 피니가 그대로 밀고 나간 것은 프루돔 선생이 즐거워하는 모습을 보고 그가 이미 설득당했음을 알아차렸기 때문이다. 선생은 그 순간 공적인 입장을 벗어나려 하고 있었고, 정말로 그렇게 될 것만 같았다. 피니가 적당히 세게 밀어붙인다면, 두 사람 사이에 순수하고 통제 불가능한 친밀감의 흐름을 일으킬 수만 있다면. 그리고 그러한 흐름이야말로 피니에게는 인생의 목적 중 하나였다.

"진짜 이유는 말입니다, 선생님, 저희가 꼭 그 나무에서 뛰어내려야만 했기 때문입니다. 그 나무 아시죠……." 나는 알았고, 프루돔 선생도 분명히 알아차렸을 것이다. 피니도 그 순간 생각해냈겠지만, 나무에서 뛰어내린 것은 식사에 빠진 것보다 더 큰 교칙 위반이라는 사실을. "저희는 그래야만 했습니다. 무조건." 피니가 말을 이었다. "왜냐면 저희 모두 전쟁을 준비하고 있으니까요. 징집 연령이 열일곱 살로 낮춰지기라도 한다면 어떻게 되겠습니까? 진과 저 둘 다 이 여름이 지나면 열일곱 살이 됩니다. 딱 적절한 시점이죠. 왜냐면 한 학년이 시작되는 시기이고 어느 학급에 들어가게 될지도 정해져 있으니 말입니다. 레퍼는 이미 열일곱 살이니, 제가 착각하지 않았다면 다음 학년이 끝나기도 전에 소집당하게 될 겁니다. 짐작건대 그는 우리보다 한 학년 위였어야 했고, 따라서 지금쯤 상급생이 되었어야 했죠. 그러니 제 말 뜻은, 그는 내년엔 졸업을 하고 무조건 소집이 되리라는 겁니다. 하지만 저희는 문제없습니다. 진과 저는 완벽하게 준비되어 있습니다. 우리가 지금 일어나고 있고 또 앞으로 일어날 모든 일에 가능한 모든 방식으로 단련되어 있다는 것을 장담합니다. 그저 생년월일 문제인데, 선생님이 좀 더 깐깐하게 성적인 관점에서 따져보시겠다면 또 모르지만요. 하지만 저로서는 그런 데 신경 쓴 적이 없습니다. 그건 제 부모님의 문제이고, 그분들의 성생활에 대해서 생각해보고 싶었던 적은 없으니 말입니다." 그의 말은 구구절절 솔직하고 진정성 있게 들렸다. 피니는 항상 즉석에서 생각나는 대로 말을 했고, 그 말에 사람들이 놀라면 그제야 그 자신도 놀라는 것이었다.

프루돔 선생은 참았던 숨을 내쉬었다. 거기에는 감탄스러운 웃음소리가 섞여 있었다. 그는 피니를 한동안 쳐다보았지만, 더는 아무 말도 하지 않았다.

그해 여름 선생들이 우리를 대하는 방식은 바로 이와 같았다. 변덕스럽고 까다롭고 부정적이던 그들의 태도는 살짝 누그러졌다. 겨울내내 그들 대부분은 학생이 조금만 평소와 달리 행동하면 무조건 의심스러운 눈빛으로 살폈고, 우리의 언행 일체를 잠재적인 불법행위로 간주하는 것처럼 보였다. 이제 뉴햄프셔에 맑은 유월의 날들이 오자 선생들도 뭔가 풀어지는 듯했으며, 적어도 우리가 하루의 반 정도는 그들의 말을 따르고 나머지 반쯤만 그들을 골리는 데 쓴다고 믿는 것 같았다. 선생들에게서 어느 정도의 너그러움이 감지되자, 피니는 그들이 교사로서 훌륭한 성숙의 징조를 보이기 시작했다고 선언했다.

어느 정도는 피니 덕분이었다. 데번의 교사진은 지금껏 교칙을 태연하게 위반하면서도 선해지고 싶다는 강한 의지를 보이는 학생을 경험한 적이 없었던 것이다. 학교를 진심으로 깊이 사랑한다는 걸 드러내지만 교칙을 어겼을 때 제일 그렇게 보이는 학생. 모범생이면서도 구석에서 땡땡이를 칠 때 제일 편안해 보이는 녀석. 교사진은 피니어스에 대해 두 손을 들어버렸고, 나머지 학생들에 대한 규제도 어느 정도 느슨해졌다.

하지만 또 다른 이유가 있었다. 내 생각에 우리 열여섯 살 소년들을 통해 선생들은 평화가 어떤 것이었는지 추억하고 있었던 것 같다. 우리는 징집 명부에 올라 있지 않았고 신체검사를 받을 필요도 없었다. 아무도 우리에게 탈장이나 색맹 여부를 검사하자고 하지 않았다. 무릎뼈 탈구나 고막이 찢어지는 정도의 사소한 부상뿐, 아직은 우리 중 아무도 치명적이고 돌이킬 수 없는 장애를 얻진 않았다. 무심하고 제멋대로였던 우리는, 전쟁 동안에도 보존되고 있는 생명의 상징처럼 여겨졌던 게 아닐까. 어쨌든 선생들은 우리에게 그 어느 때보다도 참을성 있게 대했다. 그들은 상급생들의 발꿈치를 쫓아다니며 전쟁에 대비해 몰아치고 단련하고 무장시켰다. 하지만 우리의 장난은 너그럽게 지켜보았다. 우리는 그들에게 평화의 모습을, 파멸당할 숙명에 매여 있지 않은 삶들을 보여주고 있었다.

피니어스는 이 무심한 평화의 결정체와도 같았다. 하지만 그가 전쟁에 신경 쓰지 않았다는 얘기는 아니다. 프루돔 선생이 가버리자 그는 옷을 입기 시작했다. 다시 말해 가까이 있는 옷 아무거나 주워 걸쳤다는 뜻이다. 그중엔 내 옷도 있었는데, 그러고서는 잠시 가만히 생각에 잠기더니 옷장 쪽으로 갔다. 옷장 서랍에서 그는 잘 재단되고 곱게 짜인 진분홍색 포플린 셔츠를 꺼냈다.

"대체 그게 뭐야?"

"식탁보야." 그는 입가로 어물어물 대꾸했다.

"농담은 됐어. 그거 뭐냐고?"

"이거," 그는 자부심 어린 말투로 대답했다. "내 휘장 삼으려고. 엄마가 지난주에 보내주셨어. 이런 셔츠 본 적 있어? 이 색 좀 봐. 옷자락에 단추도 안 달려 있어. 머리에 뒤집어서 이렇게 입는 거야."

"뒤집어써? 분홍색이라니! 너 완전 **게이**처럼 보여!"

"그래?" 그는 건성으로 대꾸했다. 그런 말투는 그가 상대방의 말보다 더 흥미로운 것을 생각하고 있다는 의미였다. 하지만 항상 머릿속으로는 들은 말을 녹음해두고 적절한 때가 되면 재생해 들어보는 것이었다. 그때도 그는 거울 앞에서 목 단추를 채워 세우고 나서는, 온화한 어조로 말을 꺼냈다. "모두가 나를 게이처럼 보면 어떤 일이 생길지 궁금한걸."

"미쳤구나."

"그래, 만약 구혼자들이 문을 두드리면, 난 이걸 휘장 삼아 입은 거라고 말해줘." 그는 내게 자랑하듯 몸을 돌려 보였다. "신문을 읽었는데, 우리 편이 얼마 전 최초로 중부 유럽에 공습을 가했다고 했어." 나만큼 피니어스를 잘 아는 사람이 아니면 그가 왜 뜬금없이 화제를 바꾸었는지 의아해할 것이다. 나는 조용히, 그 기사와 이 셔츠 사이에 어떤 기상천외한 연관성이 있는지 그가 해명해주기를 기다렸다. "그러니까, 우리도 **축하하기** 위해 뭔가 해야지. 깃발도 없고, 있더라도 이곳 창밖에 자랑스럽게 내걸 수 없잖아. 그래서 이 옷을 입으려고. 일종의 휘장으로."

그는 정말로 그걸 입었다. 학교의 다른 아이가 그런 옷을 입었다면 분명 누가 등 뒤에서 셔츠를 찢어버리는 수모를 겪었을 것이다. 여름 학기 교사들 중 가장 엄격한 늙은 패치위더 선생이 역사 시간이 끝난 후 피니에게 다가와 셔츠에 대해 물었지만, 피니의 공손한 설명을 듣고 나자 선생의 여위었어도 혈색 좋은 얼굴은 한층 더 상기되며 흡족한 표정을 띠었다.

마치 최면과도 같았다. 피니어스라면 무슨 일을 저질러도 빠져나갈 수 있으리라는 것을 나는 알았다. 약간은 질투할 수밖에 없었지만, 그건 지극히 정상적인 일이었다. 단짝 친구라 해도 살짝 질투할 수 있는 게 아닌가.

여름 동안 교장 대리를 맡고 있던 패치위더 선생은 그날 오후 중고학년을 위해 전통적인 학기 중의 다과회를 주최했다. 장소는 비어 있던 교장 사택이었는데, 패치위더 선생 부인은 찻잔이 부딪치는 소리만 나도 벌벌 떨었다. 우리는 일광욕실과 온실이 결합된 듯한 공간에 앉았다. 널찍하고 습하지만 식물은 많지 않았다. 얼마 안 되는 식물들은 꽃이라곤 없이 높다란 줄기에 큼직하고 무시무시한 이파리들을 달고 있었다. 초콜릿빛 등나무 세공 가구에서 잔가지들이 위협적으로 튀어나와 있었다. 우리 서른여섯 명은 등나무 가구와 식물들 사이에 서서 긴장한 채 찻잔을 달그락거리며, 자리를 함께한 선생 부부 네 쌍의 대화보다는 그래도 덜 공허하고 가식적인 말을 꺼내보려고 애썼다.

다과회를 위해 피니어스는 머리칼을 물에 적셔 빗어 넘겼다. 매끄럽게 드러난 머리통 윤곽이 얼굴에 띤 놀란 듯하고 순진한 표정과 대조를 이루었다. 예전엔 몰랐는데 그의 귀는 무척 작고 머리에 딱 붙어 있었으며, 뒤로 빗어 넘긴 머리칼과 어우러져 큼직한 코와 광대뼈를 마치 뱃머리처럼 날카롭게 드러내 보였다.

오직 피니어스만이 편안하게 얘기했다. 그는 중부 유럽 공습에 대해 논했다. 다른 사람들은 아무도 그 기사를 읽지 못한 터였다. 게다가 피니어스도 정확히 어느 지역이 표적지였는지, 공습한 군대가 미국, 영국, 혹은 러시아 어느 쪽인지, 심지어 언제 어느 신문에서 그 기사를 읽었는지도 기억하지 못했다. 때문에 거의 그 혼자 떠드는 셈이었다.

하지만 상관없었다. 중요한 것은 공습 자체였다. 하지만 얼마 후 피니는 대화를 다른 사람들에게도 넘겨야겠다고 생각한 모양이다. "우리는 그놈들을 화끈하게 공습해야 한다고 생각합니다. 여자나 아이나 노인들이 다치지 않는다는 전제하에 말이죠. 안 그렇습니까?" 그는 긴장한 채 찻주전자 뒤에 숨어 있던 패치위더 부인에게 말을 건넸다. "병원은 물론 학교도 안 됩니다. 그리고 교회도." 그는 말을 이었다.

"예술 작품들에도 주의해야겠죠." 부인이 끼어들었다. "영속적 가치가 있는 작품이라면 말이에요."

"말도 안 되는 소리." 패치위더 선생이 상기된 얼굴로 으르렁댔다. "우리 군인들이 몇천 피트 상공에서 몇 톤이 넘는 폭탄을 쏘면서 그런 걸 따져볼 수 있겠어! 독일인들이 암스테르담에 한 짓을 좀 봐! 코벤트리에 한 짓을 보라고!"

"독일인들은 중부 유럽에 살지 않아요, 여보." 부인이 부드럽게 대답했다.

그는 반박당하는 것을 좋아하지 않았다. 하지만 아내에게 당하는 경우라면 그나마 견딜 만한 모양이었다. 잠시 뚱하니 있다가 그는 투덜거렸다. "어쨌든, 중부 유럽에 '영속적 예술 작품' 따위는 하나도 없어."

피니는 이 상황을 즐기고 있었다. 그는 리넨 재킷의 단추를 풀어젖혔다. 마치 열띤 대화를 위해서는 몸이 좀 더 편안해야 한다는 듯이. 패치위더 부인의 눈길이 피니의 허리띠에 멎었다. 그녀가 주저주저 입을 열었다. "저 허리띠…… 우리 학교의……." 그녀의 남편도 그쪽을 보았다. 나는 순간 얼어붙었다. 아침에 서두르다가 피니는 넥타이를 허리띠 대신 맨 것이다. 종종 있는 일이지만, 오늘 아침에는 하필 그의 손에 잡힌 게 교복 넥타이였던 것이다.

이번에야말로 그도 빠져나갈 수 없을 것 같았다. 이 상황에 나는 스스로도 놀랄 만큼 들뜨는 것을 느꼈다. 패치위더 선생의 얼굴은 붉으락푸르락했고, 부인은 단두대 앞에 선 듯이 머리를 푹 떨구었다. 심지어 피니조차 살짝 얼굴이 상기된 듯했지만, 어쩌면 셔츠의 분홍빛이 번져 내 눈이 착시를 일으켰는지도 모른다. 하지만 그의 표정은 차분했다. 그는 예의 낭랑한 목소리로 얘기하기 시작했다. "제가 이렇게 입은 건, 보시는 것처럼 이 넥타이가 셔츠와 잘 어울리며 모든 것을 한데 묶는(tie) 효과를 내기 때문입니다. 말장난을 하려는 건 아닙니다. 별로 우스운 얘기도 아니고요. 더구나 이처럼 점잖은 자리에선 더 그렇겠지요. 하여튼 이 넥타이는 지금껏 우리가 얘기하고 있던 것, 중부 유럽 공습과 한데 묶일 수 있는 물건입니다. 왜냐하면, 잘 생각해보십시오. 학교는 전장에 일어나는 모든 일과 연관되어 있습니다. 전 세계가 하나의 전쟁을 치르고 있으며, 제가 생각하기엔 데번도 예외가 아닙니다. 제 생각에 여러분이 동의하실지는 모르겠지만 말입니다."

패치위더 선생의 표정 변화는 볼 만했다. 그의 안색은 계속 바뀌다가, 마침내 경악스러운 표정에 고정되었다. "평생 이토록 비논리적인 얘기는 들어본 적이 없네!" 하지만 그의 목소리는 그다지 엄하지 않았다. "이 학교 160년 역사상 이렇게 엉뚱한 경의 표현은 처음 보는구먼." 심지어 그는 마음 한구석에서 슬며시 유쾌해하는 것처럼도 보였다. 피니어스는 이런 사태에서조차도 무사히 빠져나가게 될 모양이었다.

그의 눈은 크게 뜨이며 특유의 마술적 광채로 빛났다. 그의 목소리는 더욱 설득력 넘치는 어조를 띠었다. "물론 저도 인정해야겠지만, 아침에 이걸 매면서 정확히 그렇게 생각했던 건 아닙니다." 이처럼 흥미로운 추가 정보를 제공하면서 그는 애교 있는 미소를 지었다. 이 말에 패치위더 선생이 의미심장하게 입을 다물자, 피니는 곧바로 덧붙였다. "그래도 최소한 허리에 뭔가를 매었다는 게 다행입니다! 교장 사택에서 차를 마시는데 바지가 흘러내렸다면 얼마나 창피했을지 생각하기도 싫군요. 물론 교장 선생님은 안 계시지만, 선생님과 사모님 앞에서였다 해도 마찬가지로 창피했을 겁니다." 그러고서 피니는 패치위더 부인에게 정중하게 미소를 보냈다.

패치위더 선생의 웃음소리에 우리 모두 깜짝 놀랐다. 아마 그 자신도 놀랐을 것이다. 우리가 종종 분류해 이름을 붙이는 그의 얼굴빛이 이전에 없던 새로운 색조를 띠었다. 피니어스는 득의양양했다. 시큰둥하고 엄격한 패치위더 선생을 처음으로 크게 웃도록 만든 사람, 그게 바로 나다! 그는 뭔가를 성취한 사람의 넋 나간 미소를 자기도 모르게 지었다.

그는 어떤 상황에서든 빠져나가는구나. 나는 갑자기 날카로운 실망감을 느꼈다. 그냥, 재미있는 상황이 조금만 더 계속되기를 바랐던 거야. 정말로 그것뿐이야.

다과회가 끝날 때쯤엔 우리 둘 다 기분이 좋았다. 나는 피니와 함께 큰 소리로 웃었다. 내 단짝 친구, 무슨 일이든 빠져나갈 수 있는 이 세상 오직 한 사람. 그가 모사꾼이었다는 것은 아니다. 그 점은 내가 장담한다. 그가 무슨 일에서든 빠져나올 수 있었던 이유는 그만큼 특별한 사람이었기 때문이다. 솔직히 말하면, 그런 사람이 나를 단짝 친구로 선택했다는 것은 무척 으쓱해지는 일이었다.

피니는 그 어떤 문제도 팽개쳐두지 않았다. 잘 해결되었을 때는 물론, 완벽하게 끝났을 때도. "강에 가서 다이빙하자." 일광욕실을 나서면서 그는 소리 죽여 내게 속삭였다. 우리가 나란히 걷는 동안 그는 자기 말을 따르라는 듯 내 몸에 기대며 방향을 돌리게 했다. 경찰차에 쫓기는 범인처럼 길가로 몰린 끝에, 결국 나는 미적미적 그의 지시대로 체육관과 강 쪽을 향했다. "그놈의 다과회가 끝났으니 머리 좀 식혀야지." 그가 말했다. "끔찍한 대화였어!"

"응, 확실히 지루했어. 하지만 내내 혼자서 지껄인 사람이 누군데?"

피니는 생각에 잠기는 척했다. "패치위더 선생이 허풍을 떨어댔고, 부인도 떠들었지. 그리고…….'"

"그래, 그리고?"

짐짓 놀란 표정으로 나를 돌아보며 그가 외쳤다. "설마 나더러 너무 많이 지껄였다고 얘기하는 건 아니겠지!"

그의 행동에 재미를 느낀 나는 똑같이 놀란 척 입을 벌리고 대꾸했다. "네가? 너무 지껄였다고? 어떻게 내가 너한테 그런 말을 했다고 말할 수 있니!" 앞서 말했듯, 그해 여름은 내게 냉소의 계절이었다. 훨씬 이후에야 나는 냉소라는 것이 약한 사람들의 방어 수단이라는 사실을 깨닫게 되었다.

찬란한 오후 햇살 아래 우리는 강을 따라 걸었다. "사실 난 중부 유럽을 공습했단 얘기 안 믿어. 넌 어때?" 피니가 생각에 잠긴 듯 물었다. 우리가 지나쳐간 기숙사들은 거대했고, 빼곡한 담쟁이 이파리들로 뒤덮여 거의 형체를 알아볼 수 없었다. 커다랗고 지저분한 담쟁이 잎들은 여러 겨울과 여름을 그 자리에서, 뉴햄프셔의 영구 공중 정원에서 지낸 것처럼 보였다. 건물들 사이로는 느릅나무의 구부러진 가지가 너무도 높이 뻗어 있어, 우리는 그 나무가 얼마나 큰지 잊곤 했다. 익숙한 나무줄기와 가장 낮게 난 잎들의 차양 위를 새삼 올려다보고 아득히 높은 곳의 복잡한 군락, 나뭇가지와 또 거기서 뻗어나온 나뭇가지들과 무한한 이파리들로 이루어진 세계가 눈에 들어오기 전까지는. 그들 또한 영원불변한 것처럼 보였다. 손이 닿지 않고 가볼 수도 없는 우주 높은 곳의 세계. 대성당의 장식 탑들과 첨탑이 그렇듯이, 감상은 물론 그 무엇을 하기에도 너무 높이 있는, 숭고하고 아득하고 아무 쓸모도 없는 존재들. "아니, 나도 그 얘기 믿지 않아." 나는 대답했다.

한참 앞쪽에는 아이들 넷이 테니스장을 향하고 있었다. 광활하고 푸른 운동장에서 그들은 나부끼는 하얀 깃발들처럼 보였다. 그들 오른편으로는 체육관이 회색 담장 뒤에 들어앉아 있었다. 크고 널찍하며 위쪽이 둥근 창들이 햇빛을 반사해 반짝였다. 체육관과 운동장 너머로 숲이 펼쳐졌다. 우리의 숲, 데번 학교 소유림은 내 공상 속에서 거대한 북미 삼림의 시발점이었다. 나무들은 데번 숲에서 북쪽으로 끊임없는 긴 통로처럼 이어져 그 누구도 본 적 없는 저 먼 끝까지, 어쩌면 캐나다 북단의 어느 오지까지 닿아 있으리라고 나는 생각했다. 다시 말해 우리의 놀이터는 마지막 남은 거대한 원시림의 문명화된 변두리인 셈이었다. 정말로 그런지 알아볼 기회는 없었지만, 아마도 그럴 것이다.

중부 유럽 공습은 여기 우리에게는 완전히 비현실적인 이야기였다. 그에 대해 상상할 수 없었다는 것은 아니다. 수많은 신문 사진과 뉴스영화를 통해 우리는 그 광경이 어떻게 보일지 꽤 분명히 알고 있었다. 하지만 우리가 있는 이곳은 그런 현실을 받아들이기엔 너무도 안락했다. 우리가 그해 여름을 완벽히 이기적으로 누렸다고 나는 기쁘게 말할 수 있다. 1942년 여름에 이기적일 수 있었던 사람들은 전 세계를 통틀어도 많지 않았고, 우리가 그 특권을 누릴 수 있었던 것이 내게는 다행이었다.

"둘 중에 먼저 꿀꿀한 얘기 시작하는 사람은 바로 엉덩이 한 방 차이는 거다." 강으로 가는 중 피니가 생각에 잠긴 어조로 말했다.

"알았어."

"아직도 나무에서 뛰어내리는 게 무서워?"

"그 질문 뭔가 기분 나쁘게 들리는데. 아님 내 착각이냐?"

"방금 질문? 아니, 그런 뜻 아니었어. 오히려 네가 뭐라고 대답하느냐가 중요하지."

"그 나무에서 뛰어내리기가 무섭냐고? 너무 신날 거 같아서 기대돼

죽겠다."

한바탕 강에서 헤엄을 친 뒤에 피니가 말했다. "부탁건대, 저보다 먼저 나무에서 뛰어내리는 호의를 베풀어주시렵니까?"

"기꺼이 그러지요."

나는 잔뜩 긴장한 채 발판을 밟고 올라갔다. 그래도 피니가 바로 뒤따라 올라오고 있어 안심이었다. "우리 같이 뛰어내리자, 우정을 다지는 차원에서." 그가 말했다. "자살 클럽을 조직하는 거야. 회원 자격은 이 나무에서 한번 뛰어내리는 것."

"자살 클럽이라." 나는 퉁명스레 대답했다. "여름 학기 자살 클럽이라고 하면 되겠네."

"좋은데! 여름 학기를 위한 **특별** 자살 클럽. 어때?"

"괜찮네, 나쁘지 않아."

우리는 나뭇가지 위에 앉아 있었다. 내가 피니보다 조금 바깥쪽이었다. 나는 그를 돌아보며 뭔가 시간을 벌어보려고, 최소한 몇 초라도 더 시간을 끌 화제를 꺼내보려고 했다. 그러나 몸을 돌린 그 순간 나는 중심을 잃었다. 거의 자의식이 사라진 완벽한 공포의 순간이 지나고, 피니의 손이 뻗어 나와 내 팔을 잡았다. 무게중심을 되찾고 나자 공포는 순식간에 사라졌다. 나는 강을 향해 돌아서 가지 위로 몇 걸음 더 나아간 다음 한껏 도움닫기를 해 물속 깊이 몸을 던졌다. 피니 역시 멋지게 다이빙했고, 이렇게 해서 여름 학기를 위한 특별 자살 클럽은 정식으로 발족되었다.

저녁 식사를 마친 후 나는 홀로 도서관으로 향했다. 그때서야 아까 나를 스치고 지나갔던 엄청난 위험이 새삼 떠올라 몸이 떨려왔다. 만약 피니가 바로 뒤에 따라오지 않았더라면…… 그가 거기 없었더라면…… 나는 강둑에 떨어져 그대로 등을 부러뜨렸을 거다! 조금만 잘못 떨어졌다면 죽었을지도 몰랐다. 피니는 사실상 내 목숨을 구한 것이었다.

3

그렇다. 그는 사실상 내 목숨을 구한 것이다. 게다가 나를 위해 자신의 목숨을 내건 셈이었다. 하지만 그가 아니었더라면 나는 애당초 그 가지에 올라가지도 않았겠지. 그가 거기 있지 않았다면 뒤를 돌아볼 일도, 균형을 잃을 일도 없었을 것이다. 그러니 내가 피니어스에게 감사하고 감격해야 할 이유 따윈 없었다.

여름 학기를 위한 특별 자살 클럽은 시작부터 대성공이었다. 그날 밤 피니는 클럽에 대해 모호한 얘기를 흘리고 다니기 시작했다. 마치 그것이 데번의 유서 깊고 오래된 모임인 것처럼. 우리 방에서 그의 얘기를 듣고 있던 친구들 대여섯은 클럽에 대해 온갖 세세한 질문들을 던져댔지만, 그런 클럽 얘긴 들어본 적도 없다는 식의 말은 전혀 나오지 않았다. 학교들이란 본래 비밀결사와 지하조직의 소굴이기 마련이고, 그들이 보기엔 지금 또한 그런 비밀 중 하나가 수면에 드러나는 상황이었던 것이다. 친구들은 즉시 클럽에 가입하겠다고 했다.

그들을 입회시키기 위해 우리는 매일 밤 모임을 갖게 되었다. 창립 회원인 그와 나는 매번 제일 먼저 물에 뛰어듦으로써 모임을 시작해야 했다. 이는 그해 여름 동안 피니가 공지도 없이 제멋대로 만들어낸 여러 규칙의 시작일 뿐이었다. 나로서는 그러기가 정말 싫었다. 물에 뛰어드는 데 결코 익숙해지지 못했기 때문이다. 모임이 있을 때마다 가지는 점점 더 높고 가늘어지는 듯 보였고, 물속 깊은 곳은 더 닿기 어렵게 느껴졌다. 다이빙 자세를 취할 때마다 순간 내가 왜 이처럼 위험천만한 일을 하고 있나 하고 의아한 기분이 들었다. 하지만 나는 항상 뛰어내렸다. 안 그러면 피니어스 앞에서 체면이 깎일 텐데, 그건 생각하기도 싫은 일이었다.

우리는 매일 밤 모였다. 피니의 인생은 변덕과 무질서로 점철되어 있었기에 그는 일련의 규칙들을 중요시했다. 물론 그가 직접 세운 규칙들 얘기였고, 데번의 운영진을 비롯해 다른 사람들이 그에게 부과한 규칙 따위는 상관하지 않았다. 여름 학기를 위한 특별 자살 클럽은 조직이고, 조직이란 규칙적으로 모여야 마땅하며, 그러니 우리는 매일 모여야 한다. 그보다 더 규칙적으로 모이긴 불가능하니까. 매주 모인다는 것은 그에게 너무 불규칙적이고 느슨하며 거의 무계획에 가깝게 보였다.

나는 그를 따랐고, 한 번도 모임에 빠지지 않았다. 당시 내게는 "오늘 밤은 그럴 기분이 아냐"라고 말할 수도 있다는 생각 자체가 불가능했다. 실제로 매일 밤 그렇게 느꼈는데도. 나는 구속복처럼 내 몸을 조종하는 마음의 명령에 복종했다. "나가자, 친구." 피니가 부르면, 내 본성 전체가 반발하는 것을 느끼면서도 나는 반항할 생각을 못하고 따라 나갔다.

그렇게 우리는 여름을 흘려보내면서 오직 매일 밤의 모임에만 충실했다. 수업을 빼먹고, 식사에 빠지고, 예배에 결석하기도 했다. 나는 피니의 마음속에 무언가 나와 완전히 상반되는 것이 존재함을 느꼈다. 게다가 그것은 아직 완전히 풀려나지 않은 상태였다. 나는 그가 모종의 규범들, 십계 같은 형식으로 자신에게 부과한 규칙들을 따름으로써 버텨나가고 있다는 것을 알아차렸다. "키가 5피트 8인치 반이면서 5피트 9인치라고 해서는 안 돼"라는 말이 내가 처음으로 들은 그의 규범이었다. 또 이런 말도 들은 적이 있다. "밤에는 항상 기도를 하도록 해. 어쩌면 신이란 게 정말 있을지도 모르니까."

하지만 그의 삶에서 가장 절박한 규범은 바로 이것이었다. "스포츠는 항상 이기는 거야." 여기서 주어는 '나'가 아니라 '우리'였다. 스포츠에서는 누구든 항상 이겼다. 경기를 수행하면 그게 바로 이기는 것이었다. 마치 식탁에 앉으면 밥을 먹는 것처럼. 승리는 당연하고 필연적인 결과였다. 우리가 이기면 상대가 진다는 사실을 피니는 결코 인정하려 들지 않았다. 그러한 사실은 스포츠의 완벽한 아름다움을 손상하는 것이었다. 스포츠는 결코 나쁜 일이 일어날 수 없는 절대선의 존재였다.

그는 여름 학기의 운동 프로그램을 혐오했다. 테니스 약간, 수영 약간, 서툰 소프트볼 경기, 배드민턴. "배드민턴이라니!" 그 운동이 교과 과정에 있는 걸 본 날 그는 폭발하고 말았다. 더는 아무 말도 없었지만, 충격과 분노와 절망에 찬 그 한마디로도 그의 심정을 표현하기에는 충분했다. "**배드민턴이라니!**"

"적어도 상급생들보다는 낫잖아." 나는 그에게 허접한 라켓과 셔틀콕을 건네주며 대꾸했다. "그들은 보건체조를 하고 있는걸."

"선생들은 대체 무슨 생각이지?" 그는 셔틀콕을 라커 룸 끝까지 날려 보내면서 대답했다. "우릴 망가뜨리고 싶나?" 그의 화난 목소리에 슬쩍 농담기가 섞여들었다. 이는 그가 도망갈 궁리를 하고 있다는 의미였다.

우리는 따사로운 오후 햇살 속으로 걸어 나갔다. 앞에 펼쳐진 운동장은 보기 좋게 푸릇푸릇하고 텅 비어 있었다. 테니스장은 만원이었고 소프트볼 필드도 북적거렸다. 배드민턴 네트가 부드럽게 바람에 출렁였다. 피니는 눈빛에 묵묵한 경악을 담고서 그쪽을 쳐다보았다. 운동장 끝 강 쪽으로는 3미터 정도 되는 목조탑이 서 있었다. 지도교사가 상급생들에게 보건체조를 지도하기 위해 세운 것이었다. 지금 그쪽엔 아무도 없었다. 상급생들은 임시 장애물 코스를 통과하러 숲 속에 갔거나, 또다시 혈압을 재러 갔거나, 아니면 '수용소' 안에서 5분 동안 빠른 속도로 상자를 쌓아 올렸다 내려놨다 하는 귀찮은 훈련 과정을 수행하고 있는 모양이었다. 그들은 전쟁 대비 훈련을 받으러 어딘가로 가버렸고, 운동장은 완전히 우리의 것이었다.

피니는 탑 쪽으로 천천히 걸음을 뗐다. 어쩌면 나와 함께 탑을 강까지 날라서 물에 던져 넣을 생각인지도 몰랐다. 아니면 단지 탑을 구경하고 싶었던 건지도 몰랐다. 그는 항상 온갖 것에 흥미를 가지니까. 무슨 생각이었는지 몰라도, 좌우간 그는 탑에 이르자마자 본래의 생각을 잊어버린 듯했다. 탑 옆에는 가죽으로 감싼 크고 무거운 공 하나가 놓여 있었다. 메디신볼(체조에 쓰는 공)이었다.

그는 공을 들어 올렸다. "이것 봐. 이 세상에서 스포츠에 필요한 것은 이 공 하나야. 사람들이 원을 발견했을 때 스포츠가 시작되었지. 이

공에 비하면," 그는 왼팔로 공을 감싸 안고서, 오른팔을 쭉 뻗어 **더러운** 셔틀콕을 들어 올렸다. "이 멍청한 깃털 뭉치 따위는 하나씩 뽑아내며 편 가르기 놀이를 할 때나 쓸모 있을 뿐이야." 그는 공을 떨어뜨리고, 마치 개에게서 벼룩을 잡아낼 때처럼 혐오감을 드러내며 셔틀콕에서 깃털을 하나하나 뽑아내버렸다. 고무 밑바닥만 달랑 남자, 팔을 힘차게 뻗어 손목을 홱 꺾는 동작 한 번으로 운동장 멀리 보이지 않는 곳까지 던져버렸다. 배드민턴은 이제 끝났다.

그는 공을 팔에 얹고 균형을 잡으며, 그 느낌을 즐기는 듯 한마디 했다. "필요한 것은 오직 둥근 공뿐이지."

피니어스 자신은 좀처럼 인식하지 못했지만, 그는 항상 사람들의 관심을 끌고 있었다. 마치 날씨처럼. 운동장 저쪽 배드민턴장에 있던 아이들이 뭔가 심상치 않은 분위기를 느낀 모양이었다. 우리를 부르는 그들의 목소리가 들려왔다. 우리가 돌아가지 않자 그들 쪽에서 서서히 우리에게 다가오기 시작했다.

"우리도 여기서 슬슬 운동을 시작해봐야 할 것 같은데, 안 그래?" 피니가 내 쪽으로 고개를 기울이며 묻더니, 다른 아이들을 천천히 둘러보았다. 자신이 방금 떠올린 꿍꿍이에 사람들을 끌어넣고 싶을 때 짓곤 하는 꿈꾸는 듯 단호한 표정으로. 그는 눈을 두 번 끔뻑이고는 입을 열었다. "이 공으로 뭔가 해보자."

"뭔가 전쟁과 관련된 걸로 하자." 바비 제인이 제안했다. "기습 공격이나 그런 게임."

"기습 공격이라." 피니가 시큰둥하게 되풀이했다.

"어쩌면 기습 공격 방식의 야구 경기를 할 수도 있겠다." 내가 말했다.

"기습 공격 야구라고 부르면 되겠네." 바비가 말했다.

"아님 그냥 기습 야구." 피니가 중얼거렸다. "그래, 기습 야구다." 그러고는 신이 나서 주변을 돌아보며 말했다. "자, 시작해볼까." 그는 크고 무거운 공을 내게 던졌다. 나는 양팔을 가슴에 끌어당겨 겨우 공을 붙잡았다. "좋아, 달려!" 피니가 명령했다. "아니, **그쪽 말고!** 강으로 가! 달려!" 미적미적 내 주위로 무리를 지은 아이들에게 에워싸인 채 나는 강을 향해 달렸다. 상황을 보아 분명 나머지 전부가 나의 상대편이리라는 걸 아이들도 눈치챈 것이다. "독차지하지 마!" 피니가 외쳤다. "다른 애한테 공을 던져. 안 그러면 당연히," 그는 내 곁을 나란히 달리면서 침착하게 말했다. "이제 우리가 널 포위했으니까, 우리 중 하나가 널 쓰러뜨릴 거야."

"뭐라고!" 나는 그에게서 뒷걸음치며 익숙지 않은 공을 꽉 붙들었다. "대체 이건 무슨 게임이야?"

"기습 야구지!" 쳇 더글러스가 소리치더니 내 다리께로 몸을 던져 나를 쓰러뜨렸다.

"당연한 얘기지만, 지금 건 완벽한 반칙이야." 피니가 말했다. "공을 든 사람을 쓰러뜨릴 때 **팔**을 쓰면 안 돼."

"안 된다고?" 내 몸 위에 앉은 쳇이 중얼거렸다.

"안 돼. 이렇게 가슴 위로 팔짱을 껴. 그러고는 공을 든 사람을 몸으로 쳐내는 거야. 팔꿈치로 찌르기도 없다. 좋아, 진, 다시 시작해."

나는 재빨리 말을 꺼냈다. "이제부턴 누구 다른 사람이 공을 가지면 어떨……."

"안 돼. 이번에 쓰러진 건 반칙이었잖아. 이런 경우엔 같은 사람이 계속 공을 갖고 있는 거야. 그러니 네가 계속 공을 갖는 게 맞아. 뛰어."

다시 뛰는 수밖에 어쩔 도리가 없었다. 사방에서 아이들이 더욱 세게 나를 밀어붙여왔다. "공을 던져!" 피니어스가 명령했다. 바비 제인 주변이 비교적 비어 있어서 나는 그에게 공을 던졌다. 공이 너무 무거워서 그는 공을 땅에 떨어뜨렸다가 주워 올려야 했다. "괜찮아." 피니가 전속력으로 달려오며 말했다. "패스 과정에서 땅에 떨어뜨려도 상관없어." 바비는 방어하기 위해 내게 더욱 가까이 몸을 굽혔다. "쓰러뜨려." 피니가 내게 소리쳤다.

"바비를 쓰러뜨리라고! 미쳤니? 쟤는 우리 편이잖아."

"기습 야구에 편 같은 건 없어." 피니는 묘하게 흥분해서 외쳤다. "모두가 적이야. 쓰러뜨려!"

나는 바비를 쓰러뜨렸다. "좋았어." 피니는 우리 둘을 떼어놓았다. "이제 네가 다시 공을 가져." 그는 납덩이 같은 공을 내게 건넸다.

"난 공이 이제 쟤한테 넘어갔다고 생각했는……."

"네가 쟤를 쓰러뜨렸으니 당연히 공은 네 거지. 달려."

그래서 나는 다시 달리기 시작했다. 레퍼가 어정거리는 게 시야에 들어왔다. 그는 게임하는 우리를 못 본 채, 배를 따라가는 돌고래처럼 느긋이 서성대고 있었다. "레퍼!" 나는 몇 걸음 떨어진 곳에서 그에게 공을 던졌다.

그는 깜짝 놀라서 날 돌아보더니 짜증스럽게 뒤로 물러나면서 외쳤다. 예상 가능한 대답이었다. "필요 없어!"

"잠깐, 잠깐!" 피니가 심판 같은 어조로 외쳤다. 모두가 멈추자 피니는 공을 주워왔다. 공을 손에 쥐자 그의 목소리는 다시 침착해졌다. "방금 레퍼가 게임에서 무척 중요한 점을 지적했어. 공을 넘겨받은 사람은 자기가 그러길 원한다면 **거부할** 수도 있다는 거야. 우리 모두가 서로 적이니만큼, 우리는 시종일관 다른 사람을 공격할 수 있고 또 그렇게 할 거야. 이 규칙을 레펠리어 거부권이라고 부른다." 우리는 묵묵히 고개를 끄덕였다. "자, 진. 그러니 공은 당연히 아직 네 것이야."

"아직도? 젠장, 나 말고는 아무도 공을 못 가지겠다!"

"모두에겐 기회가 있어. 그리고 네가 탑에서 강까지 가는 동안 세 번 패스를 거부당하면, 탑까지 돌아가서 처음부터 다시 시작하는 거야. 당연한 얘기지만."

기습 야구는 그해 여름의 대화제였다. 모두 그 게임을 했다. 내가 알기로는 데번에서 아직도 그 변형이 인기를 끌고 있다고 한다. 하지만 아무도 피니어스가 하듯 그 게임을 할 수는 없었다. 그는 무의식중에 자신의 타고난 운동신경을 최대한으로 끌어올릴 수 있는 게임을 발명한 것이다. 게임 규칙은 공을 든 사람에게 가혹하리만큼 불리했고, 그래서 피니어스는 공을 잡을 때마다 그야말로 매번 스스로를 초월해야만 했다. 나머지 선수 전부가 이루는 늑대 무리에서 달아나기 위해 피니어스는 온갖 후진과 속임수 동작은 물론 완벽한 집단 최면술들을 개발해냈다. 그 자신도 믿기 어려울 만큼 아주 뛰어난 기술들이었다. 이런 식으로 경기를 몇 번 치른 후 나는 그가 혼자서 조용히 믿을 수 없다는 듯 행복에 겨워 킬킬대는 것을 목격하곤 했다. 좀처럼 끝이 나지 않는 그런 경기에서 피니는 절대 끊이지 않고 넘쳐흐르는 특유의 에너지 덕에 선천적인 유리함을 누렸다. 나는 한 번도 그가 피곤해하거나, 숨을 돌리고 있거나, 버거워하거나 초조해하는 모습을 본 적이 없다. 새벽녘에, 하루 종일, 그리고 한밤중에도, 피니어스는 언제나 꾸준하고 폭발적인 에너지를 과시했다.

기습 야구가 시작되었을 때부터, 학교의 어느 누구도 지금껏 피니가 이 게임에 뛰어난 만큼 특정한 운동에 통달하지 못했다는 것은 명확한 사실이었다. 적어도 나는 그것을 바로 알았다. 왜 아니겠는가? 그가 게임을 만들었으니 당연한 얘기 아닌가? 그가 무서우리만큼 이 게임에 뛰어나며, 나머지 모두는 각자 다른 방식으로 서툴다는 것은 전혀 놀라운 일이 아니었다. 그가 모든 걸 마음대로 하게 내버려둔 우리 자신 말고 누굴 탓하겠는가. 그나마 이런 생각조차 나는 좀처럼 해보지 않았다. 무슨 상관인가? 그냥 게임일 뿐인데. 피니가 게임에 뛰어나다니 잘된 일이었다. 그는 다른 여러 가지 일에서도 뛰어났다. 예를 들어 인간관계, 기숙사의 다른 아이들이나 학교 운영진을 다루는 데 있어서도. 사실 생각해보면 그는 모든 사람과의 관계에 뛰어났고 만나는 모든 이를 매혹했다. 물론 나는 그 사실이 기뻤다. 그는 내 룸메이트이고 단짝 친구니까.

누구에게든 특별히 자신에게만 속하는 것처럼 느껴지는 역사의 한 순간이 있다. 감정의 물결이 가장 거세게 일어나는 듯한 순간, 그 이후로 사람들이 '요즘 세상'이나 '인생'이나 '현실'이라는 말을 입에 올리면 가장 먼저 떠올리게 되는 순간. 심지어 그것이 이미 50년 전이라도 말이다. 격동하는 감정을 통해 세상은 그에게 자신의 존재를 각인하고, 그렇게 지나간 순간의 자국을 그는 평생 지니고 살아가게 된다.

나에게 그런 순간은 바로 전쟁이었다(4년 동안이라 해도 역사에서는 한순간에 지나지 않는다). 전쟁은 그때나 지금이나 나의 현실이다. 나는 아직도 본능적으로 전쟁의 공기 속에서 살아가고 생각한다. 그 시기의 특징은 다음과 같았다—프랭클린 들라노어 루즈벨트가 미국 대통령이며, 항상 그랬던 것처럼 느껴진다. 세계를 영구히 지배하는 다른 두 사람은 윈스턴 처칠과 이오시프 스탈린이다. 미국은 예전에 시와 노래로 칭송받았던 풍요의 땅이 더는 아니다. 나일론, 고기, 가솔린, 강철은 매우 귀하다. 일자리는 넘치는데 일할 사람은 충분하지 않다. 돈을 벌기는 매우 쉽지만 쓰기가 쉽지 않다. 살 것이 별로 없기 때문이다. 기차는 항상 늦고 항상 '복무' 중인 군인들로 만원이다. 전쟁은 항상 미국에서 엄청 먼 곳에서 이루어지며 결코 끝나지 않는다. 미국 내의 그어떤 것도 오래 지속되지 않는다. 사람들도 마찬가지로 항상 떠나가거나 떠나 있는 중이다. 미국인들은 자주 운다. 열여섯 살은 인간에게 매우 중요하고 운명적인 나이이며, 다른 연령대의 사람들은 이 세상의 열여섯 살들 앞뒤로 무리를 지어 차례대로 반듯하게 줄을 서 있다. 당신이 열여섯 살이 되면 주변 어른들은 살짝 감동하고 심지어 겁을 먹은 것처럼 보인다. 왜 그런지 의아해하겠지만, 사실 그들은 앞으로 군대에서 생활하며 자신들을 지키기 위해 싸우는 당신의 모습을 그려보고 있는 것이다. 하지만 당신은 그러한 자신의 모습을 그릴 수 없다. 미국에서는 무엇이든 낭비하면 죄가 된다. 실과 은박지는 보물 같은 존재다. 신문은 항상 낯선 외국 지역의 지도와 지명으로 가득 차 있고, 몇 달마다 신문에 뭔가가 실릴 때면 지구가 궤도에서 벗어난 것처럼 난리가 난다. 예를 들어 영원한 세계의 지배자들 중 하나인 것 같았던 무솔리니가 도살장 갈고리에 꿰여 거꾸로 매달린 사진이 실렸을 때처럼. 모두 하루에 대여섯 번씩은 뉴스 방송을 듣는다. 모든 오락거리, 여행이니 운동이니 연예니 맛있는 음식이니 근사한 옷 같은 것들은 귀하디귀해진다. 항상 그랬던 것 같고 앞으로도 그럴 것이다. 전 세계에 아주 극소량의 쾌락과 사치만이 남아 있는데, 이를 즐기는 것은 비애국적으로 느껴진다. 외국 땅은 복무 중인 군인이 아닌 한 일체 접근할 수 없다. 그곳들은 아득히 멀고 마치 비닐 커튼 뒤에 감춰진 듯하다. 미국의 생활 전반은 국방색이라 불리는 음침하고 짙은 초록색을 띤다. 이 색은 항상 존경받고 제일 우선시된다. 다른 색들은 비애국적으로 취급될 위험이 있다.

이것은 특별한 미국, 내 생각에는 무척 비전형적인 미국의 모습이다. 대부분 사람들의 기억 속에 생소하고 과도기적인 흐린 색조로 남아 있는 이 미국이야말로 내게는 진정한 미국이다. 짧았지만 매우 독특했던 이 나라의 우리가 데번에서 그해 여름을 보내는 동안, 피니는 운동선수로서 괄목할 공적을 달성했다. 그런 기간에 육체적인 성과는 사람들의 주목을 끌거나 보상을 받지 못한다. 그 성과가 전장에서 다른 육체를 죽이거나 구하는 것과 관련되지 않는 한 말이다. 그래서 그가 해낸 일에 환호와 갈채를 보낼 수 있었던 사람은 우리 몇 명뿐이었다.

하루는 그가 교내 수영 기록을 경신했다. 그와 나는 수영장 안, 교내에서 신기록이 나올 때마다 새겨둔 커다란 청동판 옆에서 노닥거리고 있었다. 50야드, 100야드, 220야드. 각각의 거리 표시 아래에는 홈이 파여 있었고, 거기에 딱 맞춰 집어넣은 기록표에 경신자의 이름과 학년과 기록이 표시되어 있었다. '100야드 자유형' 아래에는 'A. 홉킨스 파커 - 1940 - 53초'라고 적혀 있었다.

"A. 홉킨스 파커?" 피니는 눈살을 찌푸리며 이름을 살폈다. "그런 이름 기억 안 나는데."

"우리가 여기 오기 전에 졸업했어."

"네 말은 그러니까 이 기록이 우리가 데번에 다니는 **내내** 여기 있었고 아무도 깨지 못했다는 거야?" 그것은 우리 학년에 대한 모욕이었다. 피니는 입학 동기들에게 엄청난 충성심을 품고 있었다. 그 충성심은 나와 맺은 우정 관계에서 시작해 인류의 한계를 넘어서 영혼, 구름, 별자리에 이르기까지 그가 속한 모든 집단에 이르는 것이었다.

마침 우리 말고는 아무도 수영장에 없었다. 우리 주위의 하얀 타일과 유리벽돌만이 반짝거렸다. 초록빛 도는 인공적 색깔을 띤 물은 반짝이는 수조 안에서 부드럽게 흔들리며, 수많은 파이프와 필터를 거쳐 온 희미한 화학 성분 냄새를 내뿜고 있었다. 이 폐쇄되고 천장이 높은 공간에서는 피니의 목소리조차 특유의 울림을 잃고, 천장을 향해 치솟는 둔중한 소음의 벽에 흐릿하게 섞여버리고 말았다. 그런 흐릿한 소리로 피니가 말했다. "아마도 **내가** A. 홉킨스 파커보다는 빨리 헤엄칠 수 있을 거 같아."

우리는 사무실에서 스톱워치를 찾아냈다. 그는 출발 지점에 올라서서 허리를 굽혔다. 수영 선수들이 그렇게 하는 것을 보긴 했지만 직접 해볼 기회는 한 번도 없었던 자세였다. 그의 어깨와 팔이 대기 상태로 느슨해지고, 온몸에 절제된 느긋함이 느껴졌다. 기록을 경신하려는 사람으로서는 뜻밖의 모습이었다. 나는 외쳤다. "준비, 출발!" 매우 복합적인 순간이었다. 그의 몸이 갑자기 스프링처럼 쭉 펴지더니 앞으로 튕겨나갔다. 수영장을 활주해나가는 그의 어깨가 수면을 쫙 훑는 동안, 발과 다리는 너무도 낮게 움직여 거의 알아볼 수 없을 정도였다. 그의 뒤로 물보라가 빠르게 일어나 긴 궤적을 남겼다. 어느새 수영장 끝에 이른 그는 몸에 긴장을 푸는가 싶더니 다시 물속으로 뛰어들었다. 나는 한순간 혼란스러웠지만, 곧이어 금속성의 긴장을 띤 그의 몸이 수영장 저쪽을 향해 솟구쳐나가는 것을 보았다. 또다시 몸을 돌려 수면 위로 나오더니(그러는 내내 그는 조금도 속도를 늦추지 않았다) 또 한 번 돌고, 물에 뛰어들고, 수영장 끝에 손을 대고― 그리고 나서야 그는 침착하고 유쾌한 표정으로 나를 쳐다보았다. "그래, 내 기록 어때?" 나는 스톱워치를 보았다. 그는 A. 홉킨스 파커의 기록을 0.7초 차로 경신했다.

"와! 그러니까 나 성공한 거네. 사실은 말야, 난 내가 해낼 줄 알고 있었어. 내 머릿속에 스톱워치가 있어서 스스로 A. 홉킨스 파커보다 조금 더 빠르게 움직이는 소리를 듣는 것만 같았지."

"목격자가 없어서 정말 유감이다. 나는 공식 기록자가 아니니까. 네 기록이 유효할 것 같진 않아."

"당연히 **유효하지 않지**."

"넌 다시 시도할 수 있어. 그때도 성공할 거야. 내일 말이야. 코치를 이리로 데려오고 공식 기록자들도 전부 올 거고,《데보니안》에 전화해서 교지 기자와 사진사도 오라고 하면……."

그는 수영장 밖으로 나왔다. "다시 하지는 않을 거야." 그가 조용히 말했다.

"당연히 해야지!"

"아냐, 난 내가 해낼 수 있을지 알고 싶었을 뿐이야. 이제 알았으니 됐어. 하지만 사람들 앞에서 다시 하고 싶진 않아." 수영하러 온 몇몇 아이들이 문간에 나타났다. 피니는 날카롭게 그들 쪽을 눈짓했다. "그리고 말이야," 그는 한결 더 낮은 목소리로 말했다. "이 일에 대해 얘기하지 말자. 너와 나 사이의 비밀이다. 아무 얘기도 하지 마. 누구한테도."

"아무 얘기도 하지 말라고? 네가 교내 신기록을 세웠는데!"

"**쉬이이잇!**" 그는 이글거리는 눈길로 나를 쏘아보았다.

나는 가만히 서서 그를 위아래로 훑어보았다. 하지만 그는 나를 마주 바라보지 않았다. "너는 너무 완벽해서 실제 같지 않아." 얼마 후 내가 중얼거렸다.

그는 나를 쳐다보더니 이렇게 말했다. "칭찬 고맙다." 미묘하게 무감각한 목소리였다.

피니는 내게 뭔가 과시라도 하고 싶었던 걸까? 아무한테도 얘기 말라니, 하루도 정식 연습을 하지 않고서 교내 신기록을 세웠는데? 하지만 나는 그의 말이 진심이라는 걸 알았고 그래서 아무에게도 얘기하지 않았다. 어쩌면 바로 그 때문에 그의 성공이 내 마음속 깊이 뿌리를 내리고, 내가 숨겨야만 했던 어둠 속에서 점점 더 빠르게 자랐는지도 모른다. 데번의 기록부에는 잘못된 부분이 있었는데 피니와 나 말고는 아무도 그걸 몰랐다. A. 홉킨스 파커가 지금 어디에 있든, 그는 바보들의 천국에 사는 셈이었다. 패배한 그의 이름이 여전히 공식 기록이 새겨진 청동 명판에 남아 있는 반면, 피니는 운동선수라면 꿈꿀 그런 명예를 대놓고 거부했으니까. 피니가 이미 무척 많은 명예를 지녔다는 건 사실이었다. 1941~1942년 시즌 풋볼 경기에서, 가장 기독

교 신자다운 운동선수에게 주어지는 윈슬로 갤브레이스 기념 트로피. 마거릿 듀크 보나벤츄라가 자신의 아들과 가장 가깝게 하키 기술을 구사한 선수에게 수여하는 리본과 상금. 매년 운동경기 고문들이 투표해 신체 접촉이 있는 모든 종목의 경기에서 동료들을 능가하는 스포츠맨십을 발휘한 학생에게 주어지는 데번 신체 접촉 스포츠 상. 하지만 그것들은 이미 지난 일이었고, 기록이 아니라 상에 지나지 않았다. 피니가 공식적으로 참여하는 종목들인 풋볼, 하키, 야구, 라크로스에는 딱히 교내 기록이 존재하지 않았다. 갑자기 새로운 종목으로 전환해 하루 만에, 그것도 한 번에 기록을 깬다는 건—솔직히 말해서 내가 상상할 수 있는 한에서도 최고로 멋진 묘기이자 환상적인 반전이었다. 게다가 이 성취가 그토록 쉽게 일어났다는 것도 흥분되는 일이었다. 이 사건에 대해 생각해볼 때면 머리가 어지러워졌고 배 속이 살살 아파왔다. 그것은 한마디로 말해 경이, 나 같은 남학생에게는 절대적인 경이였다. 스톱워치를 내려다보고 피니가 교내 신기록을 세웠다는 것을 알아차린, 그 사실을 내 얼굴에 드러내고 내 목소리로 발표하기 직전의 한순간, 나는 역시 단 한마디로 표현할 수 있는 감정을 느꼈다—충격.

이 놀라운 사건에 대해 얘기하지 못한다는 사실이 내 마음속의 충격을 더욱 깊게 했다. 그 감정 때문에 피니가 너무도 유별나게(친구로서가 아니라 경쟁자로서 보았을 때) 느껴졌다. 그리고 데번에서 우정이 경쟁 관계에 기초하지 않는 경우란 거의 없었다.

"수영장에서 헤엄친다는 건 어쨌든 별로야." 길고 야릇한 침묵 속에서 나와 함께 기숙사로 걸어가던 그가 문득 이렇게 말했다. "진정한 수영이란 바다에서 하는 것뿐이야." 그러고는 그가 엉뚱하기 그지없는 일을 제안할 때 특유의 무심하고 일상적인 어조로 덧붙였다. "바닷가에 가자."

바닷가는 자전거로 몇 시간이나 걸리는 데다 가는 게 금지되어 있어 완벽한 미지의 영역이었다. 거기에 간다면 퇴학당할 수도 있었고, 내일 아침 치러야 할 중요한 시험 준비도 완전히 망치는 셈이었으니, 나의 바람직하고 질서 정연한 생활이 치명적인 손상을 입을지도 몰랐다. 게다가 내가 정말 싫어하는 고된 장거리 자전거 주행을 감당해야 했다. 그럼에도 나는 대답했다. "좋아."

우리는 자전거를 타고 뒷길로 데번 교정을 빠져나갔다. 피니는 나를 끌어들인 이상 즐겁게 해주어야 한다고 생각했는지 자신의 유년기에 대해 길고 유쾌한 이야기를 늘어놓았다. 내가 숨을 헐떡이며 가파른 언덕길을 오르는 동안 그는 곁에서 나란히 페달을 밟으며 계속 농담을 던졌다. 내 성격을 분석하는가 하면, 자기한테서 제일 싫어하는 점이 무엇인지 알려달라고 우겨댔다("너무 평범하다는 거"라고 나는 대꾸해주었다). 자전거에서 손을 뗀 채 거꾸로 가거나, 손잡이 위에 앉아 달리거나, 영화 속 로데오 경기의 재주꾼들처럼 움직이는 자전거에서 뛰어내렸다 다시 뛰어오르기도 했다. 노래도 불렀다. 그는 말할 때 음성이 항상 낭랑한 반면, 노래할 때면 완전 음치였다. 게다가 멜로디나 가사를 제대로 기억하는 노래가 하나도 없었다. 하지만 무슨 음악이든 즐겨 들었고, 노래하는 것도 좋아했다.

우리는 오후 늦게야 바닷가에 닿았다. 밀물 때였고 파도가 거세게 부서졌다. 나는 바다에 뛰어들어 몇 번 파도를 타보았지만, 어느새 파도는 마치 대양 전체의 힘을 한꺼번에 실은 것처럼 거칠어졌다. 두 번째 파도는 나를 바닷가로 밀고 가서 앞쪽으로 내던져버리더니 눈 깜짝할 사이에 위로 덮쳐왔다. 갑자기 내 몸보다 어마어마하게 커진 파도는 중력을 거스르며 나를 들어 올려 제 손아귀에 감싸버렸다. 바닥을 모를 원초적 심연에 던져진 순간 다시 바닥이, 까끌까끌한 모래가 나타났고, 어느새 내 몸은 바닷가 위에 밀려 올라와 있었다. 파도는 잠시 누그러지며 거기서 균형을 잡더니 물속 깊은 곳을 향해 뱀처럼 미끄러져 들어갔다. 나를 그 촉수로 붙잡아 끌고 갈 만큼의 흥미는 느껴지지 않는다는 듯이.

나는 바닷가 위쪽으로 올라가 드러누웠다. 피니가 다가오더니 엄숙하게 내 맥박을 재보고는 다시 바닷속으로 들어갔다. 그는 한 시간이나 거기 머물렀지만 몇 분마다 내가 있는 데로 돌아와 수다를 떨곤 했다. 하루 종일 햇볕을 받은 모래는 무척 뜨거워서 누우려면 바닥을 한 겹 쓸어내야만 했다. 그러는 동안 피니는 줄곧 높고 경이로운 도약을 선보이며 바닷가를 가로지르고 있었다.

주위의 바위들 너머로 햇빛에 반짝이는 흰 물거품이 밀려 올라왔고, 바닷물은 얼음처럼 차가웠다. 이런 햇살과 바다는 층층이 겹쳐드는 파도의 포효, 소금기를 띤 유혹적인 바닷바람과 함께 줄곧 피니어스를 들뜨게 했다. 그는 사방으로 쏘다니면서 한껏 신나게 놀았고 날아가는 갈매기들을 보며 크게 웃어댔으며, 생각이 미칠 때마다 나를 위한 배려를 아끼지 않았다.

우리는 핫도그 가판대에서 저녁을 먹었다. 바다와 한결 선선해진 바람을 등지고 요리용 렌지의 열기를 마주한 채. 그러고 나서 비교적

수수한 뉴잉글랜드식 선술집들이 줄지어 선 바닷가 한가운데로 걸어 갔다. 판자를 깐 산책로의 등불이 짙은 푸른색 하늘을 배경으로 별처 럼 아름답게 빛났고, 술집과 사격장과 야외 맥줏집에서 새어 나오는 불빛은 맑은 하늘에 지는 노을에 비껴 고요한 순수함을 띠었다.

피니와 나는 운동화와 흰 바지 차림으로 산책로를 따라 걸었다. 피 니는 하늘색 폴로셔츠를 입었고 나는 티셔츠 바람이었다. 사람들이 그를 골똘히 쳐다보는 걸 알아차린 나는 왜인지 궁금해서 새삼 그를 바라보았다. 그의 피부는 불그스레한 구릿빛 광택을 발산했고 갈색 머리칼은 햇볕에 약간 색이 바래 있었다. 그을린 피부와 대조되어 그 의 눈은 서늘한 청록색 불꽃처럼 반짝거렸다.

"모두 널 쳐다보네." 그가 갑자기 내게 말했다.

"네가 오늘 오후에 영화배우처럼 근사하게 피부를 태워서 그 래…… 그럴싸해 보이는걸."

규칙 위반은 그날 밤엔 그걸로 충분했다. 우리 중 아무도 선술집이 나 맥줏집에 들어가보자는 얘기를 꺼내지 않았다. 개중 점잖아 보이는 바에서 맥주를 한잔씩 마시긴 했다. 가짜 배급 카드를 내놓자 바텐더 는 우리가 술을 마실 수 있는 나이라고 속아 넘어간 듯했다. 어쩌면 속 아주었는지도 모른다. 그러고 나서는 호젓한 바닷가 끄트머리 모래언 덕 사이에서 적당한 장소를 찾아 하룻밤 잠자리를 마련했다. 피니는 매일 밤 그랬듯이 한참 떠들어댔는데, 그의 마지막 말은 이러했다. "여 기서 즐거운 시간을 보냈길 바라. 내가 널 억지로 끌고 왔다는 걸 알 아. 하지만 말이야, 바닷가에 아무하고나 올 수는 없는 거잖아. 너도 혼자선 올 생각을 못 했을 거고. 인생에서 지금 같은 십대 시절에 함께

하기 가장 좋은 상대는 역시 단짝 친구니까." 그는 잠시 주저하더니 덧붙였다. "내겐 네가 그런 친구야." 그러고 나서 그가 누운 모래언덕은 잠잠해졌다.

그건 무척 대담한 말이었다. 데번 같은 곳에서는, 그처럼 진지하게 감정을 드러내놓는다는 건 자살 행위나 마찬가지였다. 그때 나는 그 역시 내게 최고의 친구라고 말했어야 했다. 그가 힘들게 한 말을 돌려주었어야 했다. 그러려고 했다. 거의 그렇게 말할 뻔했다. 하지만 무언가가 나를 주저하게 했다. 어쩌면 나를 멈춘 것은 이성보다 더 깊이 숨겨진 감정, 지나치게 진실된 그런 감정이었는지도 모른다.

4

다음 날 아침 나는 생애 최초로 해돋이를 보았다. 그것은 내가 예상했듯이 당당한 팡파르처럼 바다 위로 울려 퍼지지 않았다. 오히려 해를 감싼 삼베의 올 사이로 새어 나오듯 미묘하게 가라앉은 잿빛이었다. 나는 피니어스가 일어났는지 넘겨다보았다. 그는 여전히 자고 있었는데, 어슴푸레한 빛을 받아서인지 잠들었다기보다 죽은 것처럼 보였다. 바다 역시 죽은 듯하여, 적막한 잿빛 파도가 역시 시체 같은 회색을 띤 해변을 따라 매섭게 쉭쉭 부딪치고 있었다.

나는 돌아누워 다시 잠을 청했지만 잠이 오지 않아서, 반듯이 위를 보고 누워 회색 삼베 같은 하늘을 올려다보았다. 보일 듯 말 듯 서서히, 마치 악기 하나에 이어 다음 악기가 슬며시 연주에 동참하듯, 온갖 색들이 횃불처럼 환하게 하늘을 밝혀왔다. 알록달록한 하늘의 조각들을 반사하며 바다도 조금씩 생기를 되찾았다. 파도 끄트머리에서 눈부신 빛이 반짝였고, 잿빛 수면 아래로는 여전히 자정의 암녹색이 숨어 있었다. 바닷가는 죽은 듯한 적막을 떨쳐내고 신비한 회백색을 띠더니 회색보다 백색에 가까워져갔고, 마침내 그늘 한 점 없는 순백을 띠었다. 마치 에덴동산의 바닷가처럼 순결한 모습이었다. 여전히 모래 언덕 위에 잠들어 있는 피니어스의 모습은, 신의 손길이 닿자 생명을 되찾은 나사로를 연상시켰다.

이러한 변화 과정을 나는 그리 오래 지켜보진 못했다. 기억할 수 있는 가장 어린 시절부터 나는 항상 머릿속에 제법 정확한 시간관념을 지니고 있었다. 하늘과 바다를 보니 대충 여섯 시 반쯤 된 것 같았다. 자전거로 데번에 돌아가는 데 최소한 세 시간은 걸렸다. 예의 중요한 시험, 즉 삼각법 과목 시험은 열 시에 있을 예정이었다.

피니어스가 일어나며 불쑥 말을 던졌다. "내 인생 최고로 달콤한 밤잠이었어."

"네가 언제 밤잠을 설친 적이나 있냐?"

"풋볼하다 발목을 부러뜨렸을 때. 지금 바닷가가 참 근사해 보이는데. 아침 헤엄이나 칠까?"

"미쳤어? 시간이 너무 늦었잖아."

"대체 몇 시인데?" 피니어스도 내가 인간 시계라는 걸 알고 있었다.

"일곱 시가 다 됐어."

"잠깐 헤엄칠 시간은 있네." 내가 뭐라고 대꾸도 하기 전에 그는 성큼성큼 바다를 향해 가면서 옷을 하나하나 벗어던지고는 물속에 뛰어들었다. 나는 자리에 앉은 채 그를 기다렸다. 얼마 후 차가운 바닷물에 젖어 빛나는 그가 힘차게, 큰 소리로 수다를 떨며 돌아왔다. 나는 딱히 할 얘기가 없었다. "너 돈 있니?" 이렇게만 물어보았는데, 그가 우리의 전 재산인 75센트를 밤사이에 잃어버리진 않았을까 하는 생각이 불현듯 떠올라서였다. 모래밭 수색이 이어졌지만 성과는 없었고, 우리는 아침이라곤 전혀 못 먹고 자전거로 기나긴 귀로에 올라야 했으며, 간신히 시험 시간에 맞춰 데번에 도착했다. 나는 낙제했다. 시험문제를 딱 본 순간에 낙제로구나 하고 깨달았다. 내가 시험에 낙제한 건 생전 처음이었다.

하지만 피니는 내게 낙제에 대해 걱정할 시간을 주지 않았다. 점심을 먹자마자 기습 야구가 시작되어 오후 내내 이어졌고, 저녁 식사 직후에 여름 학기를 위한 특별 자살 클럽 모임이 있었다.

그날 밤 방에 돌아와서 나는 하루 종일 운동하느라 지친 몸을 무릅쓰며 삼각법 시험 내용을 따라잡으려 하고 있었다.

"넌 공부를 너무 많이 해." 피니가 나와 함께 쓰는 책상 건너편에 앉은 채 말을 건넸다. 우리 주위로 스탠드가 둥그렇게 노란 불빛을 던졌다. "넌 역사, 영어, 프랑스어, 그 밖의 모든 과목에 통달해 있잖아. 삼각법 좀 못 한다고 뭐가 문제야?"

"다른 건 몰라도, 졸업하려면 적어도 시험에 통과는 해야지."

"그 말만은 하지 마라. 데번에서 너만큼 졸업이 보장된 학생이 어디 있다고. 넌 **졸업**을 위해 공부하는 게 아냐. 학년 수석이 되고 싶은 거고, 졸업생 대표로 졸업식 날에 연설을 하고 싶은 거야. 아마도 라틴어나 그만큼 지루한 다른 외국어 연설이겠지. 너는 이 학교의 신동이 되고 싶은 거야. 내가 널 알지."

"바보 같은 소리 마. 내가 그런 걸 위해서 시간을 낭비할 것 같아?"

"넌 절대 시간을 낭비하지 않지. 그래서 내가 너 대신 그렇게 해주는 거야."

"어쨌든," 나는 시무룩하게 덧붙였다. "누군가는 학년 수석이 되어야 할 거 아냐."

"그럼 그렇지, 난 네가 뭘 노리는지 알고 있다니까." 그가 조용히 대답했다.

"쳇."

그게 뭐가 어때서. 내 생각에 학년 수석이란 무척 훌륭한 목표였다. 어쨌든 피니어스는 그런 얘길 할 만했다. 그는 갤브레이스 풋볼 트로피와 신체 접촉 스포츠 상을 받았고 그 사실을 퍽 자랑스러워했다. 게다가 금년이나 내년에 스포츠 관련 상을 두세 개는 더 받을 게 분명했다. 내가 졸업식 날 학생 대표가 되어 연설을 하고 최고 우등생에게 주어지는 표창장을 받는다면, 우리 두 사람은 나란히 정상에 서는 셈이고 동등해지는 것이다. 단지 그뿐이다. 우리는 동등해질 것이다……

바로 그거였다! 순간 내 눈길은 교과서를 떠나 피니에게 꽂혔다. 그가 스탠드 불빛 너머로 내 갑작스런 시선을 눈치챘을까? 그런 것 같진 않았다. 그는 줄곧 토머스 하디를 읽으면서, 자신만의 속기법으로 책에 대해 기묘한 소용돌이 서체의 메모를 적고 있을 뿐이었다. **그런 거였구나!** 그는 스탠드 불빛 속에 머리를 숙이고 있어, 속눈썹 위로 슬쩍 튀어나온 눈썹 둔덕이 두드러졌다. 그런 은근한 둔덕에 정신력이 깃들어 있다고 사람들은 흔히 말한다. 피니어스는 자기한테 뛰어난 정신력이 있다고 하면 말도 안 된다며 부정할 사람이긴 하다. 하지만 정말로 그가 무슨 생각을 하는지 어찌 알겠는가? 만약 내가 학년 수석이 되어 상을 받고, 우리 두 사람이 동등해진다면……

그가 머리를 들어 올리자 내 머리는 바로 수그러졌다. 나는 교과서를 쳐다보는 척했다. "긴장 풀어." 피니가 말했다. "계속 그런 식으로 하단 네 머리가 터지겠다."

"내 걱정은 해줄 필요 없어, 피니."

"걱정하는 게 아냐."

"내가 학년 수석이 된다 해도……." 이런 질문이 내 속마음을 드러내는 건 아닌지 나는 염려스러웠다. "넌 신경 쓰지 않겠지, 안 그래?"

"신경 써?" 투명한 청록색의 두 눈동자가 나를 바라보았다. "어쨌든 쳇 더글러스가 있는데 퍽이나 네게 기회가 있겠다."

"하지만 너는 상관없지, 그렇지?" 나는 한결 나지막하고 뚜렷한 목소리로 되물었다.

그는 특유의 보일 듯 말 듯한 미소, 위험한 상황에서 몇천 번쯤 그를 구해준 그 미소를 던졌다. "난 질투와 시기로 인해 자살해버리겠지."

나는 그의 말을 그대로 받아들였다. 농담하는 듯한 태도는 연막일 뿐이었다. 나는 그를 곧이곧대로 믿었다. 눈앞에서 삼각법 교과서가 아득히 흐려져갔다. 아무것도 보이지 않았다. 머릿속이 폭발할 것 같았다. 그는 내가 학교 수석이 될까 봐 경계하고 있으며, 그렇게 될 수 있다는 생각조차 하기 싫어했다. 머릿속에서 빠른 속도로 연달아 폭탄이 터지듯, 내가 가졌던 믿음들이 하나하나 사라져갔다. 단짝 친구에 대한 관념이, 기숙학교라는 정글에서도 품을 수 있었던 우정과 동료애와 애착과 완벽한 신뢰가, 이 학교에 ― 이 세상에 그래도 누군가 믿을 수 있는 사람이 있다는 희망이 차례차례 소멸해버렸다. "쳇 더글러스." 나는 자신 없는 어조로 대답했다. "걔야말로 확실한 수석이지."

비참한 나머지 더는 아무 말도 할 수 없었다. 나는 교과서를 뒤적였다. 산소가 방에서 빠져나가는 것처럼 숨쉬기조차 힘들었다. 절망 속에서도 내 마음은 이 생각 저 생각으로 옮겨 다니며, 무언가 의지할 만한 존재가 남아 있지 않을까 찾아내려 애썼다. 절대적 의지가 아니라 (그것은 너무도 희미한 가능성이었기에) 그저 일말의 의지, 아주 약간의 위안을, 폐허 속에 잔존한 무언가를.

나는 마침내 그것을 찾았다. 한 가지 의지가 되는 생각을 떠올린 것이다. 그것은 바로, 나와 피니어스는 이미 동등하다는 생각이었다. 바로 서로에 대한 적의에서. 우리 둘 다 서로만을 의식하며 냉정하게 앞으로 나아가고 있다. 나는 교내 수영 신기록을 세운 그를 미워했지만, 그래서 어떻단 말인가? 그 또한 전 과목 시험에서 A를 받은 나를 미워하지 않는가─마지막 한 과목만 빼고. 그 시험도 피니어스만 아니었다면 A를 받았을 것이다. 그만 아니었다면.

그러자 두 번째 깨달음이, 그날 바닷가에서의 새벽만큼 명확하고 또 황량하게 나를 덮쳐왔다. 피니는 의도적으로 내 공부를 방해하려 해왔던 거다. 기습 야구, 밤마다 있었던 특별 자살 클럽 모임, 자신의 모든 활동을 내가 함께해야 한다는 고집, 모든 것이 분명하게 이해되는 것 같았다. 내가 그의 단짝 친구니 어쩌니 하는 말을 믿었던 것만큼이나 분명하게. 그래서 내가 뭔가를 같이 하지 않으려 하면 그의 얼굴이 어두워졌던 거구나. 모든 걸 나와 함께 나누고 싶은 본능적 소망? 그래. 분명 나와 모든 걸 함께 나누고 싶었겠지. 특히 전 과목 D를 받은 자기 성적 말이야. 그렇게 되면, 운동에서 나보다 뛰어난 그는 결과적으로 날 이길 수 있을 테니까. 모든 게 냉혹한 책략이고 계산된 행동이며 나를 향한 적의였다.

기분이 조금 나아지는 듯했다. 구역질이 잦아든 후 식은땀에 젖어 느끼는 그런 안도감이 나를 찾아왔다. 그래, 분명 기분이 나아졌다. 결국 우리 둘은 매한가지였던 거다. 심지어 적의에서도. 서로를 향한 지독한 경쟁심에서도.

　그 일 이후 나는 완벽한 모범생이 되었다. 전에도 항상 성적은 좋았지만, 쳇 더글러스와 달리 배움 자체에는 관심이 없었고 흥미도 못 느꼈었다. 이제 나는 단순히 우등생이 아니라 최우등생이었고, 쳇 더글러스 말고는 경쟁자가 없게 되었다. 하지만 내가 보기에 쳇의 약점은 바로 그가 배움에서 느끼는 진실한 기쁨 자체였다. 그는 사소한 것에 넋을 놓곤 했다. 예를 들어 그는 입체기하학의 경사면 문제에 푹 빠지는 바람에 삼각법 시험은 나만큼이나 망쳐버리고 말았다. 볼테르의 《캉디드》를 읽고서 쳇은 세상을 보는 새로운 관점을 깨쳤다며 열광하더니 볼테르의 다른 책들을, 그것도 프랑스어로 걸신들린 듯 읽어갔다. 수업 내용은 이미 다른 작가로 넘어갔는데도. 바로 그게 그의 약점이었다. 반면 내게 공부란 전부 똑같았다. 볼테르건 몰리에르건 운동 법칙이건 마그나카르타건 감정적 허위(무생물에 감정을 부여하는 문학적 허용을 가리키는 용어)건 《더버빌의 테스》건. 내게는 모두 똑같이 수업 내용일 뿐이었다.

　피니는 이런 차이에 대해 알 길이 없었을 것이다. 학습에서 그는 나나 쳇보다 훨씬 뒤처져 있었기 때문이다. 수업 시간에 그는 대체로 의자에 몸을 기대고 늘어진 채, 긴장한 얼굴에 다 이해한다는 듯 애매한 표정을 띠고서 우리의 논의를 가만히 지켜보곤 했다. 자신의 의견을 얘기해야만 하는 때가 되면 그는 특유의 최면적인 힘을 지닌 목소리와 사차원적인 사고방식으로, 꼭 들어맞진 않지만 딱히 틀렸다고도 할 수 없는 대답을 조합해내곤 했다. 하지만 목소리를 써먹을 수 없는 필기시험이 그의 약점이었고, 결과적으로 그의 점수는 간신히 낙제를 면할 정도였다. 그가 공부를 하지 않았던 것은 아니다. 실제로 공부를 하긴 했지만, 드문드문 충동적으로 게다가 아주 잠깐씩이었다. 우리에게 무척 중요한 그 여름이 지나가는 동안 나는 평소의 공부 습관을 더욱 강화했고, 피니어스도 공부하려는 충동을 좀 더 자주 느끼는 듯했다.

내가 조금씩조금씩 학교의 최우수 학생에 가까워지고 있다는 것을 나는 확신하고 있었다. 피니어스는 의문의 여지없이 학교 최고의 운동선수였고, 그렇게 우리는 서로 동등해질 것이었다. 하지만 그의 성적이 형편없는 반면 나는 운동 실력에서도 제법 괜찮았기 때문에, 모든 걸 한꺼번에 고려한다면 최종 결과는 분명 내게 더 유리했다. 그가 최근 들어 공부에 힘을 기울이는 건 스스로를 구제하려는 응급처치가 분명했다. 그래서 나도 두 배로 공부했다.

그 몇 주 동안 우리가 서로 얼마나 사이좋게 지냈는지 생각해보면 신기하다. 때로는 그의 계략을 거의 잊어버릴 지경이었고, 나도 모르게 다시 그에 대한 우정이 샘솟는 것을 느끼곤 했다. 여름날이 하루하루 서늘한 광휘로 우리 앞에 밝아오고 아침 공기에 확장되어가는 생명의 숨결이, 말로 표현하기에 너무도 어려운 그 무엇이 서려 있을 때면 미움이란 기억해내기가 어려운 감정이었다. 사람을 활기차게 만드는 산소, 북부 특유의 찬란하고 이교도적인 대기, 희미한 향기, 한량없이 가슴속을 들뜨게 하는 그 어떤 감정에 맞서기 위해 나는 도로 침대에 누워 정신을 다잡아야 했다. 그 아침결의 상쾌하고도 유혹적인 투명함 속에서 뭔가를 상기해내기란 힘들었다. 내가 미워하는 사람, 나를 미워하는 사람에 대해 나는 잊어버렸다. 헤아릴 수 없는 희열, 앞날에 대한 참을 수 없는 기대가 나를 덮쳐와서, 혹은 그저 아침이 내가 감당하기엔 너무도 아름다워서 크게 소리쳐 울고 싶을 때도 있었다. 이처럼 아름다운 세상에서 살아가기엔 내 안에 너무도 큰 증오가 도사리고 있었기 때문에.

여름은 느릿느릿 흘러갔다. 아무도 우리에게 신경 쓰지 않았다. 어느 날 나는 자신도 모르게 프루돔 선생에게 피니어스와 바닷가에서 하룻밤을 지낸 일을 이야기해버렸다. 프루돔 선생도 무척 관심을 보이며 이것저것 자세히 물어보았지만, 정작 중요한 사실은 까먹은 모양이었다. 우리가 교칙을 완전히 어겼다는 것 말이다.

아무도 우리에게 관심을 두지 않았고, 그 어떤 규칙도 강요하지 않았다. 우리는 자유로웠다.

8월이 오면서 뉴햄프셔 여름날의 모든 아름다움은 더욱 깊어져만 갔다. 초순에는 이틀만 맑고 계속 비가 내려 곳곳에 숨어 있던 마지막 신록을 끌어냈다. 데번의 겨울 학기 동안 반라이거나 완전히 헐벗은 모습으로 눈에 익었던 오래된 나뭇가지들은 이제 폭풍처럼 잎사귀를 틔워내고 있었다. 버려진 것처럼 보이던 땅뙈기들조차 자신의 정체가 정원이었음을 드러냈고, 체육관 주위와 강가의 볼품없는 관목 덤불들도 눈부신 색채를 과시했다. 공기 중에는 상쾌함이 은근히 감돌아 마치 여름의 절정에 봄이 돌아온 것 같았다.

하지만 시험이 코앞에 와 있었다. 그리고 나는 계획한 것만큼 준비하지 못한 상태였다. 자살 클럽은 여전히 매일 밤 모임을 가졌고 나도 매번 참석했다. 내가 피니의 속내를 훤히 아는 것처럼 그가 내 속내를 알아차려서는 안 되었기 때문이다.

게다가 나무에서 뛰어내리는 데 있어 그가 나보다 우월해지는 것도 용납할 수 없었다. 하지만 사실 그가 나무 위에서 나를 이기든 말든 중요하지 않다는 건 알고 있었다. 중요한 건 마음속 생각이니까. 내가 알아차린 대로라면 피니의 마음속은 고독하고 이기적인 야망의 은신처였다. 둘 중에 모든 경쟁에서 이기는 쪽이 누구든, 그도 나만큼 치졸하긴 마찬가지였다.

프랑스어 시험은 8월 하순의 금요일에 있을 예정이었다. 피니와 나는 목요일 오후에 도서관에서 시험공부를 했다. 나는 단어 목록을 점검했고, 그는 엉터리 프랑스어로 메시지를 작성하고 있었다. "전 프랑스어 따위에는 관심 없습니다. 프랑스 여자애들은 바지를 안 입으니까요." 그러고는 그 메시지를 '**에드-메무아르**'(aide-memoire : 프랑스어로 '기억력-보좌관'이라는 뜻)'인 나에게 지극히 진지한 태도로 전달하는 것이었다. 당연히 나는 공부에 집중할 수가 없었다. 저녁 식사 후 나는 방에서 다시 공부를 하려고 해보았다. 하지만 몇 분 후 피니어스가 들어왔다.

"일어나라." 그가 흥겹게 입을 열었다. "수석 고문 창립 멤버여! 엘윈 '문둥이' 레펠리어가 바로 오늘 밤 '뛰어들기'를 하겠다는 의사를 밝혀왔노라. 이로써 그도 막판에 간신히 체면을 살리게 되었도다." 나는 도저히 그의 말을 믿을 수 없었다. 레퍼는 그런 곳에서 뛰어내리라면 침몰하는 군함에 탄 사람처럼 공포에 질려 온몸이 마비되어버릴 녀석이었다. 피니가 억지로 시킨 게 분명했다. 내 시험을 완벽하게 망쳐버리기 위해. 나는 무관심한 척하며 뒤돌아 앉았다. "걔가 그 나무에서 뛰어내리면 난 마하트마 간디다."

"뭐, 그래." 피니가 무심하게 대꾸했다. 그에게는 상투적 표현을 무시해버리는 나름의 방식이 있었다. "이봐, 가보자. 우린 그 자리에 있어야 해. 모르잖아, 어쩌면 이번에야말로 녀석이 **진짜** 뛰어들지."

"아, 제발 좀." 나는 프랑스어 교과서를 탁 덮었다.

"대체 왜 그러는데?"

정말 대단한 연기다! 그는 완전히 당황하고 어리둥절한 표정을 띠고 있었다.

"공부해야지!" 내가 고함쳤다. "공부 말이야! 책, 공부, 시험. 너도 알잖아!"

"그래……." 그는 내 말이 이어지길 기다리고 있었다. 마치 내가 무슨 말을 하려는지 모르겠다는 듯이.

"이제 좀 그만해! 내가 무슨 소리 하는 건지 모르겠다고? 그래, 물론이지, 넌 모른다 이거지." 나는 일어나서 쾅 소리를 내며 의자를 책상에 밀어붙였다. "좋아, 가자. 우리는 겁쟁이 레퍼 녀석이 절대 나무에서 뛰어내리지 않는 걸 볼 테고, 나는 시험을 망치겠지."

그는 나를 흥미롭다는 듯, 놀란 표정으로 바라보았다. "너 공부하고 싶은 거니?"

나는 그의 온화한 태도에 약간 불안해지기 시작했고, 짐짓 깊은 한숨을 내쉬었다. "아냐, 됐어. 나도 알아. 난 클럽에 들었고, 그러니 가야지. 어쩌겠어?"

"가지 마." 그는 지극히 태평하고 무심한 태도로 말했다. 마치 "안

녕" 하고 인사하는 것처럼. 그러고는 어깨를 으쓱했다. "가지 말자. 뭐 어때, 그냥 놀이인걸."

이미 문 쪽으로 반쯤 다가갔던 나는, 발을 멈추고 그를 돌아보았다. "무슨 소리야?" 나는 중얼거렸다. 그의 말은 지극히 명확했지만 나는 그 말 뒤에 숨어 있을 무언가를, 그가 숨기고 있을 속내를 알아내려고 버둥거리고 있었다. 차라리 이렇게 물었어야 할지도 모른다. "너 대체 누구야?" 나는 완전히 낯선 누군가를 마주 보고 있었다.

"네가 **공부할** 필요가 있다는 걸 몰랐어." 그는 이렇게만 말했다. "네가 공부를 해야 한다는 걸 지금까지 생각 못했어. 넌 그냥 잘할 수 있는 건 줄 알았어."

어쩌면 그는 내 성적과 자신의 운동 실력 사이에 일종의 평행선을 긋고 있었는지도 모른다. 어쩌면 그는 누구나 자기처럼 딱히 노력 없이도 무언가에 탁월할 수 있다고 생각했는지도 모른다. 그는 자신이 특별하다는 걸 모르고 있었다.

나는 좀처럼 평소의 목소리를 되찾을 수 없었다. "내가 공부를 해야 한다면, 너도 마찬가지지."

"내가?" 그는 슬쩍 미소를 띠었다. "이봐, 하루 종일 공부를 한다고 해도 난 C 이상은 못 받아. 하지만 넌 다르지. 넌 우수해. 정말이야. 내 머리가 너만큼 좋다면, 난 말이야, 내 머리를 쪼개서 사람들이 볼 수 있게 전시해놓을걸."

"내 말 좀 들어봐……."

그는 의자 등받이에 손을 짚고 내게 몸을 숙였다. "나도 알아. 우리 는 이리저리 온통 난리를 치고 다니지만, 넌 이따금씩 진지해져야 할 필요가 있는 거지. 네가 정말로 무언가에 뛰어나다면, 그러니까 너만큼 뛰어난 사람이 하나도, 혹은 거의 없을 정도라면, 넌 그 일에 진지해져야 하겠지. 괜히 시간 버리지 마." 그는 나를 보고 눈살을 찌푸렸다. "왜 진작에 나한테 공부해야 한다고 말하지 않았어? 책상에서 일어나지 마. 넌 전 과목 A를 받을 거야."

"잠깐만." 나는 무슨 말을 할지도 모르면서 끼어들었다.

"괜찮아. 레퍼 녀석은 내가 지켜볼게. 뭐 분명 오늘도 안 뛰어들겠지만." 그는 어느새 문간에 가 있었다.

"기다려봐." 나는 좀 더 날카로운 목소리로 말했다. "잠깐 기다리라고. 나도 간다."

"아냐, 친구. 넌 공부해야지."

"내 공부에 대해선 신경 꺼."

"벌써 충분히 공부했다는 얘기야?"

"그래." 나는 짧고 무뚝뚝하게 대꾸했다. 그가 내 공부에 대해 더 얘기하지 못하게 하기 위해. 그는 더는 아무 말 없이, 음정이 안 맞는 휘파람을 불며 나보다 먼저 밖으로 나갔다.

우리는 교정에 길고 거대하게 드리워진 우리의 그림자를 따라 걸었다. 피니어스는 내게 회화 실습을 제안하며 말도 안 되는 프랑스어로 지껄이기 시작했다. 난 아무 말 없이 마음속으로, 나를 둘러싼 새로운 차원의 고립감을 더듬어보고 있었다. 나무에 대해 품었던 두려움은 이에 비하면 아무것도 아니었다. 위험에 처한 것은 내 목뼈가 아니라 내 이해력이었다. 그는 한순간도 나를 질투한 적이 없었다. 우리 사이에 경쟁 관계 따위는 결코 존재한 적이 없었고, 그럴 가능성도 없다는 사실을 나는 이제야 깨달았다. 나는 그와 같은 수준이 아니었다.

이 사실을 나는 견딜 수 없었다. 우리는 나무 둥치를 둘러싸고 서성거리는 아이들에게 합류했고, 피니어스는 힘차게 옷을 벗어젖히기 시작했다. 사위어가는 마지막 햇살, 눈앞의 도전 대상인 나무, 아이들 사이의 경쟁적 분위기에 덩달아 들뜬 채. 바로 이런 순간에 그는 생명력으로 흘러넘쳤다. "가자, 너랑 나랑." 그가 날 불렀다. 또 뭔가 새로운 생각이 떠오른 모양이었다. "함께 뛰어내리는 거야. 더블 점프! 멋지지, 응?"

이제 아무래도 상관없었다. 무슨 제안이든 나는 무관심하게 받아들였을 터였다. 그가 나무 발판을 밟아 올라가자 나도 뒤를 따랐다. 방죽 위로 높이 뻗은 나뭇가지 위까지. 피니어스는 평소보다 약간 더 멀리 나아가서 몸을 지탱하려고 옆에 있는 가지를 붙들었다. "좀 더 앞으로 나와." 그가 말했다. "그러고서 동시에 뛰어드는 거다." 그곳에서 바라다보이는 풍경은 너무도 멋졌다. 운동장의 짙푸른 잔디밭과 가장자리를 두른 관목 숲, 모형처럼 깜찍해 보이는 강 건너편의 하얀 체육관. 우리 뒤로 그날의 마지막 햇빛이 교정을 가로질러 길게 비쳐들어 주변 땅의 굽이치는 윤곽 하나하나를 선명하게 드러내며 숲 하나하나를 또렷하게 갈라놓았다.

나무줄기를 꽉 잡고서 나는 그에게 한 걸음 다가갔다. 그러고서 무릎을 굽혀 우리가 선 가지를 흔들었다. 균형을 잃은 피니는 한순간 무슨 일이냐는 듯 눈을 동그랗게 뜨고 날 돌아보았지만, 곧이어 아래로 떨어져 내렸다. 나무 아래쪽의 잔가지들이 부서지는 소리, 그러다가 나무줄기에 몸뚱이가 쿵 하고 부딪치며 울리는 불길하고 부자연스러운 소리. 그의 몸이 서툴게 움직이는 모습은 내게 생소한 광경이었다. 본능적인 단호함으로 나는 가지에서 뛰어내려 강으로 다이빙했다. 이 사건에 대한 두려움의 흔적을 싹 지워버리려는 듯이.

5

그 후로 며칠 동안 우리 중 아무도 진료소 출입을 허락받지 못했다. 하지만 나는 거기서 새어 나오는 모든 소문에 귀를 기울였다. 마침내 진실이 드러났다. 그의 한쪽 다리가 '부서졌다'는 것이었다. 나는 그 말이 정확히 무슨 뜻인지 이해할 수 없었다. 다리 한 군데가 부러졌다는 것인지 아니면 여러 군데가 부러졌다는 것인지, 깨끗이 부러진 것인지 산산조각 난 것인지. 그러나 나는 자세히 묻지 않았다. 새로운 소식은 더 없었지만, 다들 끊임없이 그 일에 대해 얘기했다. 내 주위를 벗어나면 사람들은 분명 다른 일에 대해서도 얘기했겠지만, 나에게는 모두가 그에 대해서만 얘기하는 것처럼 느껴졌다. 아마도 당연한 일이었을 것이다. 사건이 일어났을 때 난 바로 곁에 있었고, 게다가 그의 룸메이트니까.

피니의 부상은 선생들에게, 내가 기억하는 과거의 어느 사건보다도 큰 영향을 미쳤다. 그 같은 사고가 열여섯 살짜리 소년에게, 1942년 여름에 자유롭고 행복할 수 있었던 몇 안 되는 젊은이들 중 하나에게 일어났기에 한층 더 가혹하다고 느끼는 듯했다.

나는 그 사건에 대한 얘기를 더는 들을 수 없었다. 만약 누군가 나를 의심했다면 오히려 자신을 변호할 힘이 솟아났을지도 모른다. 하지만 아무 일도 없었다. 아무도 의심하지 않았다. 피니어스는 나를 고자질하기엔 너무 상태가 안 좋거나, 아니면 너무 점잖은 모양이었다.

나는 최대한 오랜 시간을 방에서 홀로 지냈다. 마음속 모든 잡념을 싹 비우고 내가 어디에 있는지, 심지어 내가 누구인지도 잊으려 했다. 어느 날 저녁에 그처럼 멍한 상태로 식사하러 가기 위해 옷을 입고 있다가 문득 한 가지 생각이 떠올랐다. 피니가 나무에서 떨어진 이후 처음 맑은 정신으로 떠올린 생각이었다. 피니의 옷을 입자. 우리는 옷 치수가 같았고, 그는 맨날 내 옷을 흥보고서도 곧바로 잊어버리고서 자기 옷인 줄 알고 입곤 했다. 나는 절대 착각하는 일이 없었고, 그래서 그날 저녁 그의 가죽 구두와 바지 그리고 깨끗이 세탁되어 서랍장에 들어 있던 분홍색 셔츠까지 찾아내어 몸에 걸쳤다. 셔츠의 높고 비교적 뻣뻣한 깃이 목덜미를 찔렀고, 널찍한 소맷부리는 손목 아래까지 닿았으며, 고급스런 옷감이 피부에 닿는 느낌은 생소하고 기묘했다. 귀족 신사, 스페인의 대공이라도 된 기분이었다.

하지만 거울을 보니 귀족이란 얼토당토않은 얘기였다. 나는 공상 속의 누군가가 아니라 피니어스였다. 다시 살아난 피니어스. 나는 그의 유머러스한 표정, 재기 넘치면서도 자의식 어린 유쾌한 얼굴까지 흉내 낼 수 있었다. 그런 모습이 왜 내게 그토록 깊은 안도감을 주었는지는 모르겠지만, 피니의 당당한 셔츠를 입고 거기 서 있으니 앞으로 내가 다시는 정체성에 혼란을 느끼지 않을 것처럼 느껴졌다.

나는 저녁 식사를 하러 가지 않았다. 변신의 감흥이 저녁 내내 남아 있었고, 옷을 벗고 잠자리에 든 이후까지도 사라지지 않았다. 그날 밤 나는 푹 잠들었다. 하지만 다음 날 아침 깨어나자 그 환상은 사라져 있었으며, 나 자신과 내가 피니에게 저지른 짓을 똑바로 직면해야만 했다.

머지않아 일어나야만 했던 일이 바로 그날 아침에 일어났다. "피니가 나아졌어!" 마지막 찬송가를 연주하는 오르간의 웅웅 울리는 소리를 뒤로하고, 스탠폴 의사 선생이 예배당 계단을 내려가며 내게 건넨 말이었다. 아침 바람에 검은 가운 자락을 펄럭이며 걸어가는 합창단원들 사이를 지나 그에게 다가가는 동안, 방금 들은 말이 내 귓가에 맴돌았다. 이 사람은 전교생 앞에서 내 잘못을 폭로할 작정인지도 모른다. 하지만 생각과 달리, 그는 진료소로 이어지는 오솔길로 정답게 나를 이끌었다. "이제 문병객 한두 명쯤은 괜찮아. 지난 며칠간은 아주 힘들었지만 말이야."

"나를 보고 피니가 화를 내거나 하지는 않을까요?"

"너를? 왜 그렇게 생각하니? 선생들은 그 애를 둘러싸고 난리법석을 떨 테니 안 되겠지만, 친구 한두 명 만나는 건 오히려 그 애한테도 도움이 될 게다."

"난 피니가 여전히 위독한 줄 알았어요."

"심한 부상이긴 했지."

"하지만 어떤…… 지금은 어떤 상태인가요? 그러니까, 기분이 좋아졌는지 아니면……."

"아, 너도 피니가 어떤 녀석인지 알잖니." 아니에요. 내가 피니에 대해 전혀 모른다는 사실만은 분명해요. "심한 부상이었지." 그는 말을 이었다. "하지만 우리가 결국엔 치료했단다. 다시 걷게 될 거야."

"다시 **걷는다**고요!"

"그래." 그는 나를 외면한 채, 계속 무덤덤한 어조로 말을 이었다. "이제 피니에게 운동은 끝났어. 그런 사고 이후엔 당연한 일이겠지만."

"하지만 할 수 있을 거예요." 나는 고함쳤다. "다리가 여전히 붙어 있다면, 절단 같은 걸 하지 않는다면…… 안 하실 거죠, 네? 절단만 하지 않는다면 뼈는 그대로일 테니, 원래 상태로 회복될 수 있을 거예요, 안 그래요? 당연히 그럴 거예요."

그는 망설이는 듯했다. 어쩌면 잠시 나를 쳐다봤던 것 같기도 하다. "운동은 끝이야. 친구로서 너는 그 애가 현실을 직면하고 받아들이도록 도와주어야 해. 빨리 받아들일수록 회복도 빠를 거야. 걷는 것 이상이 가능할지 모른다는 희망이 실낱만큼이라도 있었다면, 나도 가능한 모든 방법을 시도해봤을 게다. 하지만 그런 희망조차 없구나. 유감이다. 모두 유감이라고 하겠지. 비극이지만, 그게 현실이다."

나는 머리를 움켜쥐었다. 손가락이 살갗을 파고들었다. 의사는 위로하려는 듯 내 어깨에 손을 얹었다. 그의 손이 닿자, 나 자신을 통제할 수 있으리라던 희망은 완전히 사라져버렸다. 나는 양손에 얼굴을 묻고 울음을 터뜨렸다. 피니어스 때문에, 나 자신 때문에, 그리고 보이는 그대로를 믿고 있을 이 의사 때문에. 무엇보다도, 예상하지 못했던 의사의 친절한 태도 때문에.

"자, 이제 그만하렴. 유쾌하고 희망찬 태도를 보여야 해. 그게 피니가 네게 원하는 바란다. 그 애는 특별히 너를 보고 싶어 했어. 넌 그 애가 보고 싶어 한 유일한 사람이야."

그 말에 눈물이 멎었다. 나는 두 손을 내리고 점점 가까워지는 진료소를, 붉은 벽돌로 지어 따사롭게 느껴지는 그 건물을 바라보았다. 당연히 그는 날 제일 먼저 보고 싶어 할 터였다. 피니어스는 내 뒤에서 험담을 할 사람이 아니었다. 그는 나를 대면하고 나서야 고발할 것이었다.

우리는 진료소 계단을 올라갔다. 모든 것이 휙휙 지나갔다. 정신을 차려보니 어느새 의사가 복도 저쪽에 있는 문 하나를 가리키고 있었다. "그 앤 저기 있다. 나도 곧 가마."

문은 살짝 열려 있었고, 내가 밀자 문지방에 걸려 멈추었다. 피니어스는 베개들과 구깃한 침대보에 묻힌 채 누워 있었다. 흰 붕대로 칭칭 감겨 어마어마하게 커진 왼쪽 다리는 침대에서 약간 위로 들어 올려져 있었다. 오른팔에는 유리병에 연결된 튜브 하나가 꽂혀 있었다. 내 안에서 어떤 통로가 철컥 닫히는 것 같았다. 금방이라도 실신할 것 같은 기분이었다.

"들어와." 그의 목소리가 들려왔다. "네가 어째 나보다 안 좋아 보이냐." 그가 여전히 싱거운 소리를 할 수 있다는 사실에 나는 어느 정도 정신을 차리고 그의 침대 곁 의자에 가 앉았다. 그는 지난 며칠 동안 신체적으로 많이 약해진 듯했으며, 그을렸던 피부도 창백해져 있었다. 그의 눈은 마치 내 쪽이 환자인 것처럼 나를 훑어보았다. 두 눈은 예전처럼 날카롭고 재기 넘치지 않았고, 멍하게 흐려져 있었다. 얼마 후에야 나는 약 기운 때문에 그런 것임을 깨달았다. "어째서 **네가** 이렇게 아파 보이는 거야?" 그가 말을 이었다.

"피니, 나는……." 입 밖에 나오는 말을 나는 통제할 수 없었다. 내 말들은 무의식적으로, 마치 구석에 몰린 사람의 반응같이 흘러나왔다. "그 나무에서 무슨 일이 있었던 거지? 망할 놈의 나무, 나 그 나무를 잘라버리겠어. 누가 거기서 뛰어내릴 수 있는지 알게 뭐야. 무슨 일이야, 무슨 일이 있었던 거야? 어쩌다 네가 떨어진 거야, 어쩌다가 네가 그렇게 떨어져버린 거야?"

"그냥 떨어진 거야." 그는 모호한 눈빛으로 내 얼굴을 바라보았다. "뭔가가 흔들리는 바람에 떨어져버렸어. 뒤돌아서 널 쳐다봤던 건 생각나. 마치 이 세상 모든 시간이 멈춘 것 같았지. 손을 뻗어서 널 붙잡을 수 있을 거라고 생각했는데."

순간 나는 몸서리치며 그에게서 물러섰다. "나도 같이 끌어내리려 했다고!"

여전히 모호한 그의 눈빛이 내 얼굴 위를 떠돌았다. "널 붙잡고서 떨어지지 않게 버틸 생각이었지."

"그래, 물론이지." 이 밀폐된 방이 내 숨통을 막아오는 것 같았다. "나도 그러려고 했어, 기억나지? 난 손을 뻗었는데 넌 이미 사라졌고, 잔가지들을 부수며 아래로 떨어지고 있었어. 내가 손을 뻗었을 때 그곳은 텅 비어 있었어."

"방금 생각났는데, 한순간 네 얼굴을 보았더랬어. 정말 이상한 표정을 짓고 있었지. 무척 놀란 것 같았어. 바로 지금의 너처럼."

"바로 지금? 그래, **당연히** 놀랐지. 세상에, 어느 누가 안 놀라겠어. 끔찍한 일이야, 모든 게 끔찍해."

"하지만 왜 네가 그처럼 **유난스럽게** 놀란 얼굴이었는지 모르겠어. 넌 마치 네 자신이 떨어지는 것 같은 표정이었어."

"거의 그런 거였잖아! 난 바로 그곳에, 너와 같은 나뭇가지 위에 있었으니까."

"그래, 나도 알아. 다 기억하고 있어."

견고한 침묵이 우리 위로 떨어졌다. 잠시 후 나는 조용히 입을 열었다. 마치 내 말이 이 방을 폭발시킬까 두려운 것처럼. "네가 왜 떨어졌는지 기억해?"

그의 눈길은 내 얼굴 위를 분주히 오갔다. "모르겠어. 그냥 균형을 잃었던 것 같아. 그랬던 게 분명해. 이런 생각을 했었어. 그러니까, 그때 네가 내 곁에 서 있다가⋯⋯. 하지만 모르겠어. 그런 느낌이 들었지만, 느낌만으로는 아무것도 확실히 말할 수 없어. 게다가 느낌이란 건 본래 의미가 없으니까. 말도 안 되는 생각이지. 내가 잠시 정신이 나갔나 봐. 그러니까 그냥 잊어버려야 해. 난 그냥 떨어진 거야." 그는 베개 사이에서 무언가를 찾아내려는 듯 내게서 몸을 돌렸다. "그게 다야." 그러더니 다시 나를 돌아보았다. "이상한 생각을 해서 미안해."

약 기운으로 몽롱하지만 진솔한 그 사과에, 나는 아무 말도 할 수 없었다. 그가 의심해서 미안하다고 하는 내용은 실제 사실이었다. 그는 결코 나를 고발하지 않을 것이다. 모든 것을 자기 기분 탓으로 돌리며, 이 순간 그는 자신의 개인적인 십계명에 새로운 규칙 하나를 덧붙여낸 것이다. '그저 자신의 느낌만으로 친구를 죄인 취급하지 마라.'

내가 그를 나와 동급의 경쟁자로 여겼다니! 너무 부끄러워서 울고 싶었다.

만약 이런 죄의식 속에서 허우적대고 있는 사람이 내가 아니라 피니어스 쪽이었다면 그는 어떤 기분이었을까, 어떤 행동을 했을까?

그는 내게 진실을 말했을 것이다.

내가 갑작스레 일어나는 바람에 의자가 뒤로 넘어졌다. 나는 경악한 얼굴로 그를 응시했고, 그도 나를 마주 보았다. 얼마 후 그의 입이 벌어지며 미소를 띠었다. "이봐." 마침내 그가 정답고 능글거리는 목소리로 말했다. "뭐하려는 거야, 내게 최면이라도 걸게?"

"피니, 네게 할 말이 있어. 넌 듣기 싫은 얘기겠지만, 꼭 해야 할 말이 있어."

"세상에, 갑자기 힘이 뻗치네." 그는 베개에 푹 몸을 기대고 앉으며 대꾸했다. "너 꼭 맥아더 장군처럼 얘기한다."

"내가 누구처럼 들리든 상관없어. 그리고 너도 내 말을 듣고 나면 더는 그런 생각 안 들 거야. 이건 세상에서 제일 끔찍한 얘기고, 정말 미안해서 네게 말하고 싶지 않지만 꼭 해야만 하는 얘기야."

하지만 나는 그러지 못했다. 내가 말하기 전에 스탠폴 선생이 나타났고, 곧이어 간호사가 들어와 나를 방에서 쫓아냈다. 다음 날 의사는 피니가 문병객을 받을 만큼 몸이 좋지 않다고, 심지어 나 같은 오랜 친구도 안 된다고 했다. 얼마 지나지 않아 피니는 구급차로 보스턴 외곽에 있는 본가로 수송되었다.

여름 학기는 끝났다. 적어도 공식적으로는 막을 내렸다. 하지만 내게 그 학기는 무기한 중지 상태에 있었고, 제대로 끝나기도 전에 기묘하게 멈춰버린 채였다. 방학 한 달 동안 나는 남부에 있는 고향에 돌아가 있었지만, 내내 꿈을 꾸는 듯이 비현실적인 기분으로 지냈다. 마치 이전에 이미 그 한 달을 겪었는데 그때에도 별 재미가 없었던 것 같은 그런 기분으로.

9월이 끝날 무렵 나는 데번으로 돌아가는 길에 올랐다. 1942년 9월의 기차는 만원이었고 운행 시간도 뒤죽박죽이었다. 보스턴에 도착한 것은 예정보다 열일곱 시간이 지나서였다. 그런 일은 데번에서는 명성에 도움이 될 수 있었는데, 멀리서 오는 아이들은 여행길에 겪은 모험담을 이야기하거나 지어내어 개학 후에도 한동안 화제를 독차지했던 것이다.

운 좋게도 나는 남쪽 역에서 택시를 잡을 수 있었다. 하지만 기사에게 "북쪽 역이오"라고 하는 대신에, 보스턴을 가로질러서 데번으로 가는 짧은 여정을 위한 마지막 기차를 잡는 대신에, 나는 좌석 깊이 기대앉으며 교외에 있는 피니의 집 주소를 말하는 나 자신의 목소리를 들었다.

그 집은 찾기 어렵지 않았다. 느릅나무 고목의 가지들이 길게 자라나 통로를 이룬 길가에 있었다. 높다란 흰색 건물로, 묘하게 피니어스와 잘 어울리는 느낌이었다. 대로에 드러난 정면은 지극히 우아했지만, 후면으로는 길게 뻗거나 L자형인 별채들을 이루며 급속히 줄어들다가 마침내 커다랗고 단순한 헛간 형태로 끝나는 집이었다.

그 무엇도 피니어스를 놀라게 할 순 없었다. 현관문을 열어준 것은 청소부 아주머니였지만, 그가 앉아 있는 방에 불쑥 들어온 날 보고 그는 매우 기뻐했을 뿐 전혀 놀란 것 같진 않았다.

"그래 **드디어** 나타나셨구만!" 그의 목소리가 특유의 허풍스러운 어조를 띠었다. "저 멀리 남부에서 뭔가 맛있는 것 좀 가져왔겠지, 응? 인동나무 꿀이라든지 당밀이라든지 뭐 그런거?" 난 뭔가 재치 있는 대꾸를 생각해내려고 애썼다. "아니면 옥수수 빵? 뭔가 가져왔을 거 아냐. 설마 그 먼 남쪽 동네까지 다녀오면서 네 꿀꿀한 얼굴 말곤 보여줄 만한 걸 안 가지고 왔단 얘긴 아니겠지." 그는 끊임없이 지껄여댔다. 놀라움과 어색함이 드러난 내 표정을 무시하고 외면하려는 듯이. 내가 조용해진 것은, 커다란 안락의자에 병원 것처럼 새하얀 베개를 받치고 기대앉은 그의 모습 때문이었다. 데번의 진료소에선 적어도 그는 경기에서 일시적 부상을 입은 운동선수처럼 보였다. 언제라도 코치가 들어와 붕대를 감아주면 일어날 수 있을 것처럼. 그러나 이 적막하고 오래된 거리에서 거대한 뉴잉글랜드식 벽난로 앞에 기대앉은 그의 모습은 집 안에 속박된 장애인에 다름없었다.

"내가 가져온 건…… 사실은 누구한테도 선물 같은 건 가져올 생각을 못했어." 속내가 드러날까 봐 나는 목소리를 가다듬으려 애썼다. "하지만 나중에 뭐라도 보낼게. 꽃이나 그런 거."

"꽃이라고! 대체 남부에서 뭔 일이 있었기에 그런 헛소리를 하냐?"

"아 그럼," 아무리 머릿속을 뒤져봐도, 적당한 농담조의 대답이 생각나지 않았다. "책이라도 좀 보낼게."

"책 따윈 됐어. 그냥 얘기나 좀 하자. 남부에선 어떻게들 지내냐?"

"사실은 말이야." 나는 가능한 한 유쾌한 목소리를 쥐어짜서 말을 꺼냈다. "불이 났어. 그래 봤자 우리 집 뒤 잔디밭에 불이 붙은 거지만. 우린 빗자루를 꺼내서…… 불길을 마구 두드려댔지. 하지만 불난 집에 부채질하는 게 되었는지, 불이 점점 번지는 거야. 마침내 소방관들이 왔지. 우리가 불을 끈답시고 불붙은 빗자루를 온통 휘둘러대는 바람에 그걸 보고서 찾아올 수 있었던 거야."

피니는 이 얘길 맘에 들어 했다. 하지만 그 바람에 우리는 익숙하고 친근한 분위기, 재미난 얘길 교환하는 친구 사이의 분위기로 되돌아가고 말았다. 이런 상황에서 어떻게 그 사건에 대해 말할 수 있겠는가? 그런다면 완전히 청천벽력이겠지. 진담으로 들리지도 않을 거야.

지금 이 대화 중엔 안 돼. 이 방에선 안 돼. 차라리 기차역에서 만난 거였다면 좋았을 텐데. 아니면 어딘가 고속도로 교차점 같은 데서. 여기선 안 돼. 작은 창문의 틀이 반들반들 닦여 있고 벽은 세밀화와 오래된 초상화들로 뒤덮인 이 방에선. 의자들은 묵직한 덮개가 씌워져서 지나치게 편하고 앉으면 바로 잠들 것 같거나, 아니면 초기 아메리카 양식으로 한 번도 사용된 적이 없는 듯 보였다. 가족사진과 온갖 책들, 잡지들로 뒤덮인 네모지고 견고한 탁자가 여럿 있었고, 작고 우아하며 전혀 쓰지 않는 듯한 탁자도 세 개 있었다. 타협적인 방이라고 할 만했다. 손님들이 감상할 만한 멋진 '작품' 몇 점, 그리고 나머지는 순전히 사람들이 사용하는 세간들로 채워둔.

하지만 내가 피니를 알아온 장소들은 비개인적인 기숙사, 체육관, 운동장이었다. 데번에서 우리가 함께 쓴 방 또한 이전에 다른 많은 학생이 살아온 곳이었고, 앞으로도 살아갈 곳이었다. 내가 그 일을 저지른 것은 그곳이었지만, 그에 대해 고백해야 할 곳은 여기였다. 나 자신이 이곳의 평화를 찢어발기기 위해 정글에서 뛰어든 야만인처럼 느껴졌다.

나는 초기 아메리카 양식의 의자 등받이에 똑바로 등을 세우고 앉았다. 딱딱한 등판과 높다란 팔걸이가 곧바로 내게 고행과 같은 자세를 강요했다. 몸속의 피가, 마치 스스로의 의지라도 있는 듯 거칠게 고동치기 시작했다. 그러라지. 나는 입을 열었다. "오는 내내 계속 널 생각했어."

"그래?" 그는 슬쩍 내 눈을 들여다보았다.

"너에 대해…… 그리고 그 사고에 대해서."

"넌 정말 충실한 친구야. 방학 때도 내 생각을 해주다니."

"내가 그 생각을…… 네 생각을 했던 건, 너와 그 사고에 대해 생각한 건, 그걸 내가 일으켰기 때문이야."

피니는 가만히 나를 쳐다보았다. 그 잘생기고 무표정한 얼굴로. "무슨 소리야, 네가 일으켰다니?" 그의 목소리는 눈빛만큼이나 차분했다.

내 목소리는 나 자신에게도 먹먹하고 낯설게 들렸다. "내가 가지를 흔들었어. 내가 그랬어." 한 문장 더 말해야 해. "내가 일부러 가지를 흔들었어. 너를 떨어뜨리려고."

그는 지금까지 내가 보아온 그 어느 때보다도 늙어 보였다. "넌 절대 그러지 않았어."

"아니야, 그랬어, 그랬다고!"

"당연히 너는 그런 짓 안 했어, 멍청아. 앉아, 이 멍청아."

"정말로 내가 그랬단 말이야!"

"자리에 앉지 않으면 한대 맞을 줄 알아."

"**때려봐!**" 나는 그를 바라보았다. "**때리라고! 일어서지도 못하면서!**
나한테 가까이 오지도 못하잖아!"

"입 안 다물면 죽인다."

"아 그래! 죽여봐! 이제 너도 알겠지! 내가 딱 지금 네 기분이었기 때문에 그런 짓을 한 거야! 이제 너도 알겠네!"

"난 아무것도 몰라. 꺼져. 난 지쳤어, 너 때문에 몸이 안 좋아. 꺼지라고." 그는 지친 듯이, 그답지 않은 태도로 이마를 감싸쥐었다.

나는 그 순간 내가 또다시 그를 다치게 했음을 깨달았다. 그리고 어쩌면 이전에 준 상처보다 더 심한 상처일 수도 있었다. 나는 방금 저지른 짓을 취소해야 했다. 무효로 만들어야 했다. 게다가, 어쩌면 그가 옳을 수도 있지 않을까? 내가 정말로, 분명히, 고의로 그에게 그런 짓을 할 수 있었을까? 나는 기억할 수 없었다. 생각조차 할 수 없었다. 하지만 그로서는, 그에게는 그렇게 아는 것이 더욱 큰 고통일 터였다. 나는 내 말을 물려야 했다.

하지만 여기서는 안 되었다. "너도 몇 주 안에 데번으로 돌아올 거지?" 둘 다 한참을 침묵 속에 앉아 있다가 내가 머뭇머뭇 입을 열었다.

"물론, 적어도 추수감사절 전까지는 돌아갈 거야."

데번에서라면, 세간 하나하나가 피니에 대한 소유권을 주장하지 않는 그곳에서라면, 내가 그에게 뱉은 말을 돌이킬 수 있을 것 같았다.

이제는 그곳을 벗어나야 했다. 그러기 위해서는 딱 한 가지 방법밖에 없었다. 모든 언행을 거짓으로 꾸미는 것. "너무 길고 힘든 여행이었어." 나는 말했다. "기차에선 잠을 제대로 못 자서 오늘 이상한 소리를 많이 한 것 같아."

"그래, 괜찮아."

"이만 기차역에 가봐야 할 것 같아. 원래는 어제 데번에 도착해 있어야 했거든."

"설마 이제부터 규칙을 지키면서 살겠단 얘긴 아니겠지, 응?"

나는 그에게 웃어 보였다. "무슨 소리야, 당연히 아니지." 하지만 그것이야말로, 그날 한 말들 중에 가장 큰 거짓말이었다.

6

평화는 데번을 떠났다. 교정과 주변 마을의 모습은 변함이 없었다.
모든 것이 여름 학기의 꿈꾸는 듯한 고요를 간직하고 있었다. 가을은
아직 절정에 이른 수목의 푸름을 손상하지 못했고, 정오 무렵이면 햇
빛은 잠깐이나마 여름날과 다름없는 힘을 과시했다. 공기 중에 스며
들어 겨울을 암시하는 한기의 모서리가 살짝 느껴질 뿐이었다.

하지만 이 모든 것은, 최초로 떨어져 내린 낙엽처럼, 거칠게 불어온
새로운 바람결에 휩쓸려 갔다. 여름 학기, 교사들 대부분이 전장으로
가고 학교에 남은 몇몇 아이가 억지로 수업을 듣는 동안 대부분의 관
습이 무더위 아래 봉인되었던 임시변통의 기간은 끝났다. 학교 최초의
여름 학기가 끝나고 163번째의 겨울 학기가 시작되었으며, 다시 뭉친
기존 관습의 힘은 분방한 여름의 영혼을 몇십 몇백 장의 낙엽처럼 날
려버렸다.

첫 예배 시간에 선생들은 제 위치로 돌아와 있었다. 우리 앞 오른편
으로 죽 놓인 의자에, 마치 항상 거기 있었던 것처럼 변함없이 지친 표
정과 무심한 자세로.

교회 후진(後陣)에는 그들의 아내와 아이들이 앉아 있었다. 지루한 겨울 몇 달 동안 그들은 우리에게 꾸준하고 상투적인 추측의 대상이 되곤 했다(왜 저 선생은 **저런 여자**와 결혼했을까? 대체 왜 저 여자는 **저런 남자**와 결혼하게 된 걸까? 어떻게 해서 저 두 사람 사이에 **저런 괴물** 같은 녀석들이 태어난 걸까?). 날씨가 온화한 학기 첫날이라 선생들은 주로 리넨 옷을 입었고, 아내들은 모자를 벗고 있었다. 젊은 선생 다섯 명의 자리는 비어 있었다. 전장에 나간 것이다. 파이크 선생은 해군 소위 제복 차림으로 출석했다. 일종의 반사 신경이 그를 사관학교 과정에서 생존시켜 이날 하루 데번으로 돌려보낸 것 같았다. 그의 표정은 언제나처럼 부드럽고 멍청했다. 단추가 쩔걱거리는 빳빳한 블라우스 위로 멍한 얼굴이 마치 사기꾼 같은 인상을 주었다.

중요한 것은 지속성이었다. 똑같은 찬송가가 연주되었고 똑같은 설교가 있었으며, 똑같은 공지가 내려졌다. 예상 못했던 일이 딱 하나 있었다. 청소 아주머니들이 '전시 사정으로' 사라진 것이다. 당시로서는 새로운 문구였다. 하지만 지속성이 무엇보다 강조되었으며, 이제 젊은이들의 교육은 '다시 시작되는' 것이 아니라 데번의 부단한 전통에 따라 '지속되는' 것이었다.

나는 알았다. 어쩌면 오직 나만이 알고 있었다. 이 모두가 거짓이라는 것을. 방치되었던 여름의 몇 달 동안, 데번은 그들의 손가락 사이로 빠져나가버렸다. 전통은 파괴되었고 규범은 버려졌으며 모든 규칙은 잊혔다. 유쾌하게 땡땡이치던 나날들 동안 우리는, 그 개학 첫날의 설교가 강요한 것과 달리 '데번을 위한 우리의 의무' 따위는 전혀 신경 쓰지 않았다. 우리는 우리 자신에만, 우리를 위한 데번의 의무에만 신경 썼으며 그 모든 것과 나아가 그 이상을 알아서 얻어냈다. 오늘의 찬송가는 〈주여, 인류의 아버지여, 우리의 어리석은 짓들을 용서하소서〉였다. 여름 동안 우리는 그 노래 역시 한 번도 듣지 않았다. 우리가 들었던 것은 변덕스러운 집시들의 음악, 온갖 어리석고 비딱하고 용서받을 수 없는 길로 우리를 이끌었던 멜로디였다. 나는 그 사실이 즐거웠고, 그 멋대로 흔들대며 딸랑거리는 리듬을 여름 동안에 거의 붙잡을 뻔했었다.

하지만 그 모든 것은 끝나버렸다. 나무 위로 낮의 마지막 햇살이 길게 비쳐들고 피니어스가 떨어져 내렸던 때에. 예배 내내 한기에 떨며 앉아 있는 동안 이것은 어쩌면 결국 데번의, 겨울날 데번의 규칙들이 옳았다는 증거가 아닐까 하는 생각을 떨칠 수 없었다. 규칙을 깨뜨리면 그것이 너를 파괴할 것이다. 바로 이것이 그 첫날 아침 설교의 진정한 요점이 아닐까 하고 나는 생각했다.

예배가 끝난 후 우리는 칠백 명의 소란스러운 인파와 데번 겨울 학기의 일상적인 혼잡을 뚫고 각자의 일정을 완수하기 위해 나아갔다. 교실들은 만원이었고, 복도마다 발길로 분주했으며, 기숙사들은 공장처럼 시끄러웠고, 모든 게시판은 공지 사항들로 빼곡했다.

여름 동안 우리는 지도자 없는 기묘한 무리를 이루었고 피니어스의 유별난 변덕 말고는 어떤 지시도 따르지 않았다. 이제는 공식 학급 대표들과 정치꾼들이 그 자리를 이어받았으며, 오직 우리에게만 속했던 보도와 운동장들의 통제권을 당연한 것처럼 여기고 있었다. 나는 여름 내내 피니와 함께 썼던 방을 배정받았지만 칠월과 팔월 동안 레퍼가 썼던 복도 건너편의 큰 방, 그가 햇볕과 먼지로 가득한 대기 속에서 몽상에 잠기는 동안 담쟁이덩굴이 창문을 통해 슬쩍 기어들던 그 방은 브링커 해들리의 사령부가 되어 있었다. 벌써부터 온갖 밀사들이 그와 협상하기 위해 드나들고 있었다. 레퍼는 마지막 학년에 누구나 그렇듯 운이 없었고, 체육관 쪽 숲 속 어딘가 낡은 건물의 외진 방으로 옮겨야 했다.

오전 수업과 점심시간이 지난 후 나는 브링커를 만나러 건너갔지만, 그의 방에 들어서려던 순간 멈추었다. 레퍼가 여름 내내 잡아 모았던 달팽이들의 사육 상자가 브링커의 파일함들로 바뀐 모습을 보고 싶지 않다는 생각이 갑자기 들었던 것이다. 아직은 그러고 싶지 않았다. 물론, 올해의 가장 우수한 동급생이 바로 건너편 방에 있다는 것은 중요한 일이었지만. 평소 같았으면, 학급의 모든 흥미와 영향력에서 중심적 존재인 그는 자석처럼 나를 강하게 끌어당겼을 것이다. 평소 같았으면 분명 그랬을 것이다. 만약 저 여름날이, 집시의 날들이 중간에 끼어들지만 않았더라면. 브링커는 뛰어난 재치와 끊임없는 아이디어를 지녔지만, 레퍼의 먼지와 담쟁이덩굴과 달팽이들을 대신할 그 어느 것도 지금 내게 줄 수 없었다.

나는 들어가지 않았다. 어쨌든 이미 오후 약속에 늦은 상태였다. 나는 좀처럼 늦는 일이 없었다. 하지만 오늘은 확실히 늦었고, 그것도 예상했던 것보다 더 늦어 있었다. 나는 강 하류 기슭에 있는 보트하우스에 출석하기로 되어 있었다. 데번에는 작은 댐에서 두 줄기로 나뉘는 강이 있었다. 그리로 가는 도중 나는 댐 꼭대기를 가로질러 강을 두 개로 갈라놓는 인도교에 멈춰 서서, 무성한 소나무와 자작나무 숲 사이로 나를 향해 흘러드는 좁고 가느다란 데번 강의 상류 쪽을 바라보았다.

그 강을 바라볼 때마다 항상 그럴 수밖에 없었듯 나는 피니어스를 떠올렸다. 나무와 고통의 기억이 아니라 그가 가장 즐기던 장난을, 카누 한쪽 끄트머리에 강의 신처럼 균형을 잡고 서서 의기양양해하던 그의 모습을. 자신을 떠받쳐달라고 대기에 기원하듯 두 팔을 치켜들고 얼굴엔 사뭇 거룩한 표정을 띤 그의 신체는 균형과 보상의 복잡한 혼합을 이루고 있었다. 근육 하나하나가 완벽한 선을 이루며 늘어서서 이 완벽하고 환상적인 성취를 지탱하는 듯했고, 피부는 상기되어 홍조를 띠며 빛났다. 그의 몸 전체가 중력을 초월하듯 강과 하늘 사이에 매달려 있었고, 발을 살짝 위로 밀어 올리기만 하면 더 높이 떠올라 허공에 정지해 있을 것만 같았다. 여름의 모든 영광을 담아 하늘에 바치는 봉헌물처럼.

그러다가 카누가 보일 듯 말 듯 방향을 바꾸었을 때, 그의 몸이 이루던 선이 깨어지고 치켜든 두 팔이 떨어져 내리자 피니어스는 무의식 중에 두 다리를 공중으로 차올리며 풍덩 물속으로 뛰어드는 것이었다. 성난 외침 소리와 함께.

이 바쁜 하루의 한가운데에서 잠시 멈추어 그런 그의 모습을 떠올리자 다시금 힘이 솟았다. 나는 댐 아래 조수가 드나드는 강가의 보트하우스로 나아갔다.

여름 동안 우리 학년은 이 강 하류를 이용한 적이 없었다. 네이팜셋이라 불리는 이 강은 지저분하고 소금기가 있으며 습지와 흙탕과 조류로 둘러져 있었다. 몇 마일만 가면 바다로 이어지는 강이다 보니, 멕시코만류니 북극 얼음층이니 달이니 하는 예측 불가능한 요소들이 흐름에 영향을 끼쳤다. 댐 위쪽에 있고 여름 내내 우리가 온갖 놀이를 즐

겼던 깨끗한 민물의 데번 강과는 정반대였다. 데번 강은 살짝 내륙으로 들어와 친숙한 몇몇 언덕 사이로 흘렀고, 우리가 잘 아는 고지대의 농장과 숲들 위로 솟구쳐 학교 운동장들 사이에서 끝났다. 댐 곁에서 작은 폭포를 이루어 떨어져 내리며 소소한 구경거리를 선사한 다음, 사나운 네이쾀셋 강에 합류하는 것이었다.

학교는 이 두 강에 양다리를 걸치고 있었다.

보트하우스에 들어선 순간, 습한 주 연습장에서 열심히 노를 젓는 조정 선수들 사이에서 쿼큰부시가 새까맣고 무표정한 눈을 들어 나를 쳐다보았다. 쿼큰부시는 조정부 매니저였는데, 뭔가 심기가 불편한 모습이었다. 나로서는 정확히 뭐가 문제인지 알 수 없었다. 데번의 겨울 학기 학생들 중에서도 우리는 완전히 다른 양극단에 속해 있었고, 내게는 그에 대한 평판 중에서도 기분 나쁘고 모난 부분만이 전해져 왔다. 중요한 단서는 아무도 그의 이름을 부르지 않는다는 거였다―그의 이름이 뭐였는지 기억나지도 않았다. 더구나 그에게는 별명 하나 없었다. 심지어 안 좋은 별명조차도.

"늦었군, 포레스터." 거의 어른 같은 목소리였다. 그는 완벽하게 남성적인 유형이었다. 어쩌면 그가 질시받은 건 그저 우리 나머지보다 성숙했기 때문이었는지도 모른다.

"어, 미안해. 일이 있었어."

"부원들은 누구도 기다려주지 않아." 그는 자기 말이 얼마나 우스꽝스러운지도 모르는 것 같았다. 하지만 나는 너무 우스워 피식 웃고 말았다.

"아, 너한텐 이게 그냥 농담 같은가 본데……."

"농담이란 말 한 적 없어."

"이곳에는 제대로 된 도우미가 필요하단 말이야. 우리 팀은 뉴잉글랜드 중등 리그에서 우승할 거니까. 안 그러면 내 이름은 앞으로 클리프 쿼큰부시가 아니다."

그렇게 내 머릿속의 궁금증은 해결되었다. 내게는 상급생 부매니저의 자리가 주어졌다. 사실 공식적으로 그런 자리는 없었지만, 필요에 의해 이따금 생겨나곤 했다. 그리고 그 자리는 한가함과는 거리가 멀었다. 온통 일거리뿐이고 이득이라곤 없었다. 공식 부매니저는 한 학년 아래 학생이 맡았는데, 그다음 해에 상급생이 되면 정식으로 지위와 권리를 인정받아 매니저로 승진하곤 했다. 이미 상급생인 부매니저에게는 딱히 지위랄 것이 없었다. 내가 그처럼 보잘것없는 자리에 지원했기 때문에, 내 쪽에서 그를 모르는 만큼 나에 대해서도 몰랐던 쿼큰부시는 이제 나를 별 볼 일 없는 녀석으로 여기는 게 분명했다.

"수건 좀 가져와." 그는 나를 쳐다보지도 않고 문간을 가리키며 말했다.

"얼마나?"

"내가 알아? 적당히 가져와. 가져올 수 있는 만큼. 그래도 남아돌 일은 없을 테니."

내가 맡은 자리는 보통 뭔가 신체장애가 있는 아이들에게 맡겨지곤 했다. 모든 학생은 스포츠에 참여해야 했는데, 장애 학생들로서는 이런 역할만이 가능했으니까. 문을 향해 걸어가면서 나는 쿼큰부시가 절름대는 부위를 찾아내려고 나를 골똘히 바라보고 있겠거니 생각했다. 하지만 그의 맥 빠진 검은 눈은 절대 나의 어디가 문제인지 찾아내지 못할 것이다.

오후가 끝나가고, 나와 함께 보트하우스 앞의 구명보트 위에서 수건을 주워모을 때쯤엔 쿼큰부시의 태도도 제법 온화해져 있었다.

"너 노 저어본 적 없지 안 그래." 그는 이런 식으로 말을 하곤 했다. 그의 말에는 쉼표나 물음표 같은 게 없는 듯했다. 목소리는 지나치게 성숙해서 일부러 어른 흉내를 내는 것처럼 들렸다. 마치 기다란 관을 지나 들려오는 것 같은 목소리였다.

"응, 없어."

"난 경량급에서 2년간 노를 저었지."

그의 작지만 단단한 체격은 몸에 꽉 끼는 운동복 윗도리 위로도 충분히 짐작할 수 있었다. "겨울에는 레슬링을 해." 그는 말을 이었다. "넌 무슨 활동을 하지?"

"모르겠네, 어딘가 또 다른 데 매니저겠지."

"너 상급생이지 않니."

그는 내가 상급생이라는 걸 잘 알고 있었다. "어."

"매니저를 하기엔 좀 늦은 거 같지 않아."

"그런가?"

"당연히 늦었지!" 이 말을 그는 분노를 담아 외쳤다. 내가 은근히 드러낸 반발심을 초장부터 짓밟아버리려는 것처럼.

"뭐 그래도 상관없어."

"아니, 상관있어."

"난 그렇게 생각 안 해."

"웃기지 마, 포레스터. 네가 뭐라고."

나는 속으로 짜증을 내며 돌아서서 그를 바라보았다. 쿼큰부시는 내가 바란 것처럼, 자기 대신 묵묵히 로봇처럼 일이나 하도록 내버려 두지 않을 모양이었다. 우리는 서로 한바탕 부딪쳐야 할 것 같았다. 왜 그런지 이제는 잘 알 수 있었다. 쿼큰부시는 데번에 처음 발을 디뎠을 때부터 모두에게 미움을 받았기 때문이다. 처음부터 그에게는 무심하고 냉담한 모욕들이 쏟아졌다. 그는 몇 년간 학급 대표들에게 표를 주고 갈채를 보냈지만 자신이 원했던 자리는 어느 것도 얻지 못했다. 나는 그에게 굴욕을 더 주고 싶지 않았다. 심지어 그가 더는 억누를 수 없었던 동요하고 자극받은 자의식에 공감마저 느끼고 있었다. 마침내 자기보다 열등하다고 느껴지는 사람을 찾아냈는데, 이제 그런 사람마저 자기한테 반발하려는 기색을 비치니 열등감이 화르르 폭발해버린 것이다. 이 모든 일이 그가 어떤 녀석인지를 충분히 알려주었지만, 나를 화나게 한 것은 그가 한 말들이 아니었다. 그가 너무도 무지하다는 것, 집시의 여름에 대해, 내가 이겨내려고 애쓰던 상실감에 대해, 종달새와 다이빙과 꽃잎을 날리는 산들바람에 대해 전혀 모른다는 것, 레퍼의 달팽이들과 특별 자살 클럽 선언을 본 적도 없다는 것 때문이었다. 피니어스가 했던 일들을 그는 함께 나눈 적이 없었으며, 전혀 알지도 느끼지도 못했다.

"쿼큰부시, 너는 나에 대해 아무것도 몰라." 일단 말을 내뱉고 나자 나는 이렇게 덧붙일 수밖에 없었다. "다른 것도 전혀 모르고."

"야 이 병신 개자식아……."

나는 그의 면상을 세차게 갈겼다. 잠시 동안 왜 그랬는지 알 수 없었다. 정말로 나 자신이 불구자가 된 것 같은 기분이었다. 다음 순간,

실제로 불구인 누군가의 존재가 머릿속에 떠올랐다.

쿼큰부시는 레슬링 기술을 구사하듯 내 목에 팔을 둘러 조여왔고, 순간 나는 자신이 불구가 아니라는 게 다행스러웠다. 팔을 뻗어 그의 운동복 등판을 움켜잡고 비틀었지만 옷자락이 내 손에서 빠져나갔다. 나는 그를 내던지려고 했지만, 그도 동시에 돌진해오는 바람에 우리는 함께 물속에 빠지고 말았다.

물벼락에 분노가 사그라진 듯 그는 나를 놓아주었다. 나는 다시 구명보트에 기어올랐지만, 여전히 그가 한 말 때문에 분노한 상태였다. "다음번에 누굴 병신이라고 부르려거든," 그가 제대로 이해할 수 있도록 나는 한마디 한마디를 꼭꼭 씹어 내뱉었다. "먼저 상대가 병신 맞는지 확인부터 해."

"여기서 꺼져, 포레스터." 여전히 물속에서 그가 씁쓸하게 뱉었다. "넌 이곳에서 아무 쓸모가 없어, 포레스터. 꺼지라고."

기나긴 전투의 첫 접전이었던 그 싸움은 내게는 피니를 위한 것이었다. 내 손등에 쿼큰부시의 면상이 와 닿으며 퍽 하고 터질 때까지, 나는 나 자신을 피니의 방어자로서 그려본 적이 없었다. 그리고 싸우고 나서 나는 그가 이 일로 내게 감사할 거라곤 생각지 않았다. 그는 자신과 연관된 모든 것에 지나치게 충실했다. 룸메이트, 기숙사, 학급, 학교. 그렇게 그의 충실함은 거대한 집단들로 확장되어가 마침내 포함되지 않는 사람이 없을 정도에 이르는 것이었다. 그러나 내가 정확히 피니어스를 위해 그런 싸움을 한 것처럼 느껴지진 않았다. 사실 그것은 나 자신을 위해서였다.

그렇다 해도, 물을 뚝뚝 떨어뜨리며 초라한 모습으로 기숙사에 돌아온 내게 자랑할 성과라곤 남아 있지 않았다. 원했던 자리를 잃고 풀이 죽은 채 나는 오후 내내 이리저리 떠도는 생각 속에만 잠겨 있었다. 이제는 완연한 가을이라는 걸 알 수 있었다. 젖은 옷을 꽉 눌러 짜내는 동안 공기 중에 떠도는 낯설고 불편한 숨결이, 슬쩍 와 닿는 겨울의 냉기가, 곧 저 먼 풍경 속의 불빛들을 꺼버릴 오싹하니 차가운 기운이 느껴졌다. 다리 한쪽이 계속 떨렸는데, 추워서인지 분노 때문인지 알 수 없었다. 녀석을 좀 더 세게 때려주지 못한 게 아쉬웠다.

구부러져 군데군데 끊어지며 기숙사로 이어지는 오솔길을 따라 누군가가 내게 다가오고 있었다. 옛 런던 지구에서 튀어 나온 것처럼 양쪽에서 금방이라도 머리 위로 무너져 내릴 듯 낡아빠진 가옥들이 서로 기대고 있으며, 발아래 자갈들이 벽돌 바다에 쏟아지는 폭풍우처럼 요란한 소리로 울리는 길이었다. 누군가 키가 훌쩍 큰 사람이 내 쪽으로 길을 따라 다가오는 중이었다. 러즈버리 선생이 분명했다. 발이 걸려 넘어질지도 모른다는 생각 자체를 경멸하듯 저렇게 성큼성큼 자갈돌 위로 걸어올 수 있는 사람이라곤 그밖에 없었다.

길가의 집들에 어떤 사람들이 사는지 나는 몰랐다. 앙상하고 허약한 노처녀들일 성싶었다. 그중 한 곳에 숨어들 수도 없는 노릇이었다. 온통 모나고 구부러지고 튀어나온 곳투성이였지만, 내 몸을 숨길 만큼 넓은 공간은 없었다. 이 울퉁불퉁한 길에서도 러즈버리 선생은 돛을 높게 올린 쾌속 범선처럼 위풍당당하게 걸어 왔고, 나는 물이 찍찍 새어나오는 운동화가 허락하는 한 조용히 그의 곁을 지나치려 애썼다.

"잠깐만, 포레스터, 나 좀 보게." 러즈버리 선생의 목소리는 둔중하고 영국식 억양을 띠었다. 그가 말할 때마다 그의 목젖도 입술만큼이나 움직이는 듯했다. "자네 사는 동네에 호우라도 발생한 건가?"

"아뇨, 선생님. 죄송합니다, 강에 빠지는 바람에." 불편을 끼친 사람이라곤 나 자신밖에 없었을 이런 실수에 대해서도, 나는 본능적으로 그에게 사과를 하고 있었다.

"어쩌다, 그리고 왜 강에 빠졌는지 얘기해줄 수 있겠나?"

"그냥 미끄러졌습니다."

"그렇군." 얼마 후 그가 말을 이었다. "내가 보니 자네는 작년부터 온갖 다양한 방식으로 미끄러지는 것 같던데. 예를 들어 금년 여름 내 기숙사에서 자네가 지내는 동안 뭔가 게임이 벌어졌던 모양인데 그건 나도 알고 있네." 그는 기숙사 사감이었다. 그러고 보니, 지난 여름날의 해방감 중 한 가지 이유는 바로 그의 부재였다.

"게임이라고요? 무슨 게임 말씀입니까, 선생님?"

"카드, 주사위." 그는 지겹다는 듯한 태도로 길쭉한 손을 흔들었다. "캐묻진 않겠네. 상관없는 일이니까. 어쨌든 그런 일은 더는 없어야 하네."

"대체 누가 그런 짓을 했는지 모르겠네요." 블랙잭과 포커와 그 밖에 피니어스가 고안해낸 온갖 말도 안 되는 게임들을 하며 새운 밤들이 기억났다. 레퍼의 뒤꼍 방에서, 담요를 씌운 램프가 작고 동그랗게 드리우는 눈부신 불빛은 주변의 암흑과 선명한 대조를 이루곤 했다. 피니어스는 심지어 자기가 고안한 게임에서도 지곤 했는데 항상 이번엔 분명히 **이길** 거라며, 역사상 최고로 눈부신 승리가 될 거라며 내기를 걸었다. 정말 그랬을지도 모른다. 모든 카드가 그를 배신하지만 않았더라면. 피니는 마침내 자기 아이스박스까지 내걸었지만, 그 희한한 담보물마저 내게 내주고 말았다.

　내가 그 일을 떠올린 것은 바로 그때 러즈버리 선생이 이렇게 말했기 때문이었다. "그리고 기숙사 질서를 바로잡는 참에, 자네의 그 물이 새는 아이스박스를 내버리라는 얘기도 해두어야겠군. 물론 그런 물건은 결코 기숙사에 허용되었던 적이 없다는 건 알고 있겠지. 내가 보기엔 이 모든 일이 여름 사이에 시작되었던 것 같고, 자네 고참 학생들은 우리 규범을 잘 알고 있으니 프루돔 선생을 도와 기강을 바로잡아야 하는데도 손가락 하나 까딱 안 했더군. 여름 학기 대체 교사이다 보니, 알아야 할 모든 일을 그가 숙지했으리라곤 기대할 수 없었겠지. 자네 고참 학생들은 순전히 그런 상황을 이용한 셈이야."

　나는 젖은 운동화를 신은 채 떨면서 그 자리에 서 있었다. 내가 정말로 그 상황을 이용했더라면. 그 여름이 내게 부여한 온갖 특권들을 움켜쥐고 붙들고 누렸더라면. 내가 그러기만 했다면…….

　나는 아무 말도 하지 않았다. 모든 유리한 증거들을 제시해도 법정이 절대 결정을 바꾸지 않을 것임을 아는 피고의 공허한 표정을 얼굴에 띠운 채. 기숙학교 소년들 특유의 표정. 러즈버리 선생도 그걸 잘 알고 있었다.

　"자네에게 장거리 전화가 왔네." 그는 판사가 피고에게 그의 권리를 알려주는 불쾌한 의무를 행할 때 같은 어조로 말을 이었다. "전화 교환원 번호를 내 서재 전화기 옆 메모지에 적어두었네. 들어가서 전화를 쓰게."

　"감사합니다, 선생님."

　그는 내게 더는 아무 말 없이 오솔길을 미끄러져 갔다. 나는 집에서 누가 아픈 건 아닌지 걱정이 되었다.

하지만 그의 서재에 다다랐을 때―천장이 낮고 책과 검은 가죽 의자들과 파이프 진열대와 닳아빠진 갈색 양탄자로 음침한 분위기를 띠는, 징계받을 때 아니고서는 학생들이 거의 들어갈 일이 없는 방이었다―나는 메모지에 적힌 번호가 내 고향 마을 전화 교환원의 번호가 아니라는 걸 보았다. 그 번호가 어느 지역 것인지 알아차리자 순간 심장박동이 멈추는 것 같았다. 전화를 건 나는, 이것이 그저 흔해빠진 여느 장거리 전화인 것처럼 평소와 똑같은 전화 교환원의 안내에 놀라워하며 귀를 기울였다. 전화 교환원의 목소리가 사라지고 순간 적막이 흐르더니, 그 자리를 피니어스의 목소리가 채웠다.

"새 학년의 첫날을 축하해!" "고마워, 정말로 고마워. 음, 그러니까…… 네 목소리를…… 네 목소리를 들어서 정말로 반가……."

"그만 더듬거려. 전화비는 내가 낸단 말이야. 누구랑 방 같이 써?"

"나 혼자. 아무도 내 방에 넣지 않은 거 같아."

"내 자리를 남겨둔 거네! 역시 데번이야. 어쨌든 간에, 너도 다른 사람이 들어오게 내버려두지 않았겠지. 안 그래?" 우정, 나를 향한 정다움. 그것이 그의 목소리에서 내가 느낄 수 있는 전부였다.

"물론, 당연하지."

"네가 그럴 줄 알았지. 한번 룸메이트는 영원한 룸메이트니까. 설사 가끔씩 서로 싸운다고 해도 말이야. 지난번 여기 왔을 때 너 정말 이상했어."

"그랬던 거 같아. 그럴 수밖에 없었던 거 같아."

"진짜 정신 나간 것 같더라. 너 괜찮아졌는지 확인하고 싶었어. 그래서 전화한 거야. 만약 네가 나 대신 다른 사람이 룸메이트로 들어오도록 내버려뒀다면 정말 **미쳤다고** 생각했을 거다. 하지만 안 그랬네. 안 그럴 줄 알았지. 뭐, 사실 아주 조금 **의심하긴** 했는데, 네가 지난번 여기서 너무 이상해 보였으니까. 그래서 정말로 **한순간** 걱정을 했지 뭐야. 정말 미안하다, 진. 당연히 내가 잘못 생각한 거였지. 네가 다른 사람이 내 자리에 오도록 내버려뒀겠냐."

"아니, 그럴 일은 절대 없지."

"네가 그럴지도 모른다고 생각했다니 내가 죽일 놈이지. 안 그럴 거라는 걸 잘 알고 있었어."

"물론, 그럴 일 없어."

"그런데도 난 장거리전화로 돈을 날렸네! 정말 쓸데없는 짓 했군. 뭐 이미 썼으니, 게다가 너한테 쓴 거니까. 그럼 얘기나 좀 해볼까, 친구. 좋은 얘기여야 해. 운동으로 시작하지. 뭐 할 건데?"

"조정. 사실 정확히 조정 선수는 아니야. 매니저 역할이지. 부매니저."

"**조정** 부매니저라고!"

"그런데 그 자리 얻지 못한 거 같……."

"조정 **부매니저**라고!"

"그러고 나서 싸움에 휘말려서……."

"**조정 부매니저라니!**" 피니의 목소리만큼 경악감을 표출하는 데 잘 어울리는 목소리도 없다. "너 **미쳤냐!**"

"들어봐, 피니. 난 학교에서 중요 인물이라든지 그런 거 되고 싶은 마음 없어."

"뭐라고오오?" 지금 러즈버리 선생의 서재 안에 있는 그 무엇보다도 내게는 피니가 짓고 있을 표정이, 넋이 나가 마비에 가까울 만큼 온통 일그러뜨려진 그 얼굴이 선명히 눈에 보이는 것 같았다. "**중요 인물**이니 어쩌니 하는 얘길 누가 했다고 그래!"

"그렇다면 넌 대체 왜 그렇게 난리야?"

"무엇 때문에 조정부 **매니저**를 하려는 거야? 매니저는 무슨 놈의 매니저야? 그게 운동이랑 무슨 상관이 있다는 거야!"

하지만 내게 요점은, 매니저라는 역할의 장점은, 바로 그것이 운동과 아무 상관도 없다는 점이었다. 나는 더는 운동을 하고 싶지 않았다. 마치 스탠폴 선생의 "운동은 이제 끝이야"라는 말이 나에 대한 얘기였던 것처럼, 그것은 이제 내게 닫혀버린 세계가 되었다. 나는 운동에 있어 나 자신을 믿을 수 없었고, 다른 사람도 마찬가지로 믿을 수 없었다. 풋볼 선수들은 정말로 서로의 숨통을 짓눌러버리려 마음먹은 것 같았고, 권투 선수들은 죽을 때까지 싸워댈 것 같았으며, 테니스공은 총알로 변해버릴 것만 같았다. 1942년에는 이런 생각이 완전히 미친 공상이라곤 할 수 없었는데, 나무에서 뛰어내리는 것이 어뢰에 맞은 배를 탈출하는 훈련이었던 시기였으니까. 나중에 학교 수영장에서 우리는 그 훈련의 제2막을 연기해야 했다. 일단 물에 뛰어들면 두 손을 휘둘러 최대한 큰 물보라를 일으켜라. 수면에서 불타고 있을 연료를 멀리 밀어낼 수 있도록.

그러나 피니어스에게 나는 이렇게만 말했다. "운동을 하기엔 너무 바빠서." 그러자 그는 내게 익숙한 횡설수설 불평과 궤변을 늘어놓기 시작했고, 내가 이쯤 하면 이 얘긴 끝났겠거니 생각했을 때쯤 이렇게

96

결론을 맺었다. "이것 봐, 친구. 내가 운동을 할 수 없으니 **네가** 나를 위해 해줘야지." 순간 나는 자신의 일부를 그에게 넘겨주는 기분이 들었고, 샘솟는 해방감 속에서 애초에 그것이 내 목적이었음을 깨달았다. 피니어스의 일부가 되는 것이.

7

그날 오후 늦게 브링커 해들리가 나를 만나러 건너 왔다. 나는 네이 콴셋 강의 끈적거리는 소금기를 씻어내기 위해 막 샤워를 마친 참이 었다. 데번에 돌아온 것 자체가 정신을 번쩍 들게 하는 샤워와도 같아 서 굳이 씻을 필요는 없었겠지만, 네이콴셋은 완전히 다른 문제였다. 나는 그 강에 몸을 담근 적이 없었다. 이 겨울 학기의 첫날에 그곳에서 나의 세례가 이루어졌다는 건, 더구나 싸우다가 빠지는 바람에 그렇 게 되었다는 건 매우 어울리는 일처럼 느껴졌다.

나는 강의 흔적을 말끔히 씻어내고 초콜릿빛 바지로 갈아입었다. 피니어스가 유독 흉보던 바지였다 — 스스로 입고 있을 때만 제외하 면. 위에는 파란색 플란넬 셔츠를 걸쳤다. 프랑스어 수업이 있는 다섯 시까진 할 일이 없었기 때문에 나는 예의 운동 문제를 다시 한번 생각 해보려던 참이었다.

하지만 그때 브링커가 나타났다. 아마도 첫날에 자기 방 주위를 싹 돌아보려는 모양이었다. "안녕, 진." 그의 활짝 웃는 얼굴이 문간을 들 어섰다. 회색 개버딘 양복, 손바느질 느낌이 나는 네모난 주머니가 달린 웃옷, 수수한 넥타이와 짙은 갈색 가죽 구두 차림의 브링커는 전형적인 사립학교 학생처럼 보였다. 그의 얼굴은 눈썹, 입매, 콧날에 이르기까지 온통 직선으로 그린 것 같았고, 180센티미터에 이르는 그의 몸 또한 항상 곧게 펴져 있었다. 그는 운동선수 유형처럼 보였지만 사실 그렇지 않았고 정치나 행정이나 사무 쪽에 더 치우쳐 있었다. 특이한 곳이라곤 전혀 없는 그였지만, 뒤쪽에서 보면 얘기가 달라졌다. 그가 문을 닫으려 돌아섰을 때 나는 그의 뒤태를 보았다. 둘로 갈라진 개버딘 웃옷 아랫단이 탄탄한 엉덩이 위에서 양옆으로 벌어져 있었다. 그것이 딱히 우스꽝스러워 보이는 건 아니었지만, 브링커 하면 내 머릿속에서 떠오르는 모습은 바로 그것이었다. 탄탄하고 뚜렷한, 너무 부담스럽진 않지만 확고하고 단호해 보이는 그의 엉덩이 말이다.

"화려한 고독을 즐기고 계셨군그래." 그는 활기차게 말을 이었다. "네가 이 학교에서 정말 영향력 있는 학생이긴 한가 봐. 이 큰 방을 독차지하다니. 나도 너처럼 잘나갈 수 있으면 좋겠는데." 그는 상큼하게 웃어 보이며 내 침대에 팔꿈치를 옆으로 기대고 털썩 누웠다. 마치 집에 있는 것처럼 편안해 보였다.

브링커 해들리다운 태도는 아니었다. 학급의 중심자가 나에게 영향력을 운운하다니. 네 룸메이트는 겁쟁이 브라우니 퍼킨스잖아, 네게 거슬리는 짓은 죽어도 하지 않을 그 녀석 말이야, 라고 나는 대꾸하려고 했다. 거기다 너희는 방을 두 개나 차지했지. 앞방엔 벽난로까지 있고. 하지만 그렇다고 내가 브링커에게 꿍해 있는 건 아니었다. 그가 겨울 학기의 편의를 독차지했음에도, 나는 그에게 호의를 가진 편이었다. 사실 거의 모두가 그를 좋아했다.

하지만 내가 대꾸하기 전 뜸을 들이는 사이에, 그는 특유의 유쾌한 말투로 다시 입을 열었다. 그는 대화 중에 애매하게 침묵이 생기는 것을 최대한 피하려 하는 편이었다.

"너도 분명 피니가 이번 가을에는 돌아오지 못하리라는 걸 잘 알고 있었던 거야. 그래서 피니를 룸메이트로 고른 거지, 응?"

"뭐?" 책상 앞 의자에 앉아 있던 나는 홱 몸을 돌려 그를 쳐다보았다. "아니, 무슨 소리야. 내가 어떻게 그런 걸 미리 알았겠어."

브링커는 내게 재빨리 눈짓을 해보였다. "네가 그랬잖아." 그는 씩 웃었다. "넌 이렇게 될 줄 알고 있었지. 모두 네 짓이었던 게 분명해."

"헛소리 마, 브링커." 나는 책상을 향해 돌아앉아서 괜히 빠른 속도로 책들을 옮기기 시작했다. "무슨 말도 안 되는 소리야." 피가 귀로 치솟을 듯 심장이 두근거렸지만, 내 목소리는 묘할 정도로 차분하게 들렸다.

"아하, 진실이란 고통스럽지, 안 그래?"

나는 두 눈이 허용하는 한 최대로 날카롭게 그를 째려보았다. 그는 나를 대놓고 다그치려는 것이었다.

"물론." 나는 픽 웃어 보였다. "물론이지." 그러고는 나도 모르게 입에서 이런 말이 흘러나왔다. "하지만 진실은 밝혀지게 마련이야."

브링커의 손이 내 어깨에 묵직하게 얹혔다. "그거야 당연하지, 친구. 우리 자유민주주의 사회에서는, 심지어 목숨을 걸고 싸워서라도 진실을 드러내게 마련이거든."

나는 벌떡 일어났다. "담배 피우고 싶은데, 넌 어때? 흡연실로 내려가자."

"그래, 그래, 지하 감옥으로 가자."

흡연실은 정말로 지하 감옥과도 같았다. 그곳은 기숙사의 지하, 혹은 내장 속에 있었다. 이미 여남은 명의 흡연자가 와 있었다. 데번의 학생 모두는 공적인 얼굴을 여러 개 지니고 있었다. 수업 시간에 우리는 학구적이라고까지는 못해도 최소한 적당히 영민해 보였고, 운동장에서는 순수한 개구쟁이들처럼 보였으며, 흡연실에서는 그야말로 범죄자들처럼 보였다. 흡연을 최대한 억누르려는 학교 정책 때문에 이방은 최대한 음침하게 만들어져 있었다. 천장 가까이 난 창문들은 작고 더러웠으며, 오래된 가죽 의자들은 내장재가 불쑥불쑥 튀어나왔고, 탁자들은 망가졌고, 벽은 잿빛에 바닥은 시멘트가 드러난 채였다. 수신 상태가 나쁜 라디오는 한동안 크게 지지직대는가 하면, 갑자기 또 조용조용 웅얼거리곤 했다.

"여기 그대들의 죄수가 왔소, 신사 여러분." 브링커가 내 목덜미를 움켜쥐고 흡연실 안으로 밀어붙이며 선언했다. "본인은 합당한 기관의 심판에 이자를 맡기려 하오."

흡연실의 뿌연 공기 속에서 사람들의 반응을 끌어내기란 힘든 일이었다. 마침 큰 소리로 울려 퍼지는 라디오 옆에 주저앉아 있던 누군가가 마침내 몸을 일으키고는 말했다. "혐의가 뭔데?"

"혼자서 방을 독차지하려고 룸메이트를 해치워버렸어. 최악의 배신행위지." 그는 드라마틱하게 말을 끊더니 덧붙였다. "형제 살해라고나 할까."

나는 목을 튕겨서 그의 손아귀를 털어내고는 이를 악물고 으르렁댔다. "브링커……."

그는 손을 들어 나를 제지했다. "말하지 마. 조용히 해. 법정에서 말할 시간이 있을 테니까."

"제기랄, 닥쳐! 너희 진짜, 농담을 이만큼 길게 끄는 애들은 생전 처음 본다."

나의 실수였다. 라디오도 갑자기 조용해지는 바람에, 한순간 일어난 침묵을 깨뜨린 내 말소리는 그곳에 있는 모두를 전율시킨 듯했다.

"그래, 너 걔를 죽인 거야, 정말로?" 한 아이가 긴장된 태도로 긴 의자에서 일어나며 물었다.

"아니." 브링커가 점잖게 한마디 했다. "정확히 말해 죽인 건 아냐. 피니는 집에서 생사를 오가고 있는 중이지. 비탄에 잠긴 늙은 어머니의 품에 안겨서."

이쯤 되면 나도 한마디 해야 했다. 안 그러면 완전히 말려들어버릴 것 같았다. "난 별거 안 했어." 나는 최대한 농담하는 듯한 태도로 말을 꺼냈다. "그러니까, 말하자면…… 그 녀석의 아침 커피에 비소를 살짝 떨어뜨린 정도랄까."

"거짓말!" 브링커가 나를 노려보았다. "거짓 자백으로 슬쩍 넘어가려는 거야, 응?"

나는 그의 말을 웃어넘기려 했지만, 순간 이상할 만큼 크게 웃어버리고 말았다.

"우리는 범죄 현장도 알지." 브링커가 말을 이었다. "저 높은 곳…… 강가에 있는 **죽음의** 나무 밑이지. 독약 따윈 없어. 그렇게 음흉한 요소 따윈 없다고."

"아, 너희도 그 나무 알고 있지." 나는 일부러 죄스러운 태도로 고개를 떨구어 보였지만, 그보다도 아래로 질질 끌려 내려가는 듯 것처럼 느껴졌다. "그래, 음. 분명 그 나무에서 살짝, 아주 살짝 콩트르탕〔contretemps : 프랑스어로 '불의의 사고', '싸움' 등을 뜻함)이 있긴 했지."

짐짓 농담조의 단어를 선택했음에도, 내 의도와는 달리 여전히 다들 진지한 태도로 귀를 기울이고 있었다.

"전부 다 말해봐요." 탁자 앞에 있던 어느 하급생이 쉰 목소리로 말했다. 그의 목소리에 담긴 불안한 기색은 진짜 공모의 분위기를 띠고 있었다. 마치 지금까지 한 모든 얘기를 곧이곧대로 믿는다는 것처럼. 나를 대하는 그의 태도는 거의 외설적이라 할 만했는데, 말하자면 나의 성적 비밀을 알아내고는 아무한테도 말 안 할 테니 자기한테만 자세히 얘기해보라는 듯한 느낌이었다.

"음." 나는 좀 더 차분한 목소리로 대꾸했다. "우선 난 그의 돈을 모조리 훔쳤어. 그리고 나선 녀석이 데번 입학시험에서 부정행위를 했단 걸 알아내고서 개 부모님께 일러바치겠다고 협박했지. 그러고 나선 러즈버리 선생의 서재에서 녀석의 누이와 잤고, 그다음엔……." 일이 잘 풀리고 있었다. 방 안의 얼굴들에 희미한 웃음이 떠올랐고, 심지어 예의 하급생도 자기가 농담을 가지고 쓸데없이 진지하게 굴었던 게 아닌가 걱정하는 표정이었다. 데번에서 그것은 매우 망신스러운 일이 될 수 있었다. "그다음엔……." 이제 이렇게만 덧붙이면 되었다. "녀석을 나무에서 밀어버렸어." 그러면 이 모든 게 헛소리로 치부되는 셈이었다. "그다음엔……." 그 몇 마디면 이 지하 감옥에서 꾼 악몽도 끝나게 될 터였다.

하지만 그 말을 하려는 순간 내 목구멍이 굳어버렸다. 나는 결코 그렇게 말할 수 없었다. 결코.

나는 하급생에게 홱 돌아섰다. "그다음에 내가 뭘 했게?" 나는 물어보았다. "너에게도 분명 여러 가지 이론이 있겠지. 말해봐. 범죄를 재구성해보라고. 우리는 거기 나무 위에 있었어. 그다음에 무슨 일이 있었을까, 셜록 홈즈?"

그는 꺼림칙한 듯 눈을 굴려대더니 말했다. "그다음엔 선배가 그를 밀었겠죠, 분명히."

"실망인걸." 나는 무심한 태도로 대꾸하며 이 게임에 흥미를 잃었다는 듯 의자에 털썩 앉았다. "네가 졌어. 결국 넌 왓슨 박사밖에 못 되는 모양이야."

아이들은 하급생에게 슬쩍 비웃음을 던졌고, 그는 주눅이 들어 쥐구멍에라도 들어가고픈 모습이었다. 흡연실 이용자들 중에서도 지극히 입지가 약한 녀석이었는데, 내 행동이 그를 완전히 밀어내버린 셈이었다. 망신을 당한 그는 나를 이글거리는 눈빛으로 쳐다보았다. 예상치 못한 사태였다. 나는 그를 살짝 놀려주었다는 이유로 그에게 대놓고 미움받게 된 것이었다. 하지만 이 상황에서 빠져나가려면 그 정도 대가는 기꺼이 치를 수 있었다.

"그렇지, 프랑스어." 나는 외쳤다. "콩트르탕은 이 정도면 충분해. 난 프랑스어 수업이 있다고." 그러고서 흡연실을 빠져나왔다.

계단을 오르는 내 귀에 흡연실에서 누군가가 하는 말이 들려왔다. "희한하네, 쟤는 여기까지 내려와선 담배도 안 피우고 갔어."

하지만 그들은 곧 이 사건을 잊은 것 같았다. 그들 중에는 셜록 홈

즈는커녕 왔슨 박사감도 없었던 것이다. 아무도 나를 캐고 다니려 들 거나 엿보거나 비꼬는 말을 던지지 않았다. 가을 해가 점점 짧아지면 서 매일 해야 할 일들의 목록은 점점 길어져갔다. 시월 중순쯤에 와서 는 여름, 개학, 심지어 바로 하루 전조차도 희미한 망각 속으로 사라져 갔다. 다음 날 해야 할 일이 너무나도 많았기에.

수업과 운동과 클럽 활동 외에도, 전쟁이 있었다. 브링커 해들리는 '사상 최고로 짧은 전쟁 시'를 선보였다.

전쟁이라면
지긋지긋해

하지만 그가 뭐라 하든, 우리 모두는 그보다 더 적극적인 행동에 나 서야 했다. 우선 지역 내 사과 수확이 있었다. 수확할 사람들이 전부 군대나 공장으로 가는 바람에 사과들은 나무에 달린 채 썩을 판이었 다. 우리는 맑은 여러 날 동안 사과를 땄고 현금으로 일당을 받았다. 브링커는 영감을 받아 사과에 바치는 시를 썼다.

우리의 노동
그것은 바로
전쟁의 핵심

이처럼 새로운 일과와 그로 인한 수입이 우리를 들뜨게 했다. 하지 만 데번에서 보내는 생활은 여전히 평화 시와 크게 다르지 않았다. 브링커가 읊었듯 전쟁은 고작해야 지긋지긋할 뿐이었으며, 그것이 우리에게 부과한 것은 과수원에서 사과를 따며 보내는 날들뿐이었다.

얼마 지나지 않아서 뉴햄프셔 주 치고도 이르게 눈이 왔다. 어느 오후 느지막이, 극적으로 내린 첫눈이었다. 내가 책상에서 눈을 들었을 때 갑자기 큰 눈송이들이 네모진 공터로 춤추며 떨어지더니, 공들여 다듬어놓은 보도 가장자리의 관목 숲 위에 쌓여갔다. 느릅나무 세 그루는 여전히 잎을 무성히 달고 있었고, 잔디도 푸르렀다. 순식간에 두껍게 쌓인 눈은 지극히 점잖은 태도로 정복에 성공한 소리 없는 침입자처럼 보였다. 나는 빙빙 돌며 내 방 창가를 스쳐 내리는 눈송이들을 바라보았다. 그 경쾌한 움직임은 마치 이렇게 말하는 듯 보였다. 너무 심각하게 생각하지 마. 이건 약간의 구경거리, 해롭지 않은 장난일 뿐이야.

정말로 그런 것 같았다. 그날 밤 얇은 눈이 학교 전체를 덮었지만, 맑고 포근하기까지 한 다음 날 아침이 되자 싹 사라져 있었다. 하지만 그다음 주말에 또 눈이 왔고, 이틀 후에는 더 많은 눈이 왔으며, 그 주가 끝날 쯤에는 땅이 겨우내 녹지 않을 눈 아래 가려져버렸다.

그와 함께 전쟁도, 청소부들이 없어진다는 통보와 사과 따기의 나날들로 농담처럼 시작된 전쟁도 학교로 야금야금 침투해왔다. 이르게 온 눈이 마치 전쟁의 포석이었던 것처럼.

레퍼는 이를 예상하지 못했다. 사실 아무도 처음에는 변화를 인식하지 못했다. 하지만 나에게는 레퍼야말로 데번에서 보낸 나날들 중에 일어난 그 모든 변화에 가장 자주, 그리고 가장 강력하고 갑작스럽게 타격을 입은 사람이었다고 기억된다.

폭설은 우리 학교 남쪽에 위치한 보스턴 - 메인선(線)의 한 대도시 철로들을 마비시켜버렸다. 가장 심하게 눈이 내린 다음 날 예배 시간에 자원봉사자 200명이 소집되어 하루 종일 제설 작업에 동원되었다. 그해 가을 교수진이 채택한 응급 지원 정책의 일부로서였다. 이번에도 일당이 있었다. 그래서 우리, 브링커와 나와 쳇 더글러스는 모두 지원했다. 심지어 쿼큰부시조차 지원한 모양이었다.

하지만 레퍼는 빠졌다. 그는 예배 시간이면 보통 공책 뒤쪽에 조그만 새와 나무들을 끄적거리곤 했는데, 아마도 그러느라 제설 작업 얘기를 못 들은 모양이었다. 우리를 남쪽의 작업 장소로 데려다 줄 기차는 점심시간이 지나서야 도착했고, 강가의 들판을 가로질러 지름길로 역을 향하던 나는 레퍼와 마주쳤다. 가을 내내 나는 그를 거의 보지 못했으며 이제는 거의 못 알아볼 지경이었다. 그는 작은 둔덕 위에 가만히 서 있었는데, 멀리서 보니 마치 추수가 끝나고 방치된 허수아비 같았다. 눈을 헤치고 터벅터벅 그에게 걸어가노라니 그가 걸친 옷 하나하나가 구분되기 시작했다. 칙칙한 녹색의 사슴 사냥용 모자, 갈색 귀마개, 두툼한 회색 털목도리. 그러고는 마침내 그 가운데 있는 레퍼의 상기되고 야윈 얼굴이 눈에 들어왔다. 두 눈은 금속테 안경 너머 머나먼 숲을 주의 깊게 바라보고 있었다. 더 가까이 가자 나는 길고 색이 바랜 데다 주머니가 축 늘어진 무명 외투, 그리고 붉고 검은 체크무늬 양털 반바지와 녹색 각반 아래 그가 스키를 신고 있다는 걸 알아차렸다. 매우 길고 닳아빠진 나무 스키로, 끝에는 촌스러운 장식 손잡이가 두 개 달려 있었다.

"저 숲을 지나는 오솔길이 있을 것 같아?" 내가 다가가자 그는 특유의 부드럽고 모호한 목소리로 물었다. 레퍼는 일단 엉뚱한 생각에 빠지면 쉽게 헤어나지 못하는 성격이었다. 오랜 친구인 내게 몇 달이나 말을 걸지 않았던 그였지만, 지금 내게 이처럼 자연스럽게 얘기를 건네오는 게 싫진 않았다. 심지어 이 광활한 눈벌판 가운데에서 우연히 맞닥뜨린 상황이라 해도.

"잘 모르겠어, 레퍼. 하지만 비탈 아래에 하나 있을 것 같아."

"아 그래, 그럴 거라 생각했어." 우리는 항상 그를 면전에서 대놓고 레퍼라고 불렀다. 그 또한 다른 이름으로 불린 기억이 없었을 것이다.

나는 그에게서 눈을 뗄 수가 없었다. 다시 말해 그의 기상천외한 탐험가 패션에서. "그런데 너." 결국 나는 물어보고 말았다. "그러니까, 대체 뭘 하려는 거야?"

"여행 중이야."

"여행이라." 나는 그가 쥔 긴 대나무 지팡이를 흘긋 살폈다. "무슨 소리야, 여행이라니?"

"여행이지. 겨울에 시골을 돌아다니는 가장 좋은 방법이야. 스키 여행. 눈 속에서 육로로 돌아다니는 거야."

"어디 가는데?"

"아, 딱히 어딜 **가는 게** 아냐." 그는 몸을 수그리고 각반의 끈을 조였다. "그냥 여행을 다니는 거야."

"강 건너에 스키를 탈 만한 곳이 있어. 기차역에서 건너가면 가파른 언덕이 있고 밧줄로 된 리프트도 달려 있지. 거기 가면 되겠네."

"아냐, 내 생각은 달라." 그는 다시 숲 쪽을 보았지만, 그의 안경에는 하얗게 김이 서려 있었다. "그건 스키가 아냐."

"당연히 스키가 맞지. 작지만 괜찮은 언덕이야. 상당히 빠른 속도로 내려올 수 있어."

"그래, 하지만 그게 끝이지. 그래서 스키가 아니라는 거야. 스키는 빨리 내려오기 위한 게 아냐. 유용한 이동 수단이라고." 그는 의구심 어린 눈빛으로 나를 바라보았다. "비탈이나 내려오다가 다리가 부러 질 수도 있어."

"그렇게 작은 언덕에서 무슨."

"어쨌든, 결국 마찬가지야. 그런 생각 자체가 잘못되었어. 이 나라 에서 사람들은 스키로 비탈을 내려오고 밧줄이나 의자로 된 리프트로 올라가지. 실려서 올라간 다음 순식간에 휙 내려와. 나무는 고사하고 아무것도 볼 새가 없지. 물론 여러 나무가 휙 스쳐가긴 하겠지만 나무 들은, 아니 나무 한 그루도 찬찬히 보진 못할 거야. 나는 그저 돌아다 니며 내가 지나치는 것들을 바라보고 즐거워하는 게 좋아." 그는 한바 탕 생각을 풀어놓고 나서는 마침내 정신을 차리고 나를 찬찬히 보더 니, 내가 걸친 낡아빠진 옷들에 주의를 기울였다. "그런데 너 어디 가 는 거야?" 그가 온화하고 호기심 어린 목소리로 물었다.

"철로에 작업하러 가." 그는 여전히 온화하게, 의아한 듯 나를 바라 보고 있었다. "선로에서 삽질을 하는 거야. 오늘 아침 예배 시간에 얘 기 들었잖아. 기억나지?"

"어쨌든, 즐거운 하루 보내." 그가 대답했다.

"그럴 거야. 너도."

"내가 찾는 것만 발견하면 즐거운 하루가 될 거야. 비버 댐 말이야. 데번 강 상류 쪽에 항상 댐이 있었는데, 데번에 흘러드는 작은 지류였어. 비버들이 겨울에 적응하는 방법은 정말 흥미로워. 본 적 있니?"

"아니, 한 번도 못 봤어."

"그래, 내가 찾아내면 너도 한번 와서 보고 싶을 거야."

"찾으면 말해줘."

레퍼와 함께 있는 것은 항상 견뎌내기 어려운 싸움이었다. 열일곱 살이나 먹어서 빡빡하고 경쟁이 심한 학교에서 지내는 그런 녀석을 놀려먹지 않기란 쉽지 않았다. 하지만 내가 그를 더 잘 알게 되면서 그 싸움은 훨씬 쉬워졌다.

그는 긴 대나무 지팡이를 밀어 신중하게 앞으로 미끄러지면서, 완만한 경사를 따라 나에게서 서서히 멀어져갔다. 몸을 뻣뻣이 세우고 양쪽 스키를 너무 벌려 위태롭게 균형을 잡은 채, 지팡이를 번갈아 양옆에 꽂았다 뺐다 하며, 그 어떤 방해도 용납하지 않겠다는 듯한 자세로.

나는 돌아서서 터덜터덜 걸어갔다. 삽질로 전시의 뉴잉글랜드를 돕기 위해.

철로에서 일하며 보낸 그날은 기묘한 하루였다. 우리가 도착했을 즈음에 눈은 질척이고 더럽고 묵직해져 있었다. 우리는 팀으로 나뉘어 나이 든 철도 노동자의 지휘 아래 일했다. 브링커와 쳇과 나는 같은 팀에 들어갔지만, 사과를 따던 때의 흥겨운 분위기는 전혀 없었다. 시내쪽으로 보이는 거라곤 칙칙한 붉은 벽돌 공장 건물들과 창고들에 둘러싸인 공터뿐이었고, 우리는 지휘자 영감의 말을 빌리면 '굴러가는 소 떼', 즉 방방곡곡에서 이 도시로 왔다가 눈에 갇힌 잿빛 화물차들 사이에서 일하느라 바빴다. 브링커가 이제는 '멈춰 있는 소 떼'로 부르는 게 맞지 않느냐고 묻자, 영감은 그를 흐릿하고 경멸스러운 눈빛으로 쳐다보고는 무시해버렸다. 그날은 재미난 일이라곤 전혀 없었다. 작업은 고된 데다 단조로웠다. 두껍게 껴입은 옷 아래로 땀이 흘러내렸다. 오후 중간쯤 이르자 우리는 이미 유쾌한 자원봉사자의 모습을 잃고, 대신 선로의 더러움과 막노동자의 지친 표정에 절어 있었다. 우리 또한 철로와 공장과 창고가 이루는 풍경의 일부가 된 듯했다. 영감은 우리에게 화를 냈는데, 우리가 그를 신경질 나게 해서인지 아니면 그가 겉모습만큼 고약한 인간이었기 때문인지 모른다. 딱히 이유도 없이 그는 줄곧 투덜대고 침을 뱉었으며, 으르렁대며 명령을 하지 않을 때면 기괴할 만큼 툭 튀어나온 배를 긁어대고 있었다.

네 시 반쯤 기쁨의 순간이 있었다. 주 선로가 다 치워져서 첫 기차가 느릿느릿 들어오기 시작한 것이다. 우리는 기차가 다가오는 것을 바라보았다. 엔진에서 증기가 구름처럼 터져 나와 빽빽이 구름 낀 하늘에 더해졌다.

우리 모두 선로 양쪽에 줄 서서 기관사와 승객들에게 환호를 보낼 준비를 하고 있었다. 객차의 창문이 열리자 승객들이 놀랍게도 모습을 드러냈다. 모두 남자였고 젊으며 비슷한 차림인 것을 나는 알아차렸다. 이 기차는 군용열차였던 것이다.

철컹철컹 바퀴가 구르고 접합부가 덜컹대는 소리 위로 우리는 환호를 보냈고 그들도 답했다. 양쪽 다 깜짝 놀란 모습으로. 그들은 우리보다 나이가 그리 많지 않았고 아마도 막 입대한 참이었을 것이다. 마치 그들이 우수한 인력이라서 후줄근하고 저급한 우리보다 먼저 소집된 것 같은 느낌이 들었다. 그들은 나름 유쾌하게 지내는 듯했고, 군복도 깨끗하고 보기 좋았다. 그들은 깔끔했고 힘이 넘쳤다. 그들은 어딘가로 가고 있었다.

그들이 떠난 후 우리 노동자들은 깨끗이 치워진 선로 너머로 왠지 공허한 얼굴을 하고 마주 보았다. 서로를, 자기 자신을. 심지어 브링커조차도 적당한 농담이 떠오르지 않는 듯했다. 우리는 철로에서 돌아섰다. 영감은 우리더러 다른 쪽 선로에 가보라고 했지만, 그날 오후에는 일이랄 만한 것이 더 없었다. 우리가 이 공장 도시의 선로에 고립된 사이 온 세상이 다른 곳으로 움직여가고 있었다. 우리는 영웅적 남성들 사이에서 놀고 있는 어린아이들에 지나지 않았다.

마침내 하루가 끝났다. 시작부터 잿빛이었고 한결 더 짙은 잿빛 가운데서 끝이 난 하루였다. 하늘도, 눈도, 얼굴들도, 마음속도 온통 잿빛이었다. 우리를 기다리고 있는 낡아빠지고 어둠침침한 기차에 몸을 실었다. 불편한 초록색 의자에 구겨져 앉은 채, 몇 마일을 지나도록 다들 거의 말이 없었다.

마침내 대화가 시작되었을 때 그것은 비행 훈련 프로그램, 참전 중인 형들, 입대에 요구되는 자격들, 데번의 황량함에 대한, 그리고 우리는 손주들에게 들려줄 무용담 하나 갖지 못하리라는 얘기와 전쟁이 얼마나 길어질지 모르는데 이런 상황에 사어(死語)나 공부하고 있게 생겼냐는 얘기였다.

퀴큰부시는 시의적절하게도 이런 대화의 흐름에 끼어들며, 다른 녀석들이 조급하게 전장으로 달려가든 말든 자기는 학년 말까지 데번에 머물기로 결심했다고 선언했다. 그는 무미건조한 말투로 데번의 신체 단련 프로그램들이 지니는 장점에 대해, 그가 기본 훈련을 마칠 때쯤 받게 될 고등학교 졸업장의 이점들에 대해 자세히 설명했다. 자기는 차근차근 단계를 밟아 입대하는 쪽으로 하겠다는 거였다.

"너는 그렇겠지." 누군가 경멸스럽게 대꾸했다.

"너야 그렇겠지." 다른 누군가가 내뱉었다.

"어디로 입대할 건데, 쿼큰부시? 무솔리니 군대?"

"아냐, 녀석은 독일인이야."

"독일 스파이야."

"오늘 선로를 몇 개나 망가뜨렸냐, 쿼큰부시?"

"쿼큰부시 일가는 진주만 공습 다음 날에 전부 억류된 줄 알았는데 말이야."

브링커도 한마디 했다. "사람들이 이 녀석만 못 찾은 거야. 쿼큰부시 (quackenbush의 bush가 수풀이라는 뜻임을 이용한 말장난) 아래에 숨어 있었거든."

고된 하루가 끝나고 우리는 모두 지쳐 있었다.

기차역에서 학교 운동장으로 걸어오면서, 짙어져가는 어둠 속에 우리는 홀로 눈 덮인 길 가장자리를 따라 미끄러져가던 누군가를 따라잡았다.

"레펠리어 좀 봐." 브링커가 흥분해서 외쳤다. "자기가 뭐라고 생각하는 거야, 설인이라도 되나?"

"걘 그냥 스키 타고 돌아다니다 온 거야." 나는 얼른 대꾸했다. 하루 종일 억눌렸던 아이들의 짜증이 레퍼를 겨냥하고 폭발하는 꼴을 보고 싶진 않았다. 레퍼 옆에 이르자 나는 물어보았다. "댐 찾았어, 레퍼?"

그는 서서히 고개를 돌렸다. 번갈아 지팡이를 눈에 꽂고 스키를 밀어내어 앞으로 나아가는 동작을 계속하면서. 수제 피스톤 엔진처럼, 규칙적이지만 무기력하고 단조롭게. "그래, 찾아냈어." 그의 미소는 환하지만 모호해서, 나를 향한 것이 아니라 자신과 기쁨을 나눌 의사가 있는 모든 사람과 사물을 향한 것처럼 보였다. "정말 재미난 구경거리였어. 사진도 좀 찍었는데, 나오면 너한테도 보여줄게."

"무슨 댐 말이야?" 브링커가 내게 물었다.

"그러니까…… 그냥 레퍼가 아는 강 상류의 작은 댐이야." 나는 대답했다.

"강 상류에 댐이 있는 줄 몰랐어."

"그래, 엄밀히 데번 강의 댐은 아니고, 지류 중 하나에 있는 거야."

"지류라고! **데번 강**에?"

"있잖아, 그냥 작은 시냇물 같은 거."

그는 어리둥절하여 눈썹을 찌푸렸다. "그래서, 어떤 종류의 댐인데?"

"그러니까," 녀석은 얼버무리는 얘기로는 만족하지 않을 듯 보였다. "비버 댐이지."

브링커는 이 얼마나 막중한 뉴스냐는 듯이 어깨를 푹 떨구어 보였다.

"세계대전이 진행 중인데, 나는 이런 곳에 있단 말이지. 비버 댐이나 사진 찍고 다니는 애들 학교에."

"사실 비버가 나타난 적은 한 번도 없어." 레퍼가 정정했다.

브링커는 의심스러운 태도로 그를 돌아보았다. "정말이야?"

"응, 하지만 아마도 내가 거기 접근할 때 너무 서툴렀던 것 같아. 아마 내 발소리를 듣고 겁나서 숨었을 거야."

"그래, 그러시겠지!" 브링커의 과장되고 무심한 말투는 그거야말로 인생의 거대한 아이러니로구나, 하고 말하는 것처럼 들렸다.

레퍼는 잠시 의아해하는 듯하더니 동의했다. "맞아. 그렇겠지."

"다 왔어." 나는 브링커를 끌어당겨 우리 기숙사 건물로 이어지는 길모퉁이를 향했다. "잘 가, 레퍼. 댐 찾아서 잘됐다."

"참." 그가 뒤쪽에서 목소리를 높여 물었다. "너희는 오늘 어땠어? 작업 잘했어?"

"크리스마스이브의 순록이 된 것 같았지." 브링커가 큰 소리로 대꾸했다. "환상의 겨울 나라였다고나 할까, 매 순간이 말이야." 그러고서 그는 슬그머니 나를 향해 중얼거렸다. "이곳 녀석들은 영장이 나올까 봐 벌벌 떠는 독일 놈이거나, 아니면……." 냉소적인 어조가 한층 격해지더니, 그는 욕설이라도 하듯 내뱉었다. "**자연-주의-자**이시거나." 그는 거칠게 내 팔을 붙들었다. "더는 못 참겠다. 난 입대할 거야. 내일."

그의 말에 나는 전율을 느꼈다. 그것은 최악이었던 그날 하루, 아니 엉망진창이 된 데번의 이 학기에 방점을 찍는 논리적인 절정처럼 들렸다. 나 역시 오랫동안 누군가 그렇게 말해주기만을, 그래서 나 역시 그 결정적인 단어를 곱씹을 수 있게 되길 기다려온 것 같은 기분이 들었다.

입대한다는 것. 과감하게 문을 박차고 나가 과거를 벗어나는 것. 내 몸을 감싼 모든 것을 훌훌 벗어던져버리고, 내 삶의 패턴을 파괴하는 것. 태어난 이후부터 지금에 이르기까지, 가정의 흰색과 남학교의 푸른색이라는 전형적 바탕 위에 검은 실과 불가해한 상징들로 구현해온 그 복잡한 무늬, 너무도 복잡하게 엉켜서 거장의 노련한 손길로만 계속 풀어나갈 수 있을 것 같던 실가닥들―그 모든 것을 나는 군대라는 거대한 가위로 잘라내버리길 갈망했다. 싹둑! 그것들이 순식간에 잘려나가면 내 두 손에는 국방색 실꾸리만이 남아 있을 터였다. 아무리

엉킨다 해도, 오직 한 가지 단순하고 밋밋한 국방색 천만을 짤 수 있는 그런 실만이.

그것이 유쾌한 삶은 아닐 터였다. 전쟁이란 분명 치명적인 것이었다. 하지만 나를 매혹하는 것들에서 치명적인 점을 발견하는 데엔 이미 익숙해져 있었다. 사실 내가 바라는 것, 내가 사랑하는 것은 항상 뭔가 치명적인 구석을 숨기고 있는 것 같았다. 그리고 만약 전혀 치명적인 구석이 없다면, 나 자신이 직접 만들어 넣기도 했다─예를 들어 피니어스의 경우처럼.

하지만 전쟁의 치명적인 점은 의문의 여지가 없었다. 죽음 자체가 거기 있었으니까.

나는 안마당에서 브링커와 헤어졌다. 그가 속한 클럽 하나가 모임 중이었기 때문에 그는 아직 기숙사로 돌아갈 수 없었다. "오늘 밤 '황금 양털' 토론 클럽의 모임을 주재해야 해." 그는 어이없다는 듯 경멸적 어조로 말했다. "황금 양털 토론 클럽이라고! 여기는 모두 미쳤어. 다 미쳤다고." 그러고서 그는 혼자 뭔가 중얼대며 어둠 속으로 사라졌다.

격렬한 생각들을 위해 만들어진 듯한 밤이었다. 날카롭게 빛나는 별들이 하나씩 어둠을 꿰뚫으며 떠올랐다. 별자리라든지 성운, 남부에서 볼 수 있는 은하수 따위는 없었다. 외롭고 차갑게 빛나는, 칼날 끝만큼이나 냉랭한 별들 하나하나뿐이었다. 데번은 눈이라는 희고 부드러운 식민 세력의 지배하에 있었다. 싸늘한 북부의 별들이 그날 밤을 차지했다. 그들은 별로 가득 찬 밤하늘과는 달리 내게 신에 대한 명상이나 돛대 앞에서의 항해, 위대한 사랑 따위를 떠올리게 하지 않았다. 그 냉정하고 날카로운 별빛의 칼끝 아래에서, 나는 내 앞에 닥쳐온 결

116

단만을 생각하고 있었다.

왜 계속해서 교육을 받는 시늉만 내고 있어야 하는가, 전쟁이 이곳에서 내가 유일하게 사랑한 것을―평화, 데번의 여름에 존재하던 그 무심한 평화를 서서히 잠식해가는 동안에. 다른 사람들, 이 세상의 쿼큰부시들은 전쟁이 눈앞에 닥쳐올 때까지 가만히 지켜만 보다가 가장 극적인 마지막 순간에야 그 속에 몸을 던질 모양이었다. 마치 증시가 폭락할 때 주식을 마구 사들이는 것처럼. 하지만 나는 그럴 수 없었다.

나 자신 말고는 아무도 나를 막을 수 없었다. 데번에 대한 나의 의무라든지, 부모님에 대한 도리라든지 하는 안이한 가책 따위는 제쳐두고, 무심한 밤하늘의 별빛 아래 나는 자신의 책임만을 돌이켜보며 내가 누구에게든 그 어떤 빚도 없음을 깨달았다. 나의 의무는 나 자신이 결정한 순간 인생의 위기에 당당히 맞서야 한다는 것뿐이었으며, 그 순간은 바로 지금이었다.

나는 성큼성큼 기숙사 계단을 뛰어올라갔다. 마음속이 여전히 저 날카로운 밤 별빛들, 어둠 속에서 드문드문 꼿꼿하게 빛나는 별들의 이미지로 가득했기 때문에, 바로 그런 이유로 인해 내 방 문 아래로 새어 나오는 따뜻한 노란 불빛이 더욱더 놀랍게 느껴졌다. 분명 불을 끄고 나갔는데. 그런데 지금 문 아래로 쏟아져 나오는 가늘고 노란 빛줄기는 마치 살아 있기라도 한 것처럼 복도 바닥의 먼지와 티끌들을 선명하게 비추고 있었다.

나는 손잡이를 잡고 문을 벌컥 열었다. 그가 내 책상 의자에 앉아 있었다. 다리의 거대한 장애물을 조정하기 위해 몸을 구부리고 있어서, 보이는 것이라곤 머리에 바짝 붙어 있는 익숙한 두 귀와 짧게 깎은 갈색 머리칼뿐이었다. 그는 놀리는 듯 씩 웃으며 나를 올려다보았다.

"안녕 친구, 환영 악단은 어디 숨겼지?"

그날 하루 있었던 모든 일이, 그 겨울의 가짜 첫눈처럼 순식간에 녹아 없어진 듯했다. 피니어스가 돌아온 것이다.

"확실히 널 혼자 두지 말았어야 했나 보다." 갑자기 피니어스와 마주친 충격에서 미처 벗어나기도 전에 그가 말을 이었다. "**그런** 옷들은 대체 어디서 산 거야!" 그는 흥분해 반짝이는 눈으로 내 닳아빠진 회색 모자부터 너덜거리는 스웨터, 페인트로 얼룩진 바지와 투박한 신발까지 죽 훑어보았다. "꼭 이렇게 광고를 하고 다녀야겠냐, 안 그래도 네가 우리 학년에서 패션 감각이 제일 꽝이라는 건 다들 알고 있는데."

"난 일하고 왔단 말이야. 이건 단지 작업복이라고."

"보일러실에서?"

"선로에서, 눈 치우느라 삽질했어."

그는 의자에 걸터앉았다. "선로에서 눈 치우기라. 그러고 보니 그렇겠네. 우리가 첫 학기에 항상 하던 일이니까."

나는 스웨터를 벗었다. 그 아래에는 요트를 타러 갈 때 입는 방수 레인코트를 입고 있었는데, 사실 그건 삼베 자루에 지나지 않았다. 피니어스는 말없이 꼼꼼하게 그것을 뜯어보다가 마침내 이렇게 중얼거렸다. "재단이 멋진데." 레인코트를 벗자 이제는 형에게 받은 군용 작업복 셔츠가 나왔다. "매우 시사적이군." 피니어스가 악문 잇새로 내뱉었다. 그걸 벗자 마침내 땀에 절어 얼룩진 러닝셔츠가 나타났다. 그는 그걸 보고 슬쩍 미소 짓더니 의자에서 몸을 일으키며 말했다. "그거야. 넌 하루 종일 그걸 입어야 했어. 오직 그것만. 그거야말로 진정한 멋이 었을 텐데. 네 나머지 옷들은 백합 같은 그 러닝셔츠의 아름다움에 쓸 데없는 장식이었을 뿐이야."

"그런 말을 해주니 고맙군."

"천만에." 그는 모호하게 대꾸하고는 책상에 기대놓았던 목발 한 쌍에 손을 뻗었다.

나는 그 모습을 덤덤히 바라보았다. 작년에도 그는 풋볼을 하다 발목을 분질러 목발 신세를 졌기에 그건 내게 익숙한 모습이었다. 데번에서 목발은 어깨 패드만큼이나 운동선수들에게 친숙한 존재였다. 나로 말하면, 그만큼 피부가 건강하게 반짝이는 데다 눈은 환하게 빛나며, 팔과 어깨를 이용해 평행봉을 하듯 목발을 짚고 있는 장애인은 처음 보았다. 목발을 짚은 채로 공중제비라도 해 보일 것 같았다. 피니어스는 획 방을 가로질러 자기 침대로 가더니 시트를 뒤로 젖혀보고는 신음 소리를 냈다. "맙소사, 정리가 안 되어 있네. 그러고 보니 청소부들이 없어졌단 건 또 무슨 개소리야?"

"청소부는 없어." 나는 대꾸했다. "어쨌든 전시잖아. 그렇게 큰 희생은 아니야. 굶거나 폭격을 당하거나 하는 사람들을 생각해보면 말이야." 나의 이런 자기희생 정신은 1942년 당시의 분위기에 따른 것이었다. 지난 몇 달 동안 피니어스와 나는 이 점에 대해 의견 차이가 생겨있었다. 전쟁이 지속되면서 안락함이 사라진 데 대한 그의 불평이 내게는 살짝 불쾌하게 느껴졌다. 나는 되풀이했다. "어쨌든, 지금은 전쟁 중이잖아."

"그랬나?" 그가 무심하게 중얼거렸다. 나는 신경 쓰지 않기로 했다. 그가 저런 식으로 말한다는 건 분명 생각이 다른 데 가 있다는 뜻이기 때문이었다. 무의미한 수사적 물음을 던지거나 다른 사람의 말을 그 대로 반복하거나.

나는 침대보 몇 장을 가져와서 그의 침대를 정돈해주었다. 그는 도 움받는 것을 전혀 의식하지 않는 듯했고, 독립적으로 보이려고 무리하 게 애쓰는 장애인 유형과는 거리가 멀었다. 나는 이 점을 이따가 밤에 침대에서 기도할 때 감사드릴 목록에 넣기로 했다. 무척 오랜만에 올 리는 기도가 될 터였다. 이제 피니어스가 돌아왔으니 기도를 다시 시 작하기에 적절한 때 같았다.

아마 피니도 내가 기도 중이라는 걸 알아차렸을 것이다. 소등 후에 내가 워낙 조용히 있었으니까. 그 역시 3분 정도는 침묵을 지켜주었지 만 결국엔 입을 열었다. 그는 잠들기 전에 항상 얘기를 나누려고 했고, 3분이 넘는 기도는 허영이라고 생각하는 듯했다. 피니의 우주에서 신 은 항상 한가로운 존재였으며 인간이 찾을 때면 언제든 귀를 기울여 주었다. 3분 안에 신에게 메시지를 전달하지 못하는 사람은, 나 역시 뭔가 그럴싸한 기도를 하려다가 그보다 길어지는 일이 이따금 있었지 만, 피니어스의 생각에 따르면 제대로 하지 못한 거였다.

내가 잠들 때까지도 그는 계속 얘기하고 있었다. 그러고는 다음 날 아침, 1인치쯤 열려 있던 창문 아래로 새어 들어온 얼음 같은 공기 속 에서 분노한 목소리로 외치며 나를 깨웠다. "청소부들이 없어졌다니 대체 무슨 개소리야!" 그는 침대에 일어나 앉아 있었는데 곧바로 뛰어 나갈 듯한 기세였고 온몸에 생기가 넘쳤다. 나는 이 분개한 운동선수, 다섯 명분의 활기를 띠고 학교 복지에 대해 불평해대는 그의 모습을 보자 웃을 수밖에 없었다. 그는 침구를 획 밀어내고서 말했다. "목발 좀 집어다 줄래?"

지금까지 나는 무슨 일이 있든지 간에 매일매일 그것이 새로운 삶인 것처럼, 모든 과거의 실패와 문제는 지워지고 미래의 가능성과 기쁨만이 눈앞에 열려 있어 다시 밤이 오기 전 손에 넣을 수 있을 것처럼 여기며 살아왔다. 그러나 지금 눈 내리는 겨울과 피니어스의 목발을 앞에 둔 나는 앞으로 매일 아침 전날 밤의 문제가 그대로 반복되리라는 걸, 잠은 잠시의 유보일 뿐 아무것도 바꾸지 못한다는 걸, 여명과 새벽 사이 내가 새롭게 태어나기란 불가능하다는 걸 깨닫고 있었다. 하지만 피니어스는 그 사실을 믿지 않는 모양이었다. 매일 아침 정신이 들 때마다 그는 가장 먼저 자신의 다리를 내려다보면서, 혹시나 잠자는 사이에 완전히 회복된 것은 아닐까 기대했으리라고 나는 확신한다. 데번에 돌아와 보낸 그 첫날 아침 자신의 다리가 여전히 불구이며 깁스에 싸여 있다는 것을 깨닫자 그는 평소의 조심스러운 말투로 이렇게 입을 열었던 것이다. "목발 좀 집어다 줄래?"라고.

옆방의 브링커 해들리는 항상 특급열차 같은 기세로 잠자리에서 일어났다. 그가 침대에서 몸을 일으키고, 거칠게 기침을 하고, 바닥에 빌을 구르고 얼어붙을 듯한 공기를 가르며 옷장에 가서 입을 것을 꺼내온 다음, 샤워실로 쿵쾅거리며 달려가는 과정이 점점 큰 소리로 벽 너머에서 생생히 중계되는 것이었다. 그러나 오늘 그는 중간에 방향을 바꾸어 세면장 대신 우리 방으로 들어왔다.

"준비됐지?" 그는 문간에 들어서기도 전에 이렇게 소리쳤다. "같이 가서 입…… 피니!"

"입…… 뭐?" 피니가 침대에 앉은 채 되물었다. "뭐가 준비됐는데, 입 어쩌고는 또 뭐야?"

"피니, 너 정말로 돌아왔구나!"

"당연하지." 피니가 유쾌한 미소를 지으면서 대답했다.

브링커는 나를 보며 입을 비죽거렸다. "그럼, 네 사소한 계획은 결국 제대로 안 풀린 셈이네."

"쟤 무슨 소리 하는 거야?" 피니는 자기 어깨 아래 목발을 끼워주는 나를 보며 물었다.

"별말 아냐." 나는 짧게 대꾸했다. "언제 브링커가 말 같은 말을 한 적이 있었냐?"

"내가 무슨 말 하는 건지 너도 잘 알 텐데."

"아니, 몰라."

"야, 너도 잘 알잖아."

"넌 내가 뭘 아는지 안다는 거야?"

"당연히 알고 있지."

"저 녀석 **무슨 소리** 하는 거야." 피니가 중얼거렸다.

방 안은 으스스하게 추웠다. 나는 여전히 목발을 어깨 밑에 받친 채 피니어스 앞에 떨면서 서 있었다. 돌아서서 브링커를, 그가 좀처럼 포기하지 않으려 드는 치명적인 농담을 마주할 엄두를 내지 못하고.

"쟨 내가 자기랑 같이 갈 준비가 됐는지 묻는 거야." 나는 말했다.

123

"입대하러 말이야." 그것은 그해에 모든 열일곱 살 소년에게 궁극적인 질문이었다. 그리고 나를 제외한 모든 사람의 머릿속에서 방금 전 브링커의 미묘한 암시를 지워버릴 만한 질문이기도 했다.

"그래." 브링커가 말했다.

"입대라고!" 그와 동시에 피니가 소리쳤다. 그의 크고 맑은 눈이 야릇한 표정을 담고 나를 돌아보았다. 나는 지금껏 그가 그런 표정을 짓는 걸 본 적이 없었다. 나를 곰곰이 쳐다보던 그가 말했다. "너 입대할 거야?"

"글쎄, 생각은 했지······. 어젯밤 선로 작업을 마치고 나서······."

"네가 입대하려는 생각을 했다고?" 피니는 의식적으로 나를 외면한 채 되풀이했다.

브링커는 조정자 역할에 익숙한 사람 특유의 깊은 한숨을 내쉬었지만, 아무 말도 하지 못했다. 우리 셋은 뉴햄프셔의 희뿌연 아침 햇살 아래 떨면서 그대로 서 있었다. 피니와 나는 파자마 바람으로, 브링커는 파란색 플란넬 목욕 가운과 너덜너덜한 모카신 차림으로. "언제 할 건데?" 피니가 말을 이었다.

"음, 모르겠어." 나는 대답했다. "그냥 어젯밤 브링커가 그런 얘길 했던 거야. 그뿐이야."

"내가 말했지." 브링커가 이상하게 방어적인 어조로, 피니어스를 슬쩍 곁눈질하면서 끼어들었다. "오늘 입대하자고 얘기했어."

피니는 껑충껑충 뛰어 장롱까지 가서는 비누를 들고 왔다. "내가 먼저 샤워할게."

"그 깁스, 적시면 안 되는 거 아냐?" 브링커가 물었다.

"그래, 샤워 커튼 밖에 놔두면 돼."

"내가 도와줄게." 브링커가 말했다.

"됐어." 피니는 그를 쳐다보지 않고서 대꾸했다. "내가 알아서 할 수 있어."

"네가 어떻게 알아서 한다는 거야?" 브링커가 끈질기게 우겼다.

"내가 **알아서** 한다고." 피니는 굳은 얼굴로 되풀이했다.

나로서는 믿기 어려운 일이었지만, 피니의 경직된 표정을 보고 착 가라앉은 목소리를 들으면 너무나 뚜렷하고 명백한 사실이었다 ─ 피니는 내가 떠난다는 생각에 충격을 받은 것이다. 어떤 식으로든 그는 나를 필요로 했다. 그에겐 내가 필요했다. 나는 그가 아는 사람들 중 가장 믿을 수 없는 사람일 터였다. 나는 그 사실을 알았고 그 역시 알 았을 터이다. 알고 있어야 했다. 나는 그에게 진실을 말하기까지 했다. 내가 직접 그에게 말했다. 그럼에도 그의 얼굴과 목소리에 드러난 뚜 렷한 소외감은 착각의 여지를 주지 않았다. 그는 내가 곁에 있기를 바 랐다. 그 순간 전쟁은 내 머릿속에서 사라져버렸다. 입대와 탈출과 새 출발에 대한 꿈도, 내게는 모든 의미를 잃어버렸다.

"당연히 너 혼자서 샤워를 할 수 있지." 나는 말했다. "하지만 그게 뭐가 중요해? 이것 봐, 브링커는 항상…… 브링커는 항상 뭐든 첫 번 째가 되려는 애잖아. 입대라니! 무슨 바보 같은 소리야. 언제나처럼 브 링커가 제일 먼저 선수를 치고 싶어서 한 얘기일 뿐이야. 네 녀석이 맥 아더 장군의 장남이라고 해도 너랑 같이 입대하진 않을 거야."

브링커는 거만한 표정으로 나를 마주 보며 장단을 맞췄다. "너, 내 가 누군지 알고 있었냐!" 그러나 피니는 그의 말을 듣고 있지 않았다.

125

내 말을 듣자 그는 활짝 눈부시게 미소를 지었다. 그의 얼굴 전체가 환하게 밝아지는 것 같았다. "입대라고!" 나는 말을 이어갔다. "네가 엘리엇 루스벨트(루스벨트 대통령의 아들로 미 육군 항공대원으로 활약)라고 해도 너랑 같이 입대는 안 한다."

"내 사촌인데." 브링커가 턱을 쳐들며 대꾸했다. "정확히는 오촌이지만."

"얘는 너랑 입대 안 해." 피니가 끼어들었다. "네가 장제스 마누라라고 해도 말이야."

"사실은 말이야," 나는 목소리를 낮춰 맞장구쳤다. "녀석은 정말로 장제스 마누라야."

"하느님 맙소사," 피니가 그의 특기인, 하늘이 무너진 듯 경악한 표정을 지어 보이며 소리쳤다. "누가 그럴 줄 알았겠냐고! 중국인이었다니, '황색 공포'가 우리 데번에 있었다니!"

그날 아침 우리의 대화 중에서, 데번 학교의 1943년 졸업반과 관련되어 역사에 기록된 것은 오직 이 부분뿐이었다. 4년 동안 다른 애들에게 별명을 붙이면서 자기는 맨날 교묘히 빠져나갔던 브링커 해들리에게 마침내 별명이 생긴 것이다. '황색 공포' 해들리의 이름은 독감이 전염되는 것 같은 속도로 학교 전체에 퍼져나갔으며, 브링커의 명예를 위해서 그가 이 별명을 제법 의연하게 받아들였다는 것은 말해두어야겠다. 다만, 말 줄임 작용의 필연적인 결과로 인해 가끔씩 누군가가 그를 ('공포'가 아니라) 그냥 '황색'이라고 불렀을 때를 제외하면.

일주일 만에 나는 이 일을 잊어버렸다. 하지만 데번에 돌아온 첫날 내가 자기를 버리고 떠날지도 모른다는 걸 알았을 때 피니의 얼굴에 떠오른 그 막막한 표정은 절대 잊을 수 없었다. 왜 그가 나를 선택했는지, 왜 그가 자신의 장애에서 가장 수치스러운 면모들을 나에게만 거리낌 없이 내보일 수 있었는지 나는 알지 못했다. 하지만 상관없었다. 전쟁은 데번에서 내가 그토록 사랑했던 여름의 평온한 정적을 더는 잠식하지 못했다. 운동장이 1피트 이상 쌓인 굳은 눈 아래 묻히고 강은 야윈 나무들 사이의 차가운 회백색 얼음 줄기에 지나지 않았음에도, 내게 데번은 다시 평화로운 곳이 되었다.

그렇게 전쟁은 해안의 파도처럼 사방을 휩쓸며 그 힘과 규모를 과시했고, 그것이 우리를 집어삼킬 듯 밀려와서 더는 도망갈 수 없을 것처럼 보이던 마지막 순간, 피니어스의 말 한마디가 나를 구한 것이었다. 내가 한번 고개를 숙여 피하자 모든 것이 끝났다. 파도의 응집된 힘은 나를 전혀 다치게 하지 않고 머리 위로 지나가버렸다. 다른 사람들은 거칠게 해안에 내던져졌지만, 나는 예전과 마찬가지로 평화롭게 물결을 밟고 있었다. 하지만 나는 미처 생각하지 못했다. 밀물이 차오기 시작하면, 하나의 파도는 반드시 더욱 크고 더욱 거센 다른 파도들로 이어지게 마련이라는 것을.

"난 겨울이 **좋아**." 피니는 내게 말했다. 그날 아침 예배당에서 돌아오는 동안 벌써 네 번째였다.

"글쎄, 겨울은 널 안 좋아하는 것 같은데." 걷기 편하도록 교정 여러 곳에 나무판자를 깐 산책로가 조성되었지만, 그 산책로 위에도 얼어붙은 부분이 군데군데 있었다. 목발을 한 번만 잘못 디뎌도 피니는 얼어붙은 나무판자 위로 넘어지거나 얼음 아래 굳어진 눈 더미 속에 빠져버릴지도 몰랐다.

데번의 실내조차도 피니에게는 위험한 곳 천지였다. 학교 건물은 몇 년 전 어느 석유 재벌의 어마어마한 유산이 들어오면서 청교도적 장엄함이라 할 기묘한 양식으로 대규모 개축되었다. 베르사유 궁전을 주일학교의 요구에 맞춰 개조한 듯한 모습이랄까. 이 같은 호화스러운 절제는 학교 자체의 양분된 정체성을 드러내고 있었는데, 그것은 마치 학교가 양다리를 걸친 두 강이 이루는 대조와도 비슷했다. 밖에서 보면 학교 건물들은 붉은 벽돌과 흰 널빤지들의 근엄하고 딱딱한 직선으로 이루어져 있었고, 창문마다 파수꾼처럼 셔터가 내려져 있었다. 희고 수수한 원형 탑이 군데군데 보였지만, 그 또한 마치 청교도 여성들의 흰 보닛처럼 미관을 위한 것이라기보다는 거기 있어야 하기 때문에 존재하는 것들이었다.

하지만 일단 식민지 양식의 복도로 들어서서 어느 정도 정제된 장식은 괜찮다고 얘기하는 듯한 몇몇 부채꼴 창문들과 저부조가 새겨진 기둥들을 지나치면, 그야말로 로코코풍 화려함을 과시하는 공간에 이른다. 분홍빛 대리석 벽들과 흰 대리석 바닥은 아치와 궁륭 천장으로 덮여 있고, 강당은 이탈리아 르네상스 전성기 양식으로 꾸며졌는가 하면, 다른 강당은 물방울 모양 크리스털이 반짝이는 샹들리에로 환히 밝혀져 있다. 섬세한 프랑스식 통유리 창으로 이루어진 벽은 대리석 골동품들로 가득한 이탈리아식 정원을 향하고 있으며, 일층 도서관은 프로방스 양식으로, 이층 도서관은 로코코양식으로 지어져 있다. 게다가 기숙사를 제외하면 모든 바닥과 계단이 미끄럽기 그지없는 대리석인데, 이 대리석이 또 빙판보다도 더 위험한 것이다.

"겨울도 날 좋아해." 피니가 대꾸하고는, 자신의 말이 뜬금없이 들린다고 생각했는지 이렇게 덧붙였다. "내 말은 계절도 누군가를 좋아할 수 있다는 거야. 그러니까 나는 겨울을 좋아하고, 누군가가 무엇을 정말로 좋아한다면 그쪽에서도 그 사람을 좋아해주기 마련이야. 어떤 방식으로든 말이지." 나는 말도 안 된다고 생각했다. 내 열일곱 해 동안의 경험으로 미루어보면 그의 말은 사실이라기보다 거짓에 가까웠다. 하지만 피니의 생각과 신념이란 항상 그런 식이었다. 그가 한번 말한 것은 사실이어야만 했다. 그래서 나는 토를 달지 않았다.

나무판자 산책로가 끝나고, 첫 수업 장소로 이어지는 내리막길에 이르자 그는 나보다 약간 앞으로 갔다. 그는 놀라울 만큼 조심스럽게 발 디딜 곳을 골랐다. 놀랍다는 것은, 예전에 그에게 땅바닥이란 도약을 위한 지점, 공중에 뛰어올랐을 때의 일시 정지된 세상을 위해 주어진 하나의 요소일 뿐이었기 때문이다. 예전엔 한 번도 눈여겨보지 않았던 피니어스의 걷는 모습이 이제야 새삼 선명히 기억났다. 데번 주변에서는 가능한 온갖 걸음걸이를 볼 수 있었다. 갑자기 30센티나 훌쩍 자란 소년들이 어색하게 발을 끄는 걸음. 자기 어깨가 얼마나 떡 벌어졌는지 의식하고 카우보이처럼 으스대며 성큼성큼 걷는 걸음. 느린 걸음, 어기적거리는 걸음, 리드미컬한 걸음, 전설 속 거인 같은 큰 걸음. 하지만 피니어스는 끊임 없이 흐르는 듯한 균형 상태로 움직였고, 아무런 힘도 들이지 않고 유유히 떠다니는 것처럼, 움직이면서 휴식하는 것처럼 보였다. 이제 그는 여기저기 얼어붙은 땅 위로 절뚝거리며 움직이고 있었다. 스탠폴 선생이 약속했던 단 한 가지 말대로, 피니어스는 다시 걷게 되었다. 하지만 내가 결코 떨쳐버릴 수 없었던 생각은 그가 결코 예전처럼 걷게 되지는 못하리라는 거였다.

"너 수업 있어?" 우리가 건물 계단에 이르렀을 때 그가 물어왔다.

"그래."

"나도 있어. 근데 가지 말자."

"가지 말자고? 하지만 무슨 핑계를 댈 건데?"

"예배당에서 오는 길에 내가 탈진해서 기절했다고 하지." 그는 희미한 미소를 띠고 나를 바라보았다. "그리고 넌 날 돌봐줘야 했고."

"오늘은 네가 돌아온 첫날이야, 피니. 넌 땡땡이를 치면 안 돼."

"알아, 알아. 난 공부할 거야. 정말로 열심히 할 거라고. 물론 대부분 네가 나를 제치겠지만, 그래도 나 역시 최대한 열심히 할 거야. 오늘 하루만, 첫 수업만. 아직 학교를 둘러보지도 못했는데 동사 활용이나 하라니, 지금은 안 돼. 이곳을 돌아보고 싶어. 아직 우리 방 안하고 예배당 안 말고는 아무것도 못 봤잖아. 교실 안을 볼 기분은 아니야. 지금은 싫어, 아직은."

"뭘 보고 싶은데?"

그는 몸을 돌려 나를 등지고 서서 말했다. "체육관에 가자." 이 한마디뿐이었다.

체육관은 학교 반대쪽 끝에 있었다. 적어도 400미터는 가야 했고, 그곳과 우리 사이에는 빙판길이 있었다. 하지만 우리는 더는 아무 말 않고 걸음을 옮겼다.

우리가 체육관에 도착했을 때 피니의 얼굴에서는 땀이 기름처럼 뚝뚝 흘러 떨어지고 있었고, 그가 잠시 멈춰 섰을 땐 손과 팔에 무의식적인 경련이 일어났다. 깁스한 다리는 거대한 닻처럼 질질 뒤로 끌렸

130

다. 그날 아침 우리 방에 있을 때 그는 충분히 활기차게 보였지만, 그것은 환상에 지나지 않았을 것이다. 그가 고향의 담당 의사와 가족들을 속여 데번행 기차를 타는 걸 허락받았던 그때의 활기만큼.

우리는 체육관 앞의 얼어붙은 잔디 위에 서 있었다. 한동안 멈춰서 쉰 후, 마침내 그는 안에 들어가 힘찬 모습을 보일 준비를 마쳤다. 이후로는 그렇게 하는 게 그의 버릇이 되었다. 나는 종종 체육관 앞에서 생각에 잠겼거나 하늘을 바라보거나 장갑을 벗고 있는 척하며 서 있는 그와 마주치곤 했다. 하지만 그런 모습은 어설프게만 보였다. 피니어스는 남을 속이는 데 능숙하지 못했다. 이전엔 그럴 필요가 없었으니까.

우리는 체육관에 들어갔다. 대리석 복도를 지나고, 진기한 트로피 전시실도 지나쳐서(그곳에는 이미 그의 이름이 새겨진 컵 하나, 깃발 하나, 그리고 보존 처리된 럭비공 하나가 전시되어 있었다). 나는 당연히 그곳이 그의 목적지려니 생각했다. 과거의 영광을 곱씹어보려고. 나는 그렇게 할 준비가 되어 있었고, 심지어 그의 기운을 북돋워줄 유쾌하고 밝은 문구들도 몇 마디 생각해놓고 있었다. 하지만 그는 한순간도 주저하지 않고 그곳을 지나쳤고, 가파른 대리석 계단을 내려가 라커 룸에 들어섰다. 나는 어리둥절한 채 그를 따랐다. 라커 룸 구석에는 더러워진 수건들이 쌓여 있었다. 피니는 목발로 그걸 밀어젖히며 슬쩍 미소를 띠고 중얼거렸다. "청소부들을 안 쓴다니, 대체 무슨 헛소리야?"

라커 룸은 이 시간에는 아직 텅 비어 있었다. 칙칙한 초록색 사물함들이 줄 지어 늘어선 사이로 널찍한 나무 벤치들이 놓여 있었다. 천정에는 파이프들이 길게 늘어져 있었다. 온통 칙칙한 초록색과 갈색과 회색인, 데번에서도 가장 밋밋한 공간이었다. 하지만 방 저쪽 끝에는 널따란 대리석 복도가 하얗게 반짝이며 실내 수영장까지 이어져 있었다.

피니는 벤치에 주저앉더니 낑낑대며 양가죽 안감을 댄 겨울 외투를 벗어놓고는, 체육관 공기를 깊이 들이마셨다. 세상 어느 라커 룸도 데번의 그곳만큼 냄새가 심하진 않았을 것이다. 짙게 밴 땀 냄새 사이로 물씬 스며든 파라핀과 불에 탄 고무, 젖은 양모와 연고의 냄새, 그리고 은유적으로 표현하면 탈진의 냄새, 희망과 승리와 격렬하게 서로 부딪는 육체들의 냄새. 아무리 생각해도 악취라고밖에 말할 도리가 없었다. 그것은 말하자면 극한까지 사용된 인체가 풍기는 냄새, 사랑을 나누는 연인들에게 그렇듯 운동선수에게도 의미심장하고 감동적인 냄새였다.

피니어스는 여기저기 두리번거리고 있었다. 철봉, 벽 쪽의 모래 구덩이, 바닥에 놓인 아령 세트, 둘둘 말려 있는 레슬링 매트, 사물함 아래 처박힌 운동화.

"하나도 안 변했네, 그렇지?" 그는 나를 돌아보고 고개를 끄덕이며 말했다.

잠시 침묵을 지키던 나는 나직하게 대답했다. "꼭 그렇지도 않아."

그는 내 말을 못 알아들은 척하지 않았다. 잠시 후 그가 말했다. "이제 네가 주인공이 될 거야." 밝은 목소리였다. 그러고는 다소 난처한 어조로 덧붙였다. "뒤떨어진 부분은 충분히 따라잡을 수 있어." 그는 내 등을 찰싹 때렸다. "저기 가서 턱걸이 몇 번 해봐. 참, 그래서 무슨 운동을 하기로 했어?"

"사실은 아무것도 안 해."

"너 설마, 아직도 조정 부매니저란 건 아니겠지!" 그가 얼굴을 온통 찌푸리며 나를 노려보았다.

"아니, 그건 그만뒀어. 그냥 체육 수업만 받기로 했어. 아무 운동부 활동도 안 하는 애들을 위한 수업 말이야."

그는 의자 위에서 몸을 비틀었다. 농담은 끝났다. 그는 짜증스럽다는 듯 입을 벌려 "제기랄," 하고 격하게 내뱉더니, 순간 소리를 죽여 말을 이었다. "대체 왜 그랬는데?"

"어차피 다른 데 지원하기는 너무 늦었거든." 웃기지도 않은 핑계 그만두라는 듯 그의 얼굴과 목이 확 붉어지는 걸 보고 나는 더듬더듬 덧붙였다. "게다가 어쨌든 전쟁 때문에 딱히 경기에 나갈 것 같지도 않아. 잘은 모르지만, 전시 상태에서는 스포츠란 게 그리 중요하진 않은가 봐."

"너도 그놈의 전쟁 이야기들에 넘어간 거냐?"

"아니, 당연히 아니지······." 나는 그에게 반박하느라 정신이 팔린 나머지 미처 무슨 말인지 이해하지도 못한 채 부정하려 했지만, 문득 정신이 들어 그의 얼굴을 쳐다보았다. "그놈의 전쟁 이야기들이라니?"

"지금 전쟁 중이라는 그런 이야기들 말이야."

"무슨 말인지 모르겠다."

"너 정말로 미합중국이 나치 독일과 일본 제국에 맞서 싸우는 중이라고 생각하는 거냐?"

"내가 정말로 그렇게 생각하냐고······." 나는 말끝을 흐렸다.

그는 성한 다리에 무게를 싣고, 다른 쪽 다리는 앞쪽 바닥을 살짝 디딘 채 몸을 일으켰다. "바보같이 굴지 마." 그는 냉정하고 침착한 표정으로 나를 내려다보며 말했다. "전쟁 따윈 없어."

"네가 왜 그렇게 말하는지는 알아." 나는 그의 말을 끊으려 애썼다. "이제 알겠다. 너 아직 약 기운이 있나 봐."

"아냐, 약 먹은 건 너야. 그리고 다른 사람들 전부 다." 그는 몸을 빙글 돌려 나를 정면으로 쳐다봤다. "그게 바로 이 모든 전쟁 이야기의 진상이지. 약 말이야. 이것 봐, 너 혹시 '광란의 20년대'라는 말 들어봤어?" 나는 매우 느리게, 눈치를 살피며 고개를 끄덕였다.

"사람들이 진을 가득 채운 욕조 안에서 흥청대고, 젊은이들은 모두 자기가 원하는 대로 행동했다는 그 시대 말이야."

"응."

"그게, 사실 그런 걸 좋아하지 않는 사람들이 있었어. 설교자들과 할망구들과 셔츠 옷깃에 힘을 준 영감님들 말이야. 그래서 그들은 금주법을 지정했지만, 사람들은 더 취하기만 할 뿐이었지. 절박해진 그들은 대공황을 계획했어. 그렇게 해서 30년대에는 젊은이들을 제자리에 묶어둘 수 있었지. 하지만 그 속임수가 영원할 순 없었어. 그래서 40년대에 그들이 조작해낸 게 바로 이 전쟁이라는 거지."

"대체 '그들'이 누군데?"

"우리에게 제 밥그릇을 뺏기고 싶지 않은 뚱보 노인네들 말이야. 그들이 모든 걸 날조했어. 예를 들자면 식량 부족도 조작이야. 그들은 지금 최고급 스테이크를 자기네 클럽에서 독점하고 있지. 최근 들어 그들이 너 살찌고 있다는 걸 모르겠어?"

그의 어조는 나도 잘 알고 있으리라고 확신하는 것처럼 들렸다. 한순간 나는 거의 그에게 설득당할 뻔했다. 그러나 나를 향한 하얀 깁스

덩어리 위에 눈길이 닿은 순간, 언제나처럼 나는 피니의 몽상 세계에서 다시 끌려 나왔다. 그날 아침 일어났을 때처럼 현실 세계로, 냉엄한 진실로.

"피니어스, 정말 재미있는 이야기다. 하지만 아무리 네 상상이라곤 해도 너무 그런 생각에 열중하진 마. 그런 얘길 정말로 믿어버리게 되면 정신병원에 네 자리를 예약해야 하게 될지도 모르잖아." "어찌 보면," 생각에 잠긴 채 그는 내 얼굴을 훑어보고 있었다. "지금은 온 세상이 정신병원인 셈이지. 하지만 그 뚱보 노인네들만은 무슨 말인지 알 거야."

"그리고 너도."

"그래, 나도."

"왜 너만 그렇게 특별한 건데? 왜 너만이 진실을 알고 우리 모두는 깜깜하다는 거지?"

우리의 대화 속에 배어 있던 긴장감이 순간 그에게서 폭발하고 말았다. 그의 얼굴이 굳어졌다. "난 고통을 겪었으니까." 그가 내뱉었다.

이 진실 앞에 우리는 둘 다 놀라 물러섰다. 그날 아침의 유쾌한 분위기는 서로의 침묵 속에 흔적도 없이 사라졌다. 그는 나를 외면한 채 얼굴이 상기되어 주저앉아 있었다. 나는 그 옆에 한참 가만히 앉아서 요동치는 마음을 가라앉힌 후, 일어나 무턱대고 눈에 띄는 것을 향해 걸어갔다. 다가가서 보니 그건 철봉이었다. 나는 몸을 뻗어 철봉을 붙잡고는, 마치 (어설프고 심지어 괴이한 것이었지만) 피니어스에게 바치는 선물인 것처럼 턱걸이를 시작했다. 달리 생각나는 것이 없었다. 그에게 건넬 적절한 말도, 적당한 몸짓도. 그저 머릿속에 떠오른 대로 행동했다.

"서른 번 해." 그가 무심한 목소리로 중얼거렸다.

이전에 나는 열 번도 해낸 적이 없었다. 열두 번이 넘어가자 나는 그가 직접 횟수를 헤아리고 있다는 걸 알아차렸다. 어물어물하고 조그만 목소리였지만, 내게 들릴 만큼 소리 내어 세고 있었다. 열여덟 번이 되자 목소리가 눈에 띄게 커지더니, 스물세 번이 되자 무관심하던 태도가 완전히 사라졌다. 그는 벌떡 일어났고, 다음 숫자를 외치는 그의 간절한 목소리는 마치 보이지 않게 내 몸을 팔 길이만큼 떠받쳐 일으켜주는 것 같았다. 마침내 그가 환호하며 "서른!"을 외칠 때까지.

고통의 순간은 끝났다. 내가 아는 피니어스라면, 방금 전 드러낸 고뇌가 자기 안에 있었다는 사실에 나보다도 더욱 경악했을 터였다. 우리 둘 중 누구도 다시는 그 순간을 언급하지 않았지만, 우리 둘 모두 결코 잊어버리진 못했다.

그는 자리에 앉아 꽉 움켜잡은 자신의 두 손을 응시했다. "내가 말했나?" 그가 살짝 쉰 목소리로 운을 뗐다. "내가 올림픽을 염두에 두고 훈련 중이었다고." 방금 전 같은 순간이 없었다면, 그는 이런 얘길 하지 않았을 터였다. 이처럼 개인적이고 내밀한, 마음속 깊이 숨겨두었던 이야기는. 다른 이야기를 하거나 농담이나 지껄인다면 방금 있었던 일에 대한 위선적 부정이 될 터였다. 그리고 피니어스로서는 그럴 수가 없었던 것이다.

나는 아직도 철봉에 매달려 있었다. 두 손이 철봉에 달라붙은 것 같은 느낌이었다. "아니, 그런 얘기 안 했어." 나는 내 팔을 바라보며 중얼거렸다.

"응, 그랬어. 그런데 이젠 모르겠어. 그러니까, 1944년까지 내가 완벽하게 준비가 될 거라고 백 퍼센트 확신할 수는 없어. 그러니까 올림픽 팀을 위해 나 대신 널 훈련시켜야겠어."

"하지만 1944년 올림픽은 없을 거야. 2년밖에 안 남았는데, 아직 전쟁이……."

"상상 이야기는 좀 치워둬. 우린 올림픽을 대비해 널 훈련할 거야. 1944년까지."

나는 그를 믿지 않았고, 군인들이 세계 곳곳의 전쟁터로 실려 가고 있다는 사실을 잊을 수 없었다. 그럼에도 그의 말을 따랐다. 피니가 새로운 착상을 들고 나올 때마다 항상 그랬듯이. 목표를 가진다고 나쁠 건 없었다. 그 목표가 설사 상상의 것이라 해도 말이다.

하지만 우리는 전선에서 너무나 멀리 떨어져 있었기 때문에, 전쟁에 대한 의식은 대체로 머릿속에서만 자라나고 있었다. 우리는 전쟁을 실감할 수가 없었다. 전쟁에 대해 본 거라곤 모두 2차원 매체를 통한 허상들이었다. 신문과 잡지의 사진들, 뉴스영화들, 포스터들, 라디오에서 들려오는 인공적인 목소리, 신문 1면을 뒤덮은 머리기사들. 평화의 편을 드는 피니의 도발적인 공세에 대항하는 것은, 사실 꾸준한 상상을 동원하지 않고서는 불가능했다.

그리고 이제 저녁 식사에 닭 간이 나올 때마다 나도 모르게 루스벨트 대통령과 내 아버지, 피니의 아버지, 그리고 여러 건장한 노인들이 세련되었지만 폐쇄적인 남성 비밀 클럽 안에 둘러앉아 최고급 스테이크를 뜯고 있는 황당무계한 풍경을 상상할 수밖에 없었다. 집에서 온 편지에 휘발유가 배급제로 바뀌어 친척 방문 여행이 취소되었다고 쓰여 있으면, 아버지가 다 알고 있다는 눈빛으로 조용히 히죽거리는 모습을 상상하게 되는 것이었다. 적어도, 과달카날인가 하는 지역의 정글을 헤치며 나아가는 미국 군대를 상상하는 것보다 어렵진 않았다. "대체 그게 어디 있는 지역이냔 말이야"라고 피니는 비아냥댔다.

매일 예배 시간마다 우리에게 주어지는 절제와 노동의 권고는 더욱 강력해져갔다. 물론 이를 정당화하는 건 전쟁이었다. 교사진이 전쟁을 빌미 삼아 그들이 항상 원했던, 전시이건 평상시이건 상관없이 바랐던 방향으로 우리를 몰아붙인다는 게 너무도 뻔히 보였다.

이 얼마나 우스운 일이 될까, 결국은 피니가 옳았던 거라면!

하지만 물론 나는 그의 말을 믿지 않았다. 기숙학교 남학생들에게 가장 큰 두려움인 '속아 넘어가는 것'에 대한 경계심이 너무 컸기 때문이다. 레퍼처럼 대놓고 멍청이로 찍힌 몇몇 외엔 모두 그랬듯, 나 역시 조금이라도 의심의 여지가 보이는 이야기는 절대 받아들이지 않았다. 때문에 나는 그를 믿을 수 없었다. 하지만 어느 날 예배 시간 교목(校牧) 카하트 선생이 '참호 속에 계신 신'에 대해 설교한 후 스스로 도취한 꼴을 보니, 전쟁에 대한 피니의 의견이 허황하다면 카하트 선생의 말역시 그보다 덜 허황할 것 같진 않다는 생각이 들었다. 하지만 그렇다해도 나는 피니의 말을 믿지 않았다.

게다가 나는 그런 일을 생각하기엔 너무 바빴다. 평상시 하는 공부에 더해 피니에게 과외수업을 해주고, 또 그에게 운동 지도를 받아야했기 때문이다. 무언가를 배운다는 것은 대부분 그것을 가르치는 분위기에 좌우되기 마련이기에, 피니와 나는 모두 이전엔 서툴렀던 분야에서 괄목할 만큼 성장하기 시작했다. 두 사람 모두 깜짝 놀랄 정도였다.

아침이면 우리는 여섯 시부터 조깅을 시작했다. 나는 체육관에서 운동복으로 갈아입고 목에 수건을 둘렀으며, 피니는 파자마 위에 스키 부츠를 신고 양가죽 안감 외투를 걸친 채였다.

크리스마스 휴가가 얼마 남지 않은 아침에 나는 노력의 보상을 받았다. 나는 피니가 계획한 경로로 달리게 되어 있었다. 교장 사택을 둘러싼 타원형 산책로를 네 바퀴 도는 코스였다. 사방팔방 널리 확장된 그 괴상한 식민지 양식의 하얀 건물 말이다. 사택 옆에는 느릅나무 한 그루가 위엄 있게 자라나 있었는데, 피니는 그 줄기에 기댄 채 내가 원형 코스를 돌며 그의 곁을 지날 때마다 큰 소리로 외치곤 했다.

그날 아침 눈밭은 은가루처럼 새하얗게 빛났다. 차갑게 번쩍이는 태양은 아직 지평선에 너무 가까워 직접 볼 수는 없었지만, 환한 빛으로 우리 주위에 온통 청백색 광채를 뿌리고 있었다. 북부 지방의 햇빛은, 공기 중에 떠다니며 맑고 푸른 하늘을 뽀얗게 흐리는 희미한 백색 입자들을 잡아 모으는 것처럼 보였다. 아무것도 움직이지 않았다. 헐벗고 구부러진 느릅나무 가지가 정지된 허공에 걸려 있었다. 달리는 내 발소리는 웅장하게 정지한 새벽 속으로 한없이 가볍게 던져지는 듯했다. 온통 반짝이는 풍경은 어떤 소리도 끼어들 자리가 없다는 듯 고요했다. 피니어스의 모습은 나무줄기 옆에 단단하게 자리 잡고 있었다. 그는 종종 뭐라고 외쳤지만, 소리가 너무도 빨리 눈 속으로 스며들어 사라지는 바람에 알아들을 수가 없었다.

그리고 그날 아침 그는 어떤 충고도 해줄 필요가 없었다. 산책로를 두 바퀴 돌고 나면 보통 내 몸속의 힘이 완전히 소진되어버리곤 했으며, 억지로 더 달리려고 하면 구석구석에 느껴지던 통증이 언제나 더욱 몸속 깊숙이 스며들어오곤 했다. 그쯤 되면 허파는 그 이상의 운동을 감당할 수 없게 마련이었고, 그야말로 고통스럽게 간신히 역할을 수행할 뿐이었다. 무릎은 뼈가 없는 듯 후들거렸고, 종아리는 언제라도 망원경처럼 허벅지 속으로 접혀들 것만 같았다. 머릿속 두개골의 모든 부분이 서로 맞물려 갈아대는 것처럼 느껴졌다.

그러다가 이상하게도, 말할 수 없이 근사한 기분이 들었다. 그 순간 이전까지는 내 몸이 그저 게으름을 피웠던 것 같았고, 내가 느낀 통증과 피로는 모두 상상에 지나지 않았으며, 나 자신을 진정으로 조종하지 못하도록 막고 있던 허황된 존재에서 비롯된 듯했다. 이제 마침내 내 몸은 외치고 있었다. "그래, 네가 꼭 가져야겠다면 여기 있다!" 그러자 내 안에 엄청난 힘이 흘러넘쳤다. 그 힘에 끌어올려진 나는 평소 운동을 할 때 느끼던 지긋지긋한 자기 연민을 잊었고, 심지어 나 자신도—온통 쑤시는 몸과 억눌린 마음도 잊어버렸다. 모든 매듭이 풀린 듯, 나는 맑고 상쾌한 공기 속으로 달렸다.

네 바퀴를 돈 나는 피니어스 앞에서 마치 의자에 털썩 주저앉듯 발을 멈추었다.

"너 숨도 안 찼네." 그가 말했다.

"응, 알아."

"넌 제 리듬을 찾았어. 아까 세 바퀴째 돌 때, 직선 부분을 달리기 시작한 그 순간."

"그래, 바로 거기서."

"그동안 넌 퍽 게을렀어, 그렇지?"

"응, 그랬던 것 같아."

"넌 너 자신의 능력조차도 전혀 몰랐던 거야."

"아마도 그랬나 봐, 어떤 면에서는."

"그래." 그는 양가죽 외투의 목깃을 목 주변으로 세워 올렸다. "이제 너도 아는 거야. 그러니 조지아 주의 가난뱅이들 같은 말투는 그만 둬. '아마도 그랬나 봐'라니!" 이런 농담에도, 그의 말투에선 왠지 거리감이 느껴졌다. 그날 아침 그는 나이 들어 보였고, 무거운 외투에 감싸여 거목에 조용히 기대 선 때문인지 체구도 더 작아 보였다. 아니면 그건 단지 나 자신 때문이었는지도 모른다. 이전과 같은 몸 안에 있지만, 갑자기 엄청 크게 자란 것처럼 느껴졌다.

우리는 천천히 기숙사로 돌아갔다. 계단에 들어섰을 때 마침 나오고 있던 러즈버리 선생과 마주쳤다.

"창가에서 자네를 지켜보고 있었지." 그는 야유조로 말을 건넸다. 그로서는 드물게 개인적인 흥미가 느껴지는 목소리였다. "대체 뭐하는 건가, 포레스터, 특공대 훈련이라도 하나?" 그런 시간에 운동하는 것은 딱히 규칙에 위반되진 않았지만 권장 사항도 아니었다. 그러니 보통 러즈버리 선생이라면 반대할 만할 일이었다. 하지만 전쟁은 심지어 그의 원칙도 바꾸어놓은 모양이었다. 모든 형태의 신체 단련은 전쟁 중에는 당연한 것이 되었다.

나는 당황해 뭐라고 중얼거렸지만, 피니어스가 옆에서 명쾌하게 대답해주었다.

"애는 진짜 운동선수가 되려고 해요." 그는 이미 확정된 것처럼 말했다. "1944년 올림픽이 목표입니다."

러즈버리 선생은 목구멍 깊은 곳에서 끅 하고 웃음소리를 내더니,

다음 순간 벽돌처럼 뻘겋게 얼굴을 붉히고는 예의 설교조로 입을 열었다. "운동이란 적절한 장소와 시기에는 좋은 것이야. 그리고 이튼 학교 운동장에 대한 얘기로 자네들을 지루하게 만들 생각도 없고. 하지만 오늘날의 훈련이란 당연히 조만간 닥칠 전투를 대비한 것이어야지. 항상 그것에 대한 경계를 갖추고 있도록. 알겠나?"

피니의 얼굴이 단호하게 굳어졌다. 방금 전 내가 보았던 그 노숙한 표정이었다. "싫어요." 그가 대꾸했다.

그때까지 러즈버리 선생에게 딱 잘라 "싫어요"라고 말한 학생은 아마 단 한 사람도 없었을 것이다. 선생은 당황한 기색을 숨기지 못했고 얼굴이 또다시 벽돌처럼 시뻘개졌다. 한순간 나는 그가 뒤돌아 달아나는 건 아닌가 생각했다. 그러자 그가 뭐라고 외쳤는데, 너무 빠르고 목쉰 소리인 데다 딱딱 끊어져서 우리 둘 다 알아듣지 못했다. 그는 재빨리 돌아서더니 안마당을 가로질러 가버렸다.

"저분은 정말 진지하군. 진짜로 전쟁 중인 줄 아나 봐." 피니가 놀랍기 그지없다는 듯 말했다. "대체 어떻게 모를 수 있지?" 겨울옷을 껴입었음에도 갈대처럼 야윈 러즈버리 선생의 점점 멀어져가는 뒷모습을 바라보며, 그는 뚱보 노인네들의 음모에서 러즈버리 선생이 배제된 이유를 곰곰이 생각했다. 그러다 알았다는 듯 외쳤다. "아, 그렇지! 너무 말랐잖아. 당연한 일이야."

나는 러즈버리 선생의 치명적인 야윔을 동정하며, 그리고 보면 저 사람은 항상 아둔한 편이었다고 생각하면서 거기 서 있었다.

9

평화에 대한 피니의 주장을 진지하게 생각해보게 된 건 그때가 처음이었지만, 마지막은 아니었다. 몇 시간이고, 때로는 며칠이고 나는 자신도 모르는 사이 세상을 이해하기 위해 생각에 빠져들곤 했다. 그렇다고 2차 세계대전 전체가 계산적인 뚱보 노인네들 무리가 조작한 눈속임이라고 믿을 순 없었다. 그런 상상이 아무리 그럴싸하다 해도. 나를 기만하는 것은 나 자신의 행복이었다. 평화는 내게서 떼어낼 수 없는 존재였고, 나를 둘러싼 세상의 혼란은 내 안에 아무 여파도 미치지 못했다. 그래서 나로서는 그 혼란을 실감할 수가 없었던 것이다.

레퍼 레펠리어의 입대도 나의 평화를 깨뜨리진 못했다. 사실 그 일은 전쟁을 더욱 비현실적으로 만들었을 뿐이었다. 레퍼가 자발적으로 달팽이와 비버 댐을 떠나 입대하도록 만드는 전쟁이라니, 그런 게 있을 리 없잖아. 레퍼의 입대는 그저 그의 또 다른 변덕처럼 보였다. 그가 메인 주의 카타딘 산꼭대기, 미국 영토에서 매일 아침 최초로 태양이 비치는 장소에서 잤던 때처럼. 그날 아침 레퍼는 떠오르는 해가 미국에서 가장 먼저 비춘 피조물이었고, 자연과 하나가 되고 싶었던 그의 욕구는 그렇게 충족되었다.

1월 초, 우리가 막 크리스마스 휴가에서 돌아왔을 무렵 미합중국 스키 부대에서 파견된 신병 모집원이 르네상스 룸에서 상급생들에게 선전영화를 보여주었다. 레퍼에게 그 영화는 우리 모두가 찾고 있던 그 무언가를, 전쟁의 납득 가능하고 친근한 면모를 드러내주었다. 흰 옷으로 몸을 감싼 스키 부대원들은 순백의 눈에 덮인 산비탈을 날개 달린 천사처럼 고요하게 내려갔다. 그러고 나서 다시 현실적 존재가 되어 갈지자로 산을 올라가는 그들은 모두 유쾌하고 볕에 그을려 있었으며, 눈은 맑고 이는 흰 데다 산 공기를 한껏 마시는 가슴은 건장했다. 내가 지금껏 본 중에서 가장 산뜻한 전쟁 이미지였다. 육군의 진흙탕 위로 높이 날아오르는 공군조차도 그들과 비교하면 비행기 윤활유로 얼룩져 지저분해 보였고, 해군은 야비한 무리로 보였다. 이 새하얀 겨울의 전사들이 티 한 점 없는 산비탈을 미끄러져 내려갈 때면 아무것도 그들을 더럽힐 수 없을 듯했다. 이런 근사하고 산뜻한 전쟁의 이미지는 버몬트 주 출신인 레퍼의 가슴에 직격탄처럼 꽂혔다.

"야, 저것 좀 봐!" 영화를 보는 내내 그는 경이에 찬 목소리로 내게 속삭였다. "저것 좀 보라고!"

"내가 보기엔 말이야, 저건 핀란드 스키 부대 영상 같은데." 다른 쪽에선 피니어스가 내게 이렇게 속삭였다. "저들이 언제쯤 우리 연합군의 볼셰비키들에게 총을 쏘기 시작할지 모르겠군. 핀란드 러시아 전쟁도 날조된 게 아니었다면 말이지. 내 생각엔 분명 그것도 날조였을 거야."

영화가 끝나고 불이 들어와 우리 주위의 벽에 그려진 토스카나 풍경과 고전 명화들을 환히 밝힌 후에도, 레퍼는 여전히 경이로운 표정을 띤 채 간이 의자에 앉아 있었다. 보통 말수가 무척 적은 그의 입에서 지금 나오는 단어의 수만 헤아려봐도 이 순간이 그의 인생의 전환점이라는 걸 충분히 알 수 있었다.

"있잖아, 이제 나도 스키 경주의 의미를 알 것 같아. 나무와 시골 풍경 같은 것은, 서둘러야만 할 때면 설사 놓쳐도 상관없는 거야. 그리고 전쟁이야말로 우리가 서둘러야만 할 때지. 안 그래? 그러니 스키 경주 선수들이 스키라는 운동을 망친다는 내 생각은 틀렸나 봐. 그들은 미래를 준비하고 있었던 거야. 내 말 알겠지? 모든 것은 진화하거나 아니면 사라지기 마련이니까." 피니와 내가 일어나자, 레퍼는 진지한 얼굴로 우리 두 사람을 번갈아 올려다보았다. "집파리를 봐. 그놈들이 파리채에 순간적으로 반응할 수 있게 진화하지 않았다면 이미 오래전에 멸종했을 거야."

"그놈들이 파리채에 맞추어 진화했단 얘기니?" 피니어스가 물었다.

"그렇지. 그처럼 스키도 빨리 움직인다는 데 익숙해져야 했던 거야. 안 그러면 이 전쟁 중에 소멸되었을 테니까. 그렇고말고. 있잖아, 나는 이 전쟁이 일어난 게 기쁠 지경이야. 이건 마치 시험 같아. 그래, 적당한 방식으로 진화하는 존재들과 사람들만이 살아남게 되는 거야."

나는 레퍼의 나직한 목소리에 건성으로 귀를 기울이는 척하는 데 익숙해져 있었지만, 그가 제시한 이론이 문득 내 주의를 사로잡았다. 전쟁이 시험이라면 나는, 피니어스는 어떻게 될까? 무엇보다도 레퍼 자신은?

"나는 스키 부대에 자원할 거야." 이렇게 말하는 레퍼의 목소리는 온화하고 심지어 무덤덤해서, 나는 또다시 주의가 흐트러져버렸다. 그해 겨울에 입대 선언은 항상 브링커의 경우처럼 엄숙하게 어금니를 부득부득 갈고 눈을 반짝이며 이루어졌고, 내가 들은 것만도 이미 수차례였다. 하지만 오직 레퍼의 선언만이 진심이었다.

일주일 후 그는 떠나버렸다. 몇 주 있으면 그의 생일이었는데, 그렇게 되면 자원해서 직접 부대를 고를 가능성은 사라지고 강제로 징집될 터였다. 스키 영화가 그를 결심하게 만든 것이다. "나는 항상 생각했어. 전쟁이 나를 원할 때면 내게 올 거라고." 그는 마지막 날 작별 인사를 하러 와서는 얘기했다. "내가 전쟁을 향해 가게 되리라곤 생각도 못했어. 제때에 그 영화를 보게 되어 정말로 기뻐. 정말이야." 그러고 나서, 데번 학교 최초의 2차 대전 자원병은 흰 고깔모자 끝의 털 방울을 달랑이며 복도를 걸어 사라져갔다.

첫 번째로 떠난 것이 브링커 같은 사람이었더라면 우리 모두에게는 훨씬 나았을 것이다. 그라면 분명 요란하고 극적인 작별 의식을 치렀을 것이고, 그 후로 몇 주 동안이나 학교가 '브링커의 마지막 한마디', '브링커가 군대에서 보여줄 인내', '브링커의 국민적 의무에 대한 인식' 등으로 시끌벅적했을 테다. 그리고 우리 모두 그의 빈자리로 인한 공허감 때문에 전쟁이란 존재를 일상적 현실로 인식하게 되었으리라.

하지만 달랑이며 사라진 레퍼의 털모자 방울은 우리 중 누구도 감동시키지 못했다. 이후로 며칠 동안 우리에게 전쟁은 오히려 지금까지보다 상상하기 어려운 존재가 되었다. 우리는 전쟁 얘기도, 레퍼 얘기도 하지 않았다. 마침내 브링커가 이 문제에 대한 적절한 관점을 찾아낼 때까지. 어느 날 흡연실에서 신문에 실린 히틀러 암살 기도에 관한 소문을 큰 소리로 읽어주던 그는, 신문지를 내려놓고는 몽상에 잠긴

양 멍하니 앞을 바라보며 말했다. "레퍼의 짓이야. 당연하지."

이 말이 2차 대전에 대한 우리의 관계를 성립해주었다. 튀니지 전투는 '레퍼 해방 작전'이 되었고, 루르 지방 공습 소식을 듣자 브링커는 상처받고 놀란 태도로 중얼거렸다. "녀석은 우리한테 스키 부대를 떠났다고 얘기해주지 않았는데." 독일 전함 샤른호르스트의 어뢰 공격에 대해서는 "또 해냈군." 전 세계에서 연합군이 거두는 모든 성공의 핵심에 레퍼가 있었다. 우리는 레퍼가 스탈린그라드와 버마 로드에서 어디에 서 있었는지, 아르한겔스크까지의 호송은 어떻게 해냈을지 얘기했다. 우리는 '자유 프랑스' 지도 체제의 위기를 해결하는 방법은 드골이나 지로가 아니라 레펠리어를 지명하는 것이라고 추측했다. 우리는 신문보다 더 많은 진실을 알고 있었다. 이 전쟁을 좌지우지하는 세력은 '빅3'(처칠, 루즈벨트, 스탈린)가 아니라 '빅4'라는 것을.

레퍼의 공로에 대한 농담들 사이로 침묵이 흐를 때면, 우리는 마음속으로 자신이 군대가 요구하는 최저 기준에라도 미칠 수 있을지 생각해보곤 했다. 나는 나 자신에 대해서 알아야 할 것들을 모두 알지 못했고, 그렇다는 사실 또한 알고 있었다. 레퍼와 관련된 농담 사이의 침묵 속에서 나는 어쩌면 내 안에 여전히 울보, 왕따, 겁쟁이가 숨어 있는 것은 아닌지 걱정하곤 했다. 우리 모두는 레퍼에 관해 온갖 익살을 떨면서 마음속으로 바라고 있었다. 레퍼, 그 멍청이가 정말로 우리가 얘기한 것처럼 영웅적이기를.

모두 이 전설에 열중했지만, 피니어스는 예외였다. 애초에 히틀러 암살 시도 얘기가 나올 때부터 피니는 이렇게 일갈했다. "누가 레퍼에게 장전된 총을 쥐어주고 히틀러의 뺨에 갖다 대줘도 그 녀석은 못 맞출결." 그 말에 아이들은 분개해 소리를 질러댔고, 결국 브링커가 놓은 주춧돌 위로 레퍼의 개선문을 쌓는 쪽을 택했다. 피니어스는 전혀 상관하지 않았으며, 흡연실에선 그 밖의 다른 화제라곤 거의 나오지 않았기 때문에 곧 그곳에 가지도 않게 되었다. 그리고 나 역시 거기 가지 못하게 했다. "굴뚝처럼 연기를 뿜어대면서 운동선수가 될 수 있을 것 같으냐?" 그는 점점 더 나를 흡연실 단골들에게서, 브링커와 쳇을 비롯한 다른 친구들에게서 떼어놓았다. 그와 나만의 세계로, 전쟁이라곤 존재하지 않고 세상 모두에서 떨어져 피니어스와 나 둘만이 존재하는 곳으로. 1944년의 올림픽 훈련을 위해.

남자 기숙학교에서 토요일 오후란 끔찍한 시간이고, 겨울에는 더욱 그렇다. 풋볼 경기도 없다. 봄에 하듯 근처 시골로 자전거 여행을 떠날 수도 없다. 가장 열성적인 학생들조차 책에 집중할 기분이 나지 않는다. 눈앞에 일요일이 있기 때문이다. 길고 나른하고 조용한 일요일, 숙제 말고는 할 것도 없는.

그리고 이런 토요일들 중에도 최악인 것은 바로 늦겨울의 토요일이다. 눈이 더는 하얗게 반짝이지도 새롭게 느껴지지도 않고, 학교 전체가 하수도 망처럼 느껴지는 계절. 이른 오후 잠시 날이 풀리면 사방에서 거품이 나는 구정물이 파이프를 타고 내려가 도랑으로 흘러들고, 굳어진 눈덩이 아래 잿빛을 띠며 구질구질하게 서서히 움직인다. 눈덩이가 갈라진 사이로는 얼어붙은 진흙탕이 이리저리 드러난다. 눈부신 하얀 모자를 잃은 채 말라붙은 맨머리를 드러낸 관목 덤불은, 아래쪽의 하수구를 숨기려 하지만 그러기엔 아직 너무도 빈약하다. 이 계절에는 어느 건물이든 들어가려고 하면 앞서 다른 이들의 발에 붙은 진흙과 나뭇가지로 만들어진, 점점 희미해지면서 복도 안까지 이어지는 깔개를 밟아야 한다. 하늘은 공허하고 절망적인 잿빛이며, 앞으로도 영원히 그럴 것처럼 보인다. 겨울의 철권이 모든 것을 정복하고 짓밟고 무너뜨려서 이제 자연에 그 어떤 저항의 움직임도 남지 않은 듯하다. 모든 수액은 말라붙고, 생기 있던 가지란 가지는 모두 부러졌으며, 바야흐로 겨울이라는 늙고 타락하고 지친 정복자는 고립된 채 손길에 힘을 풀며 아주 슬쩍 주의를 흩트리려 한다. 승리에 지치고 도전자의 부재로 쇠약해진 그는 파괴된 시골 풍경에서 슬슬 물러나기 시작한다. 하수도만이 홀로 활기에 넘치고, 그런 토요일들이면 겨울의 퇴장을 알리는 송가처럼 둔탁한 소리를 울려댄다.

오직 피니어스만이 그 음울한 분위기를 눈치채지 못하는 듯했다. 그의 사전에는 전쟁이 없는 것과 마찬가지로 칙칙한 날씨도 없는 모양이었다. 앞서도 언급했듯이, 날씨가 어떻든 피니어스는 유쾌할 수 있었다. "다음 토요일에 우리가 무얼 하게 될지 알아?" 그가 특유의 나직하고 노래 부르듯 은근한 목소리로 입을 열었다. 왠지 모르지만 그 목소리를 들으면 항상 고속도로를 달리는 롤스로이스 자동차가 연상되었다. "겨울 축제를 여는 거야."

우리는 방 안에서, 움직임 없는 잿빛 하늘을 네모지게 잘라낸 듯한 커다란 유리창 하나를 사이에 두고 앉아 있었다. 피니어스는 이제 한결 크기가 작아진 다리 깁스를 책상 위에 올린 채 거기에 주머니칼로 공들여 무늬를 새기는 중이었다. "무슨 겨울 축제?" 내가 물었다.

"겨울 축제 **있잖아**. 데번 겨울 축제."

"데번에 겨울 축제라곤 없어. 있었던 적도 없고."

"이젠 있어. 네이콤셋 강 옆의 공원에서 개최하자. 주요 프로그램은 당연히 스포츠지. 스키 점프가 어떨까 싶은데……."

"스키 점프라고! 그 공원은 팬케이크처럼 평평하잖아."

"……회전 활강 경기도 있어야지. 육상도 곁들이고. 하지만 눈 조각도 있어야겠는데, 그리고 음악 조금, 먹을 것 조금. 자, 너는 어느 분야를 맡을래?"

나는 어쩔 수 없이 그에게 미소를 지어 보였다. "눈 조각이나 맡지."

"그럴 줄 알았어. 넌 항상 은근히 예술가 기질이 있었잖아, 안 그래? 난 스포츠 운영을 맡고, 음악과 음식은 브링커에게 맡기면 되겠지. 축제 장소를 근사하게 꾸며줄 사람도 있어야겠다. 호랑가시나무 화환 같은 걸로. 나무와 식물에 대해 잘 아는 사람이 좋겠어. 그래, 레퍼가 있지."

피니가 깁스에 새기는 별 무늬를 바라보던 나는 휙 고개를 들어 그의 얼굴을 쳐다봤다. "레퍼는 떠났잖아."

"아 참, 그렇지. 레퍼는 **떠난 걸로** 되어 있지. 그래, 그럼 누구 다른 사람."

다름 아닌 피니의 생각이었기 때문에 이 일은 그대로 실행에 옮겨졌다. 그가 이전에 자아냈던 다른 발상들만큼 쉽게 이루어지진 않았지만. 기숙사 아이들은 시간이 지날수록 거의 모든 일에 더욱더 시큰둥한 태도를 보였다. 브링커만 해도 내가 그의 입대 계획을 거절한 그날 아침 이후로 한 가지씩, 꾸준하고 단호하게 학교 활동에서 빠지기 시작했다. 하지만 그는 내 변심에 화를 내진 않았고, 사실 그 자신도 얼마 안 지나 마음이 바뀐 듯했다. 그는 입대를 할 순 없었지만—특유

150

의 오만함 때문에 혼자서는 절대 아무것도 못할 녀석이었다 — 적어도 이전처럼 다방면에서 활동하는 역할은 그만둘 수 있었다. 그래서 그는 황금 양털 토론 클럽의 의장직을 사임하고, 교지에 연재하던 학교 정신에 대한 칼럼을 중단했으며, 선한 사마리아인 협회의 지역 불우 아동 분과위원회장직에서 물러났고, 성가대의 바리톤 자리도 그만두었다. 심지어, 이것은 그의 가장 인상적인 사임이라 할 만했는데, 교장 재량의 공제 기금 학생 자문 위원회에서조차 물러난 것이다. 이전의 고급스런 옷차림도 포기했다. 최근에 그는 국방색 바지에 군용 허리띠, 그리고 움직일 때마다 쿵쿵 소리를 내는 군화를 신고 다녔다.

"누가 겨울 축제를 열고 싶겠어?" 내가 축제 얘기를 전하자, 그는 근래에 개발한 환멸스러운 말투로 대꾸했다. "대체 뭘 축하해야 하는데?"

"겨울이겠지, 아마도."

"겨울이라고!" 그는 창밖의 황량한 하늘과 물이 흥건한 땅을 내다보았다. "솔직히 말해서, 대체 뭐가 축하할 일인지 난 모르겠는데. 겨울이건 봄이건 간에."

"그래도 피니가 뭔가를 계획한 건 처음이잖아. 그러니까…… 녀석이 돌아온 후로 말이야."

"녀석은 아직 아무것도 못하는 상태지, 안 그래? 설마 정신이 살짝 나간 건 아니겠지?"

"아니, 멀쩡해."

"그래, 그 정도는 아닐 거라 생각했어. 흠, 피니가 정말로 그러길 원한다면야. 하지만 어쨌든 이곳에서 겨울 축제 같은 건 한 번도 없었지. 어쩌면 그걸 금지하는 규칙이 있을지도 몰라."

"알고 있어"라고 대답하는 내 말투에 브링커는 고개를 들어 내 눈을 마주 보았다. 공모의 눈빛이 오갔고, 그의 의구심은 모두 사라졌다. 법의 수호자였던 브링커는 전시 상황에서 반항아로 변해 있었기 때문이다.

그 토요일은 전함처럼 잿빛이었다. 오전 내내 겨울 축제를 위한 준비물들이 기숙사 밖으로 실려 나가 네이쾀셋 강둑의 짓다 만 작은 공원으로 옮겨졌다. 브링커가 이동을 총괄했고, 계단을 오르락내리락하며 이래라저래라 지시를 내렸다. 마치 노획물을 처분하는 해적 선장 같았다. 그가 어느 하급생에게서 탈취해온, 매우 독한 사과술병 여러 개가 가장 조심스럽게 다루어진 보물이었다. 술병들은 공원 중앙의 상록수 덤불 옆 눈 속에 파묻혔다. 브링커는 룸메이트인 브라우니 퍼킨스를 그리로 보내며 목숨을 걸고 술을 지키라고 명령했다. 그의 말은 문자 그대로의 의미였고, 브라우니도 이를 잘 알고 있었다. 그래서 그는 몇 시간 동안이나 공원 한복판에서 혼자 떨며 서 있었다. 만약 이러다가 급성 맹장염에 걸리면 어떻게 되려나 걱정하고, 실신이라도 할까 봐 긴장했다가, 대변이 마렵다는 걸 느끼고 겁에 질린 그는 우리가 도착했을 때 거의 공황 상태였다. 브라우니는 결국 축제를 즐기기엔 너무 탈진해 흐느적거리며 기숙사로 돌아가야만 했다. 하지만 그날은 다들 경쟁적으로 불법행위를 즐기고 있었기에 아무도 그런 일 따위에 신경 쓰지 않았다.

사과술은 꼭 의도했던 것은 아니지만 축제 장소의 중심에 묻혀 있었다. 그 주위로는 조금씩 녹아내리는 커다란 눈 조각들이 서 있었다.

눈이 부드러워져서 조각을 만드는 건 어렵지 않았다. 그 옆으로 눈 쌓인 경치와는 전혀 어울리지 않게, 묵직한 교실용 원탁이 마치 살롱 한가운데의 과부처럼 떡하니 홀로 서 있었다. 상품을 올려둘 **무언가**가 꼭 있어야 한다는 피니의 고집 때문에 전날 밤에 초인적인 노력으로 여기까지 옮겨진 물건이었다. 그 위에는 상품들이 놓여 있었다. 지난 몇 달 동안 기숙사 지하실에 처박혀 있던 피니의 아이스박스, 가장 자극적인 단어들에 표시가 되어 있는 웹스터 대학용 사전, 요크 상표의 아령 세트, 매 문장 위에 영어 번역이 적혀 있는《일리아드》원서, 브링커가 수집한 베티 그레이블 사진첩, 이 동네의 미인 '직업여성' 헤이즐 브루스터에게게서 잘라낸 머리카락 다발, 3층 이상의 방을 쓰는 사람에게 주어져야 한다는 조건이 붙은 수제 밧줄 사다리, 위조된 징집 카드, 교장 재량의 공제 기금에서 슬쩍한 4달러 13센트. 브링커가 마지막 상품을 너무도 침착하고 엄숙하게 원탁 위에 올려놓아서, 우리는 모두 그것에 대해 아무것도 묻지 않는 편이 낫겠다고 생각했다.

피니어스는 원탁 뒤에 정교하게 조각된 검은 호두나무 걸상을 놓고 앉아 있었다. 양쪽 팔걸이 끝에는 사자 머리 두 개가 나란히 있고, 발치에는 지금은 눈 속에 묻힌 바퀴 두 개를 움켜쥔 발톱이 새겨져 있었다. 그 의자는 바로 그날 아침에 그가 산 것이었다. 피니어스는 돈이 있을 때만, 그리고 충동적으로만 물건을 사곤 했다. 두 가지 조건이 겹치는 때는 드물었기에, 그가 뭔가를 산다는 건 매우 희귀하고 특별한 일이었다.

쳇 더글러스는 피니 옆에 트럼펫을 들고 서 있었다. 아쉽게도 피니는 학교 밴드를 초청해 연주를 시킨다는 계획을 포기해야 했는데, 그렇게 되면 학교 전체에 우리의 축제에 대한 얘기가 퍼져나갈 것이기 때문이었다. 어쨌든 엉망진창인 그 밴드에 비하면 쳇이 훨씬 나았다. 그는 날씬하고 살결이 흰 데다 이마에 적갈색 곱슬머리 한 뭉치를 늘 어뜨린 소년이었다. 그가 열중해 있는 것은 두 가지였는데 바로 테니스와 트럼펫이었다. 그는 두 가지 모두에서 그야말로 매끄럽고 본능적인 솜씨를 보여주어서, 그를 보면 나 역시 주말 하루만 연습해도 그중 하나는 숙달할 수 있을 것 같은 착각에 빠지게 되었다. 다른 우등생들과 마찬가지로 그 또한 내면의 부담감과 배려심 때문에 학급 최고의 유명인사가 되지는 못하고 있었다. '개성 있는' 사람으로 알려지려면 적어도 가끔씩은 무례하게 굴고, 종종 모서리를 드러내야 했다. 그리고 그런 평판 없이는 어느 누구도 데번에서 유명인사가 될 수 없었다. 물론 피니어스만 제외하고.

상품들을 올려둔 원탁 왼쪽에 브링커는 그가 조달한 사과술병들을 묻어놓았다. 그의 뒤에는 상록수 덤불이 있었고, 그 뒤로는 마침내 완만한 둔덕이 있었다. 스키 점프 경기 운영진이 눈을 다져서 만든 작은 경사로였다. 꼭대기에서 아래까지 높이가 30센티미터밖에 안 되었지만. 거기서부터는 우리가 만든 눈 조각들이 있었다. 교장과 러즈버리 선생과 패치위더 선생과 스탠폴 선생과 새로 온 영양사, 그리고 헤이즐 브루스터를 모델로 했지만 알아보기가 어려운 우리의 예술 작품들은 졸졸거리는 네이괌셋의 살얼음 낀 진흙탕 조류를 향해 반원 형태를 이루며, 상품 테이블의 건너편 면을 등지고 늘어서 있었다.

스키 점프 선수들이 출발선에 자리를 잡는 동안 온통 눈가루가 퍼져 올랐다. 겨울 내내 고삐에 매여 지내던 소년들 스무 명은 이제 이를 단단히 악물고 돌진할 준비를 갖춘 채 서 있었다. 피니어스가 출발 신호를 보내야 하겠지만, 그는 상품들을 배열하는 데 정신이 팔려 있었다. 그러자 모두의 눈이 브링커를 향했다. 사과술병들 위에서 난공불락의 지브롤터 요새처럼 경계를 취한 채 위협하듯 주변을 둘러보고 있던 그는, 자기가 쳐다보는 곳마다 되돌아오는 용의주도한 눈빛들을 간신히 알아차린 모양이었다.

"알았어, 알았어." 그는 어물어물 말했다. "시작하자."

브링커를 둘러싼 아이들의 들쑥날쑥한 원이 눈에 띌 만큼 좁혀들었다.

"시작하자고." 그가 소리쳤다. "이봐, 피니. 뭐가 첫 번째야?"

무언가에 정신이 팔려 있을 때면 피니어스는 주변에서 일어나는 일을 인식할 수는 있지만 아무런 반응도 하지 않는 편이었다. 그는 아까보다도 더 상품 목록에 집중해 있는 것처럼 보였다.

"피니어스!" 브링커는 이를 한껏 드러내며 힘주어 그의 이름을 불렀다. "다음 순서는 뭐야?"

피니의 매끄러운 갈색 머리는 여전히 원탁 위로 수그러져 있었다.

"뭐가 그리 급해, 브링커?" 좁혀져가는 원 속에서 누군가가 왠지 오싹하게 부드러운 어조로 물었다. "급할 거 있어?"

"여기 하루 종일 서 있을 순 없잖아." 브링커가 툴툴거렸다. "이놈의 축제를 꼭 하겠다면, 이제 시작해야지. 다음은 뭐냐고, 피니어스!"

마침내 피니의 정신 집중도 한계치에 이른 모양이었다. 그는 멍하니 고개를 들고, 빽빽이 모여든 소년들의 한가운데에서 절박한 표정으로 다리를 벌리고 서 있는 브링커를 곰곰이 바라보았다. 그러고는 망설이며 눈을 껌벅이다가, 특유의 깊고 울림 좋은 목소리로 온화하게 말했다. "다음? 그거야 당연하잖아. 바로 너지."

쳇의 트럼펫에서 투우 경기를 연상시키는 경쾌하고 야만적인 시작 신호가 울려 퍼지자, 브링커를 에워싸고 있던 아이들은 온통 그에게 덤벼들었다. 브링커는 휘청거리며 간신히 뒤쪽의 상록수 덤불로 물러났고, 눈 속에 묻혀 있던 술병들이 속속들이 모습을 드러냈다. "이게 뭐야." 그는 균형을 잃고 나뭇가지들 사이로 뒤뚱거리며 계속 소리를 질렀다. "대체…… 이게…… 뭐냐고!" 그때쯤엔 브링커의 사과술들, 아마도 그가 자기 마음대로 기분 내킬 때 꺼내서 나눠주려고 했을 그 술들은 모두 사라진 채였다. 데번에서의 이 토요일에 누군가가 마음대로 행동한다는 건, 그저 기분에 따라서라고 해도—심지어 그것이 브링커라고 해도—안 될 일이었다.

경쟁자들의 난리법석 속에서 나는 술병 하나를 쟁취해냈고, 그것을 노리는 손길들에 팔꿈치로 반격해가며 뚜껑을 열고서 맛을 한번 본 다음 캑캑거렸다. 그러고선 원래 계획했던 것처럼 술병으로 브링커의 입을 막았다. 그의 눈이 튀어나오고 목의 혈관이 불거져 나오기 시작할 때에야 나는 술병을 입에서 떼주었다.

그는 나를 한참이나 쏘아보았다. 무표정하고 흔들림 없는 눈빛 뒤로 그는 내심 화를 내야 하나 아니면 웃어대야 하나 고민하고 있는 게 분명했다. 내가 눈이라도 한번 깜박였다면 그는 분명 나를 때렸을 것이다. 폭동처럼 요란하게 시작된 축제가 우리 둘 사이에 시한폭탄처럼 매달려 있었다. 나는 가만히 그를 마주 쳐다보며 서 있었다. 마침내, 여전히 얼굴을 찌푸린 채로 그가 입을 열어 이렇게 말할 때까지.

"이건 반칙이야."

나는 안심하며 입가에 술병을 갖다 대고 꿀꺽꿀꺽 술을 들이켰다. 그날의 공기에 잠재해 있던 폭력의 기운은 사라졌다. 어쩌면 네이팜셋 강의 물이 빠질 때 실려가버렸는지도 모른다. 브링커는 아이들의 소용돌이를 뚫고 피니어스에게 걸어갔다. "이로써 올림픽이 시작되었음을 공식으로 선언한다." 그가 큰 소리로 외쳤다.

"그럴 순 없어." 피니가 비난조로 대꾸했다. "올림포스의 성화 없이 시작되는 올림픽이라니, 그런 걸 들어본 적 있냐?"

아무래도 내가 코러스 역할을 맡아야 할 것만 같아서, 나는 성화 없는 올림픽이라는 전대미문의 행사를 그럴싸하게 연기해보려고 했다. "불, 불을 다오." 나는 축축한 눈밭 너머로 외쳤다.

"상품 하나를 희생하면 돼." 피니어스가 《일리아드》를 집으며 말했다. 그가 책장에 사과술을 듬뿍 뿌려 불이 잘 붙도록 한 다음 성냥을 긋자 불길이 화르르 솟구쳤다. 호메로스와 사과술로 성화를 올린 올림픽이 드디어 시작되었다.

쳇 더글러스는 상품 테이블 가장자리에 기대어 제멋대로 음악을 연주해댔다. 우리는 물론이고 운동경기들을 지휘하기 시작한 피니에게도 아랑곳없이 그는 여기저기 쏘다니며 트럼펫을 불었다. 스키 점프 경기가 시작될 때는 적절하게 나팔소리를 내주기도 했지만, 그보다도 하이든의 성가나 고고하고 오만한 느낌의 스페인 음악, 신나고 퇴폐적인 뉴올리언스 음악을 더 많이 연주했다.

독한 사과술이 우리 몸속에서 효과를 발휘하고 있었다. 아니면 우리를 취하게 한 것은 사과술이 아니라 우리가 자체 발생시킨 원기였는지도 모른다. 브링커가 자제심 따윈 내던진 채 교장 조각상에 풋볼 블로킹을 걸게 한 것, 내가 스키를 신고 작은 경사로를 미끄러져 미니어처 스키 점프대에서 뛰어내릴 때 하늘로 날아오르는 듯, 심지어 머나먼 우주 높이 솟구치는 듯 느끼게 했던 것은. 쳇이 스페인식 즉흥곡을 연주하는 동안 피니어스가 상품 테이블에 기어올라 한쪽 다리만으로 물건들 사이에서 익살스럽게 춤추도록 만든 것은. 그는 빈 공간 사이로 이리저리 뛰어오르고 빙빙 돌며 헤이즐의 머리 다발을 깨끗이 비껴갔고, 베티 그레이블의 사진들을 밟는 실수도 저지르지 않았다. 순간이나마 만물을 바로잡아준 것, 그가 본래 타고난 모습을 되찾도록 해준 것은 그 어느 독한 사과술도 일으킬 수 없는 효과, 그의 내면에서 솟구치는 삶에 대한 기쁨이었다. 피니어스는 공간 안에 절대적으로 현존하는 마술 같은 재능을, 한쪽 발을 잠시 중력에 양보했나 싶더니 다시 몸을 돌려 공중으로 날아오르던 마법의 순간을 되찾았다. 그것은 그 자신을 가장 본질적이고 놀랍게 재현한, 그가 사랑했던 세상에서의 자기 모습이었다. 그것은 평화를 위한 그의 안무였다.

그 순간이 지나자 그는 다시 상품들 사이에 앉아 이렇게 말했다. "이제 10종 경기를 하자. 모두 조용, 우리의 올림픽 선수 후보 진 포레스터가 이제 예선을 치릅니다." 그때 내가 피니가 요구한 모든 종목에 성공하도록 만든 것은 사과술이 아니었다. 나 자신이 속도의 화신인 것처럼 달려가고, 물구나무선 채 눈 조각들의 반원을 통과하고, 상품 테이블 위의 아이스박스 꼭대기에서 머리로 균형을 잡고, 피니가 그렇게 지시라도 한 것처럼 네이곽셋 강 건너편까지 점프하여 쾨큰부시의 보트하우스 한복판을 부수며 착지하고, 종국에는 아이들의 박수갈채 속에서—그날 하루는 심지어 데번 학생들의 자의식마저 마술처럼 사라지게 했기에—피니어스가 머리에 씌워준 상록수 잎 화관을 받도록 만든 것은. 내가 스스로를 초월하게 한 것은 사과술이 아니라, 1943년의 암울한 손아귀에서 쟁취해낸 자유의 한 조각이었다. 우리가 기도한 탈출, 일시적 환상에 지나지 않았지만 특별했던, 그날 오후의 분리된 평화.

바로 그 때문에 나는 브라우니 퍼킨스가 기숙사에서 돌아와 그 자리에 있다는 걸 몰랐고, 그가 무슨 얘기를 하는지도 알아차리지 못했다. 피니가 신이 나서 이렇게 외칠 때까지. "진에게 전보가 왔다고! 올림픽 위원회로군. 그들이 널 원하는 거야! 당연한 일이지! 이리 줘봐, 브라우니. 내가 이 자리의 엄선된 여러분께 직접 전보를 읽어드릴 테니." 그리고 그날의 마법은 내가 피니의 얼굴을 보았을 때, 그의 유쾌한 얼굴이 서서히 일그러지더니 마침내 경악에 이르는 것을 보았을 때 완전히 사라져버렸다.

나는 피니어스에게서 전보를 받았다. 어떤 재앙이든 일단 직면해보아야 한다. 그것이 내가 그해 겨울 배운 교훈이었다.

탈출했어. 도움이 필요해. 크리스마스 휴가 장소에 있어. 어딘지 알지. 위험하니 주소는 안 적을게. 내 안전은 네가 즉시 이리로 오는 데 달려 있어.

너의 절친
엘윈 레퍼 레펠리어

10

그날 밤, 나는 이후 내 삶에서 단조로운 일상이 될 여행을 최초로 떠났다. 낯선 고장을 통과하며 역시나 낯선 주둔지에서 또 다른 주둔지로 이동하는 것. 다음 해의 군대 생활에서 일어난 활동, 혹은 부동(不動)이라고 할 것은 대부분 그런 여행들이었다. 전투도 아니고 진군도 아닌 그 같은 밤중의 움직임들. 그리고 결국 나는 한 번도 전장에 이르지 못했다.

내가 군복을 입은 것은 우리의 적들이 너무도 빨리 후퇴하기 시작해서 군사훈련 과정이 급격히 압축되어야 했던 시점이었다. 2년 동안 수행될 예정이던 훈련이 6개월 후에는 이미 상황에 맞지 않게 되었고, 훈련을 위해 모여온 여러 사람은 스무 곳이 넘는 장소들로 나뉘어 이송되었다. 신무기가 나타났고, 기존의 무기에 숙달되기 위해 서너 곳 넘게 돌아다니며 훈련받은 사람들이 이제는 새로운 무기를 익히려 다섯 번째, 여섯 번째, 혹은 그보다 여러 장소로 이동해야 했다. 승리가 가까워질수록 우리는 더욱 자주 미 대륙 전역으로 옮겨 다녀야 했다. 처음에는 인력이 없다가 이젠 초과 상태가 된 연극에서 맡을 배역을 찾아다니는 배우들처럼. 아니면 외면적으로만 그랬던 것인지도 모른

160

다. 사실상 이전에 그랬듯 사람은 항상 모자랐지만, 예상되었던 마지막 장인 일본의 자멸적인 방어에 대한 총알받이들이 결국엔 필요하지 않게 된 것이다. 나와 내 동년배들—기존의 표현처럼 '우리 세대'라고 하기에는, 전쟁이라는 운명으로 너무도 세밀하게 쪼개어진—즉 나와 같은 해 태어난 사람들은 그런 총알받이로 동원될 예정이었다. 예측에 따르면 우리 대부분이 죽게 될 것이었다. 그러나 우리보다 몇 살 더 많은 사람들이 예상보다 더 빨리 적들을 몰아붙였고, 거기에 원자폭탄으로 최후의 일격이 덧붙여졌다. 그것이 우리의 목숨을 구한 모양이었다.

그래서 나의 전쟁 기억은 대부분 미 대륙의 낯선 지역들을 돌아다녔던 일들이고, 그중에서도 최초의 기억은 바로 레퍼를 찾아갔던 바로 그날 밤의 여행이 아닌가 싶다. 어디로 그를 찾아가야 할지는 의문의 여지가 없었다. "크리스마스 휴가 장소에 있어"라는 말은 그가 집에 있다는 얘기일 터였다. 그는 버몬트 주 말단에 살았다. 이 계절이면 포장된 주요 고속도로조차 얼어붙어 울퉁불퉁해지며, 고립된 집들이 외로이 추위에 맞서며 버티고 서 있는 그런 지역이었다. 혹한이 일반적인 상태였으며, 단순하게 지어졌지만 오직 온기가 있다는 이유로 놀랍도록 편안하게 느껴지는 집들만이 죽음 같은 풍경 속에서 연약한 은신처가 되었다.

얼어붙은 산비탈에 서 있는 레퍼의 집은 바로 그런 오두막이었다. 내 전쟁 생활을 예고해준 야간 여행을 거쳐 이른 새벽에야 나는 그곳에 도착했다. 황량하고 외풍이 센 기차간, 근처에 마을이라곤 없어 보이는 축축한 간이역, 잠이 덜 깼고 지저분하고 평생 노숙자였을 것 같은 사람들로 가득한 버스 정거장, 암흑 속의 외딴 정거장에서 승객들이 오르고 또 내리는 버스. 싸늘한 한밤의 여행 중에 불편하게 잠들었다 깨었다 하면서 나는 레퍼의 전보에 숨겨진 의미를 추리해보았다.

새벽녘에 나는 마을에 도착했고, 떠오르는 햇빛과 두꺼운 흰 도자기 잔에 든 커피에 힘입어 긍정적 해석을 택하기로 마음먹었다. 레퍼는 "탈출했다"고 했다. 군대에서 '탈출'하는 일은 있을 수 없으니 그는 다른 무언가에서 탈출한 게 분명하다. 군인이 탈출할 수 있는 무언가를 최대한 논리적으로 생각해보자면 위험, 죽음, 적이 있을 것이다. 레퍼는 해외에 나가지 않았으니 적은 국내에 있는 게 분명하다. 그리고 국내에 있는 적이라면 스파이밖엔 없을 것이다. 즉 레퍼는 스파이에게서 탈출한 것이다.

나는 이 결론을 택하고 그 이상 나아가지 않기로 했다. 전 세계를 누비고 다니는 레퍼에 대한 흡연실 수다들로 인해, 나는 그런 허황한 생각을 반신반의하면서도 받아들일 준비가 되어 있었다. 그런 생각을 떠올리고 나자 엄청난 안도가 밀려왔다. 결국 이 전쟁에도 어느 정도의 색채가, 희망이, 생기가 존재했던 것이다. 가장 먼저 그리고 지금까지 유일하게 참전한 친구가 곧바로 스파이들에게 얽혀들다니. 결국엔 이 전쟁도 그렇게 나쁘진 않을지도 모른다고 나는 바라기 시작했다.

듣기론 레펠리어 집은 시내에서 그리 멀지 않다고 했다. 택시도 없다고 들었고, 나를 거기까지 태워줄 만한 사람이 없었다는 것은 말할 필요도 없다. 이곳은 버몬트였다. 말하자면 이곳에서 낯선 이는 소외감을 느끼기도 하지만, 한편으로는 그날 같은 아름다운 아침 풍경을 볼 수 있다는 뜻이기도 했다. 거의 푸른빛에 가깝도록 하얀 눈이 구릉진 땅을 부드러운 담요처럼 덮었고, 굳건하게 땅을 버티고 선 자작나무와 소나무는 눈과 하늘을 배경 삼아 꼿꼿한 윤곽을 이루고 있었다. 버몬트 사람들처럼 여위고 강인한 모습으로.

그런 풍경 속에서 태양은 아침의 축복이자 유일하게 쾌활한 요소였다. 마치 광채를 뿌리는 것 말고는 아무런 목적도 없는 탐미주의자와도 같았다. 다른 모든 것은 날카롭고 단단했지만, 그리스풍의 태양만이 사방으로 환희를 발산하며 빛으로 이 고장의 모난 얼굴을 누그러뜨리고 있었다. 칼바람이 뚜벅뚜벅 길을 걸어가는 내 얼굴을 저미며 왔지만, 태양은 내 목덜미를 부드럽게 어루만져주었다.

산등성이를 따라 뻗은 길을 일 마일쯤 가다 보니 레퍼의 집임이 분명한 곳이 비탈 꼭대기에 보였다. 예의 위태로워 보이는 버몬트식 주택으로, 당연히 흰색으로 칠해졌고 뉴잉글랜드 사람들의 얼굴처럼 길고 좁은 창문들이 있었다. 한 창문 뒤로 이 집의 아들이 복무 중이라는 표시인 금빛 별이 걸려 있었고, 다른 창문 뒤에 레퍼가 서 있었다.

내가 그의 집 대문을 향해 똑바로 걸어가고 있는데도 그는 몇 번이나 내게 손짓해 보였고, 자신의 눈빛이 내 길잡이라도 되는 것처럼 내내 내게서 눈을 떼지 않았다. 문간에 닿았을 때도 그가 여전히 일층 창가에 있어서 나는 직접 문을 열고 현관에 들어섰다. 레퍼가 현관 오른쪽의 식당 입구로 나왔다.

"들어와." 그가 말했다. "난 대부분 여기서 지내."

언제나처럼 뜬금없는 첫마디였다. "왜 그러는데, 레퍼? 그리 편한 곳은 아니지 않아?"

"글쎄, 이 방은 유용하니까."

"그래, 아마도 유용하겠지, 좋아."

"식당에서는 뭘 해야 할지 애매해지는 경우가 없지. 사람들이 어쩔 줄 몰라 하는 곳은 바로 거실이야. 거실에서는 사람들이 종종 곤란을 겪어."

"침실도 그렇지." 뭔가 불길해 보이는 그의 태도를 누그러뜨리기 위한 말이었지만, 오히려 역효과를 낸 것 같았다.

그가 돌아섰다. 나는 그를 따라 가구가 거의 없는 식당으로 들어갔다. 등 높은 의자들과 깔개가 없는 맨바닥, 싸늘한 벽난로. "정말로 기능적인 공간에 있고 싶다면, 욕실에서 시간을 보내야지." 나는 짐짓 밝은 목소리로 입을 열었다.

그는 나를 바라보았다. 그의 윗입술 왼쪽이 한두 번 움찔거렸다. 마치 소리치거나 울음을 터뜨리려는 것 같았다. 그러다 나는 그게 레퍼의 기분 때문이 아니라는 걸 알아차렸다. 그것은 무의식적인 경련이었다.

그는 식탁 상석의, 유일하게 팔걸이가 있는 의자에 앉았다. 아마도 그의 아버지가 쓰는 의자 같았다. 나는 외투를 벗고 식탁 중간쯤에 벽난로를 등지고 앉았다. 그 자리에서는 적어도 눈 위에 빛나는 햇살을 볼 수 있었다.

"여기서는 무슨 일이 일어날지 걱정하지 않아도 돼. 예를 들자면 하루에 세 끼 식사가 나온다는 걸 확실히 알 수 있지."

"너희 엄마가 식사를 준비하실 때면 네가 있는 게 즐겁진 않을 텐데."

처음으로 그의 얼굴에 격한 감정이 일어났다. "엄마가 즐거워야 하는 이유가 뭔데!" 그는 깜짝 놀란 내 얼굴을 한 대 칠 듯 노려보았다. "어쨌든 **나는** 즐겁다고!" 악을 쓰는 그의 눈가에 눈물방울이 떨렸다.

"그래, 엄마도 즐거우실 거야." 무슨 말이든 좋았다. 논리에 안 맞고 형식적일수록 좋았다. 그를 달랠 수 있다면 무슨 말이라도. 이런 모습은 보고 싶지 않았다. "엄마는 네가 다시 집에 와 있어서 즐거우실 거야."

그의 얼굴은 다시 멍한 상태로 돌아갔다. 내가 대화를 형식적인 방향으로 끌어갔으니, 대화를 지속할 책임은 내게 있었다. "언제까지 여기에 있을 거니?"

그는 어깨를 움츠렸고, 내 질문에 대놓고 기분 나쁘다는 표정을 지었다. 항상 보여주었던 예의 바른 태도는 이제 온데간데없었다.

"왜, 휴가를 나왔을 땐 언제 돌아가야 할지 알고 나오는 거잖아." 나는 당시 내가 생각하기엔 제법 성숙한 어조로, 노련하고 사무적인 말투로 얘기했다. "군대에서 통행증을 주면서 '충분히 쉬고 나면 돌아와라, 알았나?'라고 하진 않을 거 아냐."

"통행증 같은 거 없어." 그가 신음하듯 말했다. 점점 절망에 빠지는 그의 얼굴과 꽉 움켜쥔 두 손은 신음 자체를 표현하는 듯했다.

"네가 그랬지." 나는 딱딱 끊어지고 무미건조한 목소리로 말했다. "넌 '탈출'했다고." 나는 그 말이 사실이기를 더는 바라지 않았다. 이 일이 스파이나 탈주, 혹은 그 어떤 비상식적인 경우와도 연관되는 걸 바라지 않았다. 분명 그렇게 되리라는 걸 알았지만, 더는 그런 걸 원하지 않았다.

"난 **탈출**했다고!" 너무도 격렬하게 터져 나온 그 말은 레퍼의 목소리처럼 들리지 않았다. 그의 얼굴은 분노를 떠었지만, 눈빛은 분노를 부정했다. 대신에 자신이 맞닥뜨린 분노에 대한 공포로 가득 차 있었다.

"무슨 소리야, 탈출했다니?" 나는 날카롭게 물었다. "군대에서 어떻게 탈출을 해."

"그렇게 말하겠지. 하지만 그건 네가 아무것도 모르고 얘기하기 때문이야." 이제는 그의 눈 또한 분노로 이글거리며 나를 노려보고 있었다. "그런데 네가 군대에 대해 뭘 알지?" 비버 댐을 찾아다니던 레퍼라면 절대 이런 식으로 말하지 않았을 터였다.

"글쎄, 난…… 내가 어떻게 대답할 수 있겠어? 군대에서 무엇이 정상적인지는 알지. 그게 다야."

"정상적이라고." 그가 씁쓸하게 되풀이했다. "얼마나 바보 같은 말이야. 아마도 그게 네 생각이겠지, 그렇지? 너 같은 애들은 아마도 그렇게 생각할 거야. 넌 내가 정상이 아니라고 생각하지, 응? 네가 무슨 생각을 하는지 알아……. 내가 전엔 몰랐던 많은 것을 이젠 알게 됐어." 그의 목소리는 성마른 중얼거림으로 잦아들었다. "넌 내가 정신병자라고 생각하지."

나는 그 말이 무슨 뜻인지 이해했다. 하지만 그 말을 듣자마자 거부감을 느꼈다. 그 말은 예전엔 존재하는지 몰랐던 세계를 내 앞에 열어젖히는 듯했다. '미쳤다', '돌았다', '정신 나갔다' 같은 말들은 친숙했지만, '정신병자'라는 말은 갑자기 정신병원의 현실성을 환기했고 체계적이며 분석적인 울림을 띠었다. 마치 레퍼가 데번과 버몬트, 그리고 우리가 나누었던 모든 경험에서 멀리 떨어진 어딘가에 붙잡힌 채 그 의미를 터득한 것처럼, 그 말은 일본어만큼이나 생소하게 들렸다.

두려워서 배 속이 뒤틀리는 것 같았다. 이제 내가 그에게 무슨 말을 하든 중요하지 않았다. 걱정되는 것은 나 자신이었다. 레퍼가 정신병

자라면 군대 때문에 그렇게 된 것일 테고, 나를 비롯한 우리 모두 군대에 가기 직전이었으니까. "네 얘기 지긋지긋해. 너하고 네 그 망할 군대 얘기들."

"그들은 나를." 그는 거의 웃음을 터뜨릴 듯한 얼굴로 외쳤지만, 두 눈만은 계속 그의 말투와 반대되는 표정을 띠고 있었다. "그들은 나를 제대시키려 했어. 제8조 제대〔정신장애에 따른 제대. 미군 규칙 가운데 제8조에 군 생활에 적응하지 못할 정도로 정신에 문제가 있는 자를 판별하는 기준이 명시되어 있다〕 말이야."

최후의 보루로서, 나는 언제나처럼 아무런 근거도 없는 냉소적이고 우월한 태도에 의지하려 했다. 의자에 깊숙이 몸을 기대고 눈썹을 추켜올린 채 어깨를 으쓱이며 이렇게 대꾸했다. "대체 무슨 말을 하는 건지 모르겠다. 네 말은 하나도 논리에 안 맞아. 일본어보다도 알아듣기 어려워."

"제8조 제대라는 건 군인들 중 미친놈, 정신병자, 맛이 간 녀석 들을 대상으로 하는 거야. 이제 내 말 이해하겠어? 제8조 제대라는 걸 당하면 불명예제대와 비슷하지만 더 나쁜 상황이 되지. 그렇게 되면 직업을 구할 수가 없어. 모두 내 제대 사유를 알고 싶어 하고, 제8조 제대라는 걸 알면 나를 이상한 얼굴로 쳐다보지. 마치 큰 소리로 코를 푸는 사람을 쳐다보면서도 역겹다는 티를 안 내려고 애쓸 때 같은 표정으로 말이야. 사람들은 날 그런 표정으로 쳐다본 다음 이렇게 말하지. '흠, 지금은 마땅한 자리가 없어서 말이죠.' 내 인생은 종친 거다, 그게 바로 제8조 제대의 의미지."

"나한테 그렇게 소리치지 마, 귀 안 먹었어."

"그렇다면 안됐구나, 친구. 그러면 그들이 너도 잡아갈 테니까."

"아무도 날 **잡지** 않아."

"당연히 잡히고말고."

"누가 날 잡느니 못 잡느니 하는 얘기는 하지 마. 네가 누구한테 얘기하고 있는지 아는 거야? 달팽이들하고나 놀라고, 레펠리어."

그는 다시 웃음을 터뜨렸다. "넌 항상 무슨 영주님처럼 굴었지, 응? 잘난 척하시지만, 언젠가는 흠집이 드러나게 되거든. 네 속은 언제나 야만인이었지. 나도 그걸 알고 있었지만 모른 척했을 뿐이야. 하지만 지난 몇 주 동안." 그의 얼굴에 다시 절망이 엄습했다. "나는 엄청나게 많은 것을 인정하게 되었어. 너에 대해서가 아냐. 잘난 척하지 마. 네 생각 따윈 안 했어. 어째서 내가 너 따윌 생각해야 하지? 넌 내 생각하기는 했냐? 나 자신에 대해, 엄마에 대해, 우리 영감님에 대해, 그리고 그분들을 항상 **즐겁게** 해드려야 하는 데 대해 생각했지. 뭐, 그런 건 지금은 상관없어. 우리가 지금 얘기하고 있는 건 바로 너니까. 네 마음속의 야만인 말이야, 그러니까." 문득 그의 눈빛이 아득하고 혼란스러워지더니, 입가에 기괴하고 교활한 표정이 떠올랐다. "네가 피니를 나무에서 떨어뜨렸을 때처럼."

나는 의자에서 벌떡 일어났다. "이 미친 개자식……."

그는 여전히 웃고 있었다. "네가 개를 평생 절름발이로 만들었을 때처럼."

나는 그의 의자 다리에 발을 대고 세게 걷어찼다. 레퍼는 의자 채 뒤로 넘어가 바닥에 쿵 하고 자빠졌다. 바닥에 머리가 닿고 무릎은 위로 올린 채로 그는 계속 웃으며 외치고 있었다. "항상 야만인이었다고."

빠르게 계단을 내려오는 발소리가 들리더니, 그의 어머니가 문간에 나타났다. 통통하고 온화한 인상이었지만, 몸을 바들바들 떨고 있었다. "대체 무슨 일이니? 엘윈!"

"정말 죄송해요……. 실수였어요." 이렇게 말하는 나 자신의 목소리가 낯설게 들려왔다. "얘가 뭔가 이상한 말을 해서 잠시 정신이 나갔어요. 얘한테, 얘 신경에 문제가 있다는 걸 잊어버렸어요. 그런 거죠? 얘는 자기가 무슨 말을 하는지 모르니까……."

"그래, 맙소사, 얘는 아프단다." 우리는 함께 아직도 낄낄대고 있는 레퍼에게 다가가서 그를 일으켰다. "너 얘를 괴롭히러 여기 온 거니?"

"정말로 죄송해요." 나는 중얼거렸다. "이제 가봐야겠어요."

레펠리어 부인은 레퍼를 부축해 계단을 올라갔다. "가지 마." 그가 낄낄거리면서 말했다. "점심 먹고 가. 그건 확실하니까. 언제나 하루에 세 끼, 전시이건 평화롭건, 이 방에서."

나는 정말로 머물렀다. 때로는 떠나버리기에 너무 부끄러운 상황이 있는 것이다. 이 경우가 그랬다. 그리고 때로는 너무도 간절히 진실을 알고 싶은 나머지 민망하고 바보 같은 걸 알면서도 머무르게 된다. 이 경우엔 그것도 사실이었다.

점심은 버몬트식으로 매우 푸짐하여 저녁 식사에 가까웠고, 처음에는 마치 연극 무대의 식사처럼 현실감이 없어 보였다. 레퍼는 거의 아무것도 먹지 않았지만 나 자신의 식욕은 나를 아까보다도 한층 더 부끄럽게 할 지경이었다. 나는 손이 닿는 모든 걸 먹어치우고 창피함에 얼굴을 붉히면서도 음식을 더 달라고 부탁했다. 하지만 그러자 민어지지 않는 변화가 일어났다. 레펠리어 부인이 자신이 만든 음식을 좋아한다는 이유로 나에 대해 화를 푼 것이다. 식사가 끝날 무렵 부인은 높지만 부드럽고 낭랑한 목소리로 내게 직접 말을 걸기에 이르렀다. 나는 너무도 민망하고 당황한 상태였기에 식사 내내 나의 행동이 하나의 길고 정성 어린 사죄가 되도록 노력했고, 부인이 두 번째 디저트를 권했을 때 내 사죄가 받아들여졌음을 알았다. 부인은 이렇게 생각했을 것이다. '얘는 사실 착한 아이야. 성질이 급하고 자제력이 약하지만 정말로 미안해하고 있어. 속은 착한 애야.' 하지만 진실은 레퍼만이 알 것이었다.

부인은 레퍼와 내가 점심 후 같이 산책을 하면 어떻겠냐고 했다. 레퍼는 이제 아주 고분고분해졌고, 절대 엄마의 얼굴을 쳐다보지 않는다는 점만 빼고는 이상적인 아들처럼 보였다. 그는 엄마 말대로 이것저것 옷을 껴입고는 — 날카로운 바람에 맞서기 위해 삼베와 양모와 플란넬로 누덕누덕 기운 담요처럼 — 나와 함께 뒷문을 통해 휘황찬란한 석양 속으로 나섰다. 나는 뉴잉글랜드내기가 아니다. 이 고장에서 나는 손님이고, 이제 제법 익숙한 손님이긴 하지만, 아직도 모든 것이 사라진 겨울 벌판을 보면 부자연스럽다는 생각이 들곤 했다. 나는 여기저기를 터벅터벅 걸어 다니며 여기는 여름에 옥수수 밭이었을지, 목초지였을지 혹은 다른 무엇이 자라는 곳이었을지 판단해보려고 했다. 하지만 오감과 원초적 추측으로 모든 것을 직관할 수 있는 마음속 깊은 곳에서는, 거기서 이제 어떤 것도 자라나지 않으리라는 걸 알고 있었다. 우리는 그런 황무지 한 곳을 가로질렀고, 걸을 때마다 얇은 얼음 표층을 깨뜨리며 그 아래의 부드러운 눈을 밟았다. 레퍼가 사랑했던 이 겨울 풍경 속에서 나는 그가 본래의 모습을 되찾기를 기다렸다. 그 벌판에서 아무것도 자라지 못하리라는 것을 알듯이, 나는 레퍼가 버몬트의 겨울 구릉지대를 거니는 동안에는 미치거나 냉소적이거나 '정신병자'일 수 없다는 것을 알았다.

그런 내 환상을 너무나도 확신했기에 나는 그에게 말을 걸었고, 심지어 군대 얘기를 꺼내는 위험을 감수했다. "버몬트에도 병영이 있니?"

"그런 것 같진 않아."

"있어야 하는데. 그리로 너를 보냈으면 좋았을걸. 거기였다면 너도 문제가 없었을 거야."

"그래." 그가 슬쩍 미소를 띠며 대꾸했다. "그들의 말에 따르면 문제는 '복무 중 신경증'이었지."

나는 일부러 과장해서 웃어 보였다. "그 사람들이 그렇게 불렀어?"

레퍼는 굳이 대꾸하려 들지 않았다. 예전의 그라면 예의 바르게 내 말을 되풀이해 '응, 그랬어. 그렇게들 불렀지'라고 대답했을 것이다. 하지만 어제 그는 나를 멍하니 바라보고는 아무 말도 하지 않았다.

우리는 계속 걸었다. 얼음 껍데기가 불안한 소리를 내며 발아래 부서졌다. "복무 중 신경증이라." 내가 입을 열었다. "꼭 브링커의 시구절 같이 들린다."

"그 개자식!"

"넌 모르겠지만 브링커도 요새는 많이 바뀌었어……."

"녀석이 백설공주로 바뀐다고 해도, 난 그 자식을 잘 알아."

"뭐, 녀석은 백설공주로 바뀌진 않았지."

"그거 참 안됐군." 그의 목소리에 억눌린 웃음기가 되살아났다. "브링커의 얼굴을 한 백설공주라. 볼 만할 텐데." 그러더니 그는 흐느끼기 시작했다.

"레퍼! 무슨 일이야? 왜 그러는 거야, 레퍼? 레퍼!"

거칠고 목쉰 흐느낌 소리였다. 그에게 슬픔을 한 움큼만 더 얹으면 자신의 투박한 옷가지를 찢어발기기 시작할 것만 같았다. "레퍼! 레퍼!" 이러한 감정의 분출이 우리를 갑자기 서로에게 끌어당겼다. 지금 나는 온 세상에서 가장 그에게 가까운 사람이었고, 그 또한 나에게 그러했다. "레퍼, 제발 그만해, 레퍼." 나 자신도 울음을 터뜨릴 지경이었다. "그만, 이제 그만. 그러지 마, 그러면 안 돼, 레퍼."

그는 조용해졌지만, 마음을 가라앉혀서가 아니라 더는 울 기운이 없어서였다. 내가 말했다. "브링커 얘길 꺼내서 미안해. 네가 걔를 그렇게 싫어하는 줄 몰랐어." 레퍼는 그런 미움을 품을 일이 없을 거라고 생각했다. 더구나 지금의 레퍼, 힘찬 증기 엔진처럼 깃털 같은 숨결을 빠르게 뱉어내며 코와 눈이 온통 빨개진, 그리고 뺨조차 온통 불규칙하고 커다란 붉은 반점들로 뒤덮인 — 레퍼의 피부는 예민하고 새하얘서 상기되면 병자처럼 새빨개졌다 — 레퍼는 더욱 그렇게 보였다. 그의 얼굴은 마구잡이로 칠한 것처럼 울긋불긋했지만, 그런 모습이 그의 슬픔을 드러내지는 못했다. 격자무늬 옷을 입고 얼굴이 여기저기 붉어진 그의 모습은, 절망과 증오에 찬 사람이라기보다 분장하다 만 광대처럼 보였다.

"내가 브링커를 싫어한다는 건 아냐. 걔를 정말로 미워하진 않아. 다른 사람들보다 딱히 더 싫을 건 없어." 그의 눈빛이 파들거리며 조심스레 나를 뜯어보고 있었다. 바람이 한바탕 눈가루를 실어와 파도처럼 우리를 휩쓸고 갔다. "단지 그냥……." 그가 날카롭게 숨을 들이쉰 나머지 마치 휘파람 같은 소리가 났다. "**개** 얼굴이 **여자** 몸에 붙어 있다는 상상이 문제야. 그게 날 정신병자로 만들었어. 그런 상상들이. 모르겠어. 아마도 그들이 옳을 거야. 난 정신병자가 맞나 봐. 분명 그럴 거야. 그래. 넌 그런 상상 해본 적 있어?"

"아니."

"만약 네가 그랬다면, 남자 얼굴이 여자 몸에 붙어 있는 모습이나 의자 팔걸이를 너무 오래 쳐다보다가 그게 사람 팔로 변하는 걸 계속 떠올리게 된다면, 그렇다면 너도 힘들겠지? 너도 신경 쓰이겠지?"

나는 아무 말도 하지 않았다.

"어쩌면 누구나 집에서 멀리 떠나 있을 땐 그런 것들을 상상하게 되는지도 모르지. 정말로 멀리, 게다가 처음으로 떠났을 때. 그렇지 않아? 내가 처음에 갔던 병영은 소위 '훈련소'라는 곳이었어. 매일 아침 해가 뜨기도 전에 우리를 깨웠고, 음식은 여기에서라면 손도 안 댈 수준이었고, 내 옷들은 모두 가져가버려서 냄새조차도 낯선 군복을 입어야 했어. 기본 훈련을 시작하고 나면 하루 종일 자고 싶기만 했어. 나는 항상 잠이 들곤 했지. 하루 종일, 강의를 들으러 가서도, 사격 연습장에서도, 어디서든 말이야. 밤에만 제외하고. 내 옆 침대에는 마치 배 속을 다 토해낼 것같이 기침을 해대는 남자가 있었는데, 그럴 때마다 내장이 그의 입으로 튀어나와 바닥에 산산이 부서질 것만 같았어. 그는 항상 내 쪽을 보고 잤거든. 우리는 한 사람 키 정도 떨어져 있긴 했지만, 그렇다 해도 내장이 내 옆에 떨어질 터였지. 그래서 밤에는 한

숨도 못 잤어. 낮이면 또 음식이 갖다 버려야 할 만큼 끔찍해서 아무것도 못 먹었고. 항상 배가 고팠는데 식당만 가면 안 그런 거야. 식당(mess hall:mess에는 '엉망'이란 뜻도 있다)이라. 군대에는 모든 것에 딱 들어맞는 완벽한 용어가 있다니까, 안 그래?"

나도 모르게 고개를 끄덕였다가 바로 도리질했다. 응, 그리고 아니.

"그리고 내게 완벽한 용어는 바로," 그는 혀가 붓기라도 한 것처럼 뒤틀린 목소리로 덧붙였다. "정신병자고. 맞는 거 같아. 그래. 그런데 내가 미친 거야, 군대가 미친 거야? 그들은 모든 것을 거꾸로 뒤집어놓아. 나는 침대에서 잘 수가 없어서 어디에서든 자야 했어. 식당에서는 먹을 수가 없어서 다른 어디에서든 먹어야만 했어. 모든 게 거꾸로 뒤집혀버렸어. 그리고 내 옆의 남자는 밤이면 속이 거꾸로 뒤집힐 듯 기침을 해댔지. 그때부터 모든 것이 변하기 시작했어. 어느 날 장군의 얼굴에 무슨 일이 일어나는데 뭐가 뭔지 모르겠더라고. 그 얼굴이 자꾸 내가 다른 곳에서 알았던 사람들의 얼굴로 변해가는 거야. 그러다가 그가 나와 똑같이 생겼다는 생각이 들었고, 그다음엔……." 레퍼의 목소리가 알아듣기 어려울 정도로 탁해졌다. "여자로 변했어. 지금 너를 쳐다보는 것처럼 그를 뚫어져라 쳐다봤는데, 그의 얼굴이 여자 얼굴로 변하는 거야. 그래서 다들 저것 좀 보라고 소리를 질러댔지. 그런 구경을 나 혼자서 하고 싶지는 않았으니까. 내 목소리가 닿는 곳에 있는 모두가 들었다는 게 확실해질 때까지 점점 더 크게 소리를 질러댔어. 내 생각에 전혀 이상한 점이라곤 없었다는 걸 너도 알겠지, 안 그래? 내가 한 모든 행동에는 분명한 이유가 있었어, 그랬다고……. 하지만 제때에 소리를 지르지 못했어. 적어도 큰 소리를 내진 못했지. 마침내 누군가가 내게 다가왔는데, 내 옆 침대에서 자는 기침쟁이였지. 그는 빗자루를 들고 있었는데 왜냐하면 우리는 막사 바깥을 비질하던 중이었거든. 하지만 나는 곧바로 그것이 빗자루가 아니라는 걸 알아차렸어. 그건 잘려나간 사람 다리였지. 병원에서 절단 수술을 돕던 중에 내가 소리 지르는 걸 듣고서 왔나 보다, 하고 생각했던 게 기억나. 논리 정연한 생각이란 걸 알겠지." 우리 둘 사이의 얼음에서는 계속 갈라지는 소리가 났고, 우리가 들판 경계에 다다랐을 때는 얼어붙은 나무들도 추위를 못 이겨 삐걱삐걱 소리를 내고 있었다. 두 가지의 날카로운 소리가 멀리서 발사되는 총 소리처럼 내 귓전에 울려댔다.

나는 아무 말도 하지 않았지만, 그렇게 많은 말을 한 레퍼는 아직도 더 할 말이 남았다는 듯 바람 소리와 나무 갈라지는 소리 위로 목소리를 높이고 있었다. 그의 이야기는 영원히 끝나지 않을 것 같았다. "그러자 그들은 나를 붙들었고, 사방에 팔과 다리와 머리투성이여서 나는 뭐가 뭔지 알 수가 없었……."

"입 닥쳐!"

한결 낮고 힘 빠진 목소리. "나는 뭐가 뭔지 알 수가……."

"내가 그런 끔찍한 얘길 자세히 듣고 싶어 할 줄 알았어? 닥쳐! 알고 싶지 않다고! 네가 무슨 일을 겪었든 상관 안 해, 레퍼. 상관없다고! 알아들었어? 나랑은 아무 상관없는 일이라고! 전혀! 난 모른다고!"

나는 뒤돌아서 들판을 가로질러 비틀비틀 달려가기 시작했다. 그의 집을 피해, 마을로 돌아가는 도로를 향해서 일직선으로. 나는 바람에 대고 제 이야기를 지껄이는 레퍼를 내버려두고 달아났다. 영원히 지껄이고 있으라지, 난 신경 쓰지 않았다. 그의 말을 더는 듣고 싶지

않았다. 이미 너무 많은 것을 들었다. 내게 그런 얘길 하다니 녀석은
무슨 생각이었을까! 더는 듣고 싶지 않아. 지금은 물론이고 앞으로도.
나랑은 아무 상관없는 일이니까, 신경 안 써. 절대로 듣고 싶지 않아.
영원히.

11

나는 피니어스를 보고 싶었다. 피니어스만을. 그와 함께 있으면 싸움이라곤 운동선수들 간의 경쟁밖에 존재하지 않았다. 말하자면 그리스의 올림픽 같은, 심신이 가장 강한 자에게 승리가 돌아가는 싸움. 그것이 그가 유일하게 신봉하는 싸움이었다.

돌아왔을 때 그는 '안식의 들판'이라고 불리는 공터에서 한창 눈싸움을 하는 중이었다. 데번에서는 건물들 사이의 공터에도 영국식으로 신중하게 명칭이 붙여졌다. 중앙 광장, 변방 광장, 운동장, 안식의 들판 등. 마지막 공터는 체육관, 테니스장, 강과 경기장을 지나 숲 변두리까지 가야 있었다. 이름은 영국식이었지만 내 마음속에서 그곳은 원시 미국 자체였으며, 끊이지 않고 북쪽 먼 곳까지 뻗어 거대한 북방의 황무지에 이르곤 했다. 숲 속에서 놀면서 싸우고 있는 피니를 보고—그에게는 두 가지가 대체로 같은 일이었다—나는 그 자리에 서서 잠시 생각에 빠졌다. 이 숲의 저 북녘 끝자락에서는 모든 것이 더 단순하고 낮게 풀리지 않을까. 몇천 마일 북쪽에 있는 저 황무지, 북극 깊은 곳 어딘가, 데번에서 시작된 나무의 반도(半島)가 마침내 끝나 미지의 고고하고 아름다운 소나무 숲에서는.

그런 소나무 숲은 존재하지 않는다는 걸 이제 나도 안다. 하지만 데 번에 돌아온 그날 아침 나는 그 숲이 눈앞의 지평선 바로 너머에, 아니 면 적어도 그다음 지평선 너머엔 있을 거라고 꿈꾸었다.

눈싸움을 하던 아이들 몇몇이 멈춰 서서 큰 소리로 내게 인사를 던 졌지만, 아무도 레퍼에 대해 물어보진 않았다. 하지만 거기 머물러선 안 된다는 걸 나는 알고 있었다. 바로 다음 순간에 누가 물어올지도 몰 랐다.

이 모임은 분명 피니의 짓이리라. 그가 아니면 누가 교정 북쪽 끄트 머리에 스무 명이나 되는 아이들을 꾀어내서 서로 눈덩이를 던지게 만 들겠는가? 나는 선명히 상상할 수 있었다. 오전 열 시 수업이 끝나고, 그가 유독 터무니없는 생각이 떠올랐을 때마다 발휘하는 특유의 자연 스러운 권위로 눈싸움 모임을 조직하는 모습을. 학교의 중심 세력들, 상급반의 빛과 소금인 학생들이 모두 그곳에 있었다. 브링커의 말마따 나 그 뛰어난 두뇌와 값비싼 신발들을 끌고 나와 서로에게 눈덩이를 짓뭉개면서.

눈싸움과 숲의 경계에서 나는 망설이고 있었다. 어느 한쪽을 택하 기에 내 마음속은 너무 어지러웠다. 그래서 나는 손목시계를 한번 슬 쩍 보는 척하고서 뭔가 급하고 중요한 용건이라도 떠오른 것처럼 과 장되게 손을 입가에 갖다 대고, 한 사람이라도 미처 못 보았을까 봐 한 번 더 그 동작을 되풀이한 다음, 이러한 무언의 핑계와 함께 서둘러 교 정 중앙으로 향하려고 했다. 그때 눈덩이 하나가 내 뒷머리를 때렸다. 피니의 목소리가 이어졌다. "넌 우리 편에 껴줄게. 겨냥이 형편없긴 하지만. 우린 **누구라도** 필요한 상황이거든, 너라도 말이야." 내게 다가오는 그는 잠시나마 지팡이를 짚지 않은 채였다. 그의 새 깁스는 한결 작고 가벼워져서 정상적인 사람이라면 그것을 차고도 전혀 절뚝거리지 않을 정도였다. 하지만 피니의 근육은 아주 미세한 동요도 그대로 드러낼 만큼 나쁜 상태였기에, 일견 매끄러워 보이는 그의 걸음걸이는 중간중간 북소리처럼 아주 짧게 끊어지곤 했다. 마치 한 걸음 내딛을 때마다 순간 어디로 가는지 잊어버리기라도 하는 것처럼.

"레퍼는 어때?" 그는 무심한 태도로 물어왔다.

"아, 레퍼…… 어떻긴 뭐가? 레퍼가 어떤 녀석인지 알잖아……."

눈싸움의 흐름이 우리를 향해 오고 있었다. 내가 잠시 더 머뭇거리는 사이에 잘못 겨냥된 눈덩이가 피니의 옆얼굴에 맞았다. 그는 바로 반격을 가했고, 나는 땅에서 눈덩이들을 집어 들었다. 우리는 바로 싸움에 휩쓸려들었다.

누군가 나를 쓰러뜨렸다. 나는 낮은 눈비탈에 브링커를 밀어뜨렸다. 누군가가 뒤에서 내게 태클을 걸려고 했다. 모두의 옷에서 생명력의 냄새가 풍겼다. 봄이 모직과 플란넬과 코듀로이 속에 피워내는 그어떤 생명력의 냄새. 난 그것의 존재를 잊고 있었다. 첫 울새, 첫 꽃봉오리나 이파리가 아닌, 바로 그 냄새가 내게는 봄이 왔다는 신호였다. 두껍고 질긴 겨울옷 속에 피어나기 시작하는 생명력과 에너지와 온기를 나는 항상 반갑게 맞았다. 그 냄새는 나를 기쁘게 했지만, 한편 내년 봄에 대해 생각하게 했다. 전투복, 위장복, 혹은 무엇이든 이 계절에 입게 될 군복도 이처럼 희망찬 냄새를 풍길 것인지. 분명 그렇지 않을 터였다.

싸움의 국면이 바뀌었다. 피니는 나와 다른 몇 사람을 제 편으로 뽑아서 무턱대고 싸우던 두 편이 모양을 갖추게 했다. 갑자기 그는 내게 화살을 돌렸고 다른 친구 몇몇에게도 배신을 가했다. 다른 편으로 가서 잠시 동안 브링커를 돕나 했더니, 바로 그들을 배반해 극도의 혼란을 빚어냈다. 자기편에 대한 충성은 대책 없이 무너져버렸다. 결국엔 이기는 사람도 지는 사람도 없게 될 모양이었다. 이 난장판 속에서 브링커의 통솔력도 사라져버렸고, 그 역시 아랍인처럼 교활하고 환관처럼 간사해졌다. 우리의 싸움은 단 하나의 필연적인 결말로 끝을 맺었다. 모두가 피니어스를 공격했다. 신이 나서 히죽거리며, 그는 몰아쳐오는 눈덩이들 아래로 서서히 몰려났다.

그가 항복했을 때 나는 기꺼이 몸을 굽혀 그를 일으켜준 후, 그의 손목을 잡고 최후의 배반을 위해 숨겨져 있던 눈덩이를 막아냈다. 그가 한마디 했다. "그건 언젠가 히틀러 유겐트 녀석들을 손봐주려고 남겨둔 거였다고." 모두 웃었다. 체육관으로 돌아가는 길에 그는 말했다. "좋은 싸움이었어. 진짜 재밌었네. 너도 그랬지?"

몇 시간 후 문득 떠오른 생각에 나는 그에게 물어보았다. "꼭 그런 싸움에 말려들어야 해? 아무리 그래도, 네 다리는……."

"스탠폴이 다시는 넘어지지 말라고 했지. 어쨌든 나도 무척 조심하고 있어."

"생각해봐, 다시 부러지기라도 하면!"

"아냐, 물론 다시 부러지진 않을 거야. 뼈는 한번 부러진 곳이 도로 붙으면 더 단단해지는 거 아니냐?"

"응, 그렇게 알고 있어."

"나도 그래. 사실 뼈가 더 단단해지는 걸 느끼고 있어."

"그렇게 생각해? 느낄 수 있다고?"

"응, 그래."

"하느님, 감사합니다."

"뭐라고?"

"잘됐다고."

"그래, 나도 그렇게 생각해. 잘된 일이지, 다행이야."

그날 저녁 식사 후 브링커가 공식 방문 차 우리 방을 찾아왔다. 한 해의 그 무렵이면 우리 방은 둘 다 너무 오래 주변 환경에 신경 쓰지 않고 지낸 결과로 구질구질한 꼴을 하고 있었다. 방 양쪽 끝에 있는 침대는 분홍색과 갈색 면 이불 아래 등 닿는 곳이 우묵하게 꺼져 있었고, 하얗던 벽은 우중충해진 채 우리 자신도 이미 잊어버린 관심사를 전시하고 있었다. 피니는 신문에서 루스벨트와 처칠의 회동 사진을 잘라서 스카치테이프로 침대 위에 붙여두었는데("노인네들 중에서도 가장 중요한 두 사람이지." 그가 설명했다. "우리에게 전쟁에 대해 뭐라고 얘기할지 함께 지어내고 있는 거야.") 내 침대 위에는 오래전 주도면밀하게 선택해 테이프로 붙여둔 사진들이 내 고향에 대해 뻔뻔스러운 거짓말을 들려주고 있었다. 애잔하고 낭만적인 농장 저택들의 풍광, 달빛 아래 이끼 낀 나무들, 흑인들의 오두막 사이로 길게 구부러진 한적하고 먼지 낀

도로. 누가 사진들에 대해 물어보면 나는 내 고향에서 남쪽으로 세 개나 떨어진 주의 억양을 써가며 얘기했고, 명확히 그렇게 얘기하진 않으면서도 사진 속 장소가 내 조상 대대로 물려받은 곳인 것처럼 암시하곤 했다. 그러나 내겐 그런 생생한 거짓 정체성이 더는 필요하지 않았다. 이제 나는 자신만의 진정한 권위와 가치를 성취하는 중이었고, 여러 가지 새로운 경험을 쌓으며 성장해가는 것을 느꼈다.

"레퍼는 어때?" 브링커가 들어오면서 물었다.

"그러게." 피니어스가 말했다. "나도 아까 물어보려고 했는데."

"레퍼? 녀석은 그러니까…… 휴가 중이야." 하지만 나는 사람들에게 거짓말을 해야 한다는 데 대해 점점 더 한계를 느끼고 있었다. "사실, 레퍼는 무단이탈했어. 자기 맘대로 떠나온 거야."

"레퍼가?" 두 사람이 동시에 외쳤다.

"그래." 나는 어깨를 으쓱했다. "레퍼가 말이야. 녀석은 이제 우리가 알던 그 작은 겁쟁이가 아냐."

"사람이란 게 바뀌어봤자지." 브링커가 최근 익힌 까칠한 태도로 대꾸했다.

피니가 말했다. "장담하건대, 녀석은 그냥 군대가 싫었던 거야. 좋을 게 있겠어? 대체 군대라는 게 무슨 소용이라고."

"피니어스." 브링커가 위엄 있게 말했다. "제발 이런 때에 세계정세에 대해 네 유치한 강의를 늘어놓진 말라고." 그러고는 내게 물었다. "녀석은 너무 무서워서 버틸 수 없었던 거야. 그렇지?"

나는 눈을 가늘게 뜨고 그의 말을 곰곰이 생각해본 다음, 마침내 대답했다. "그래, 너라면 그렇게 표현할 수 있겠지."

"녀석은 졸았던 거야."

나는 묵묵히 있었다.

"정신이 나갔나 봐." 브링커가 힘차게 외쳤다. "그런 짓을 하다니. 돌아버린 게 분명해. 내 말이 맞지? 그렇게 된 거야. 레퍼는 군대가 자기로서는 감당할 수 없는 곳이라는 걸 알아버린 거야. 그런 녀석들 얘길 들어본 적이 있어. 어느 날 아침 그들은 다른 사람들과 함께 침대에서 일어날 수가 없게 되지. 그냥 누워서 울기만 하는 거야. 그런 일이 레퍼에게도 일어난 거지." 그가 날 바라보았다. "내 말 맞지?"

"그래, 맞아."

내가 일단 인정하자 브링커는 그 사실을 어떤 의혹도 없이 힘차게, 거의 열광적으로 받아들이는 것 같았다. 그는 곧바로 폭발하듯 내뱉었다. "그럴 줄 알았어. 그럴 줄 알았다고. 레퍼 녀석, 벙어리 레퍼, 버몬트 시골뜨기 녀석 같으니. 녀석은 한 번도 제대로 싸우지 못했을 거야. 녀석이 입대하겠다고 했을 때 누군가는 짐작했어야 했는데. 불쌍한 레퍼 자식. 그 녀석 어쩌고 있어?"

"계속 울고만 있어."

"맙소사. 우리 학년은 대체 어떻게 된 거야? 아직 유월도 안 됐는데 벌써 두 사람이나 열외가 되었잖아."

"두 사람?"

브링커는 잠시 머뭇거렸다. "그러니까 여기 피니도 있잖아."

"그래." 피니어스는 평소보다도 한결 깊고 맑은 목소리로 대답했다. "나도 있지."

"피니는 열외가 아냐." 내가 말했다.

"당연히 열외지."

"그래, 난 열외 맞아."

"열외니 뭐니 그런 건 없어!" 나는 내 표정이 내 목소리만큼 진지하고 열성적일지 신경 쓰였다. "이놈의 전쟁, 노인네들이 지어낸 거짓말 때문에……." 이렇게 말하면서도 나는 피니를 바라볼 수밖에 없었고, 그러다 갑자기 말을 멈췄다. 나는 그가 내 말을 이어주기를, 다시 한번 정치가들의 음모와 기만당한 대중에 대해 장광설을 늘어놓기를 기다렸다. 그의 신랄한 농담, 세계를 향해 홀로 뻗쳐든 그의 발톱을. 그러나 그는 무릎에 팔꿈치를 괸 채 침대에 앉아 아래를 내려다볼 뿐이었다. 그는 눈을 크게 뜨고 고개를 들었다. 얼굴에 미소가 나타났지만, 금세 사라져버렸다. 그러고서 그는 중얼거렸다. "그래, 전쟁 따윈 없고말고."

그것은 피니어스로서는 아주 드문 반어법이었다. 그 말은 겨울 내내 우리를 버티게 해주었던 그 모든 특별한 계획에 대한 조용하고 자발적인 고별사와도 같았다. 이제 현실들이 힘을 되찾았고, 모든 상상은 사라져버렸다. 개막되기도 전에 폐막된 1944년의 올림픽 경기와 마찬가지로.

데번에는 이제 전쟁에 동원되지 않은 것이라곤 거의 남아 있지 않았다. 전쟁에 휩쓸리지 않은 몇몇 드문 특별활동이나 몽상가들은 브링커에 의해 체계적으로 고립되었다. 매일 예배 시간이면 'V12', 즉 고교 및 대학 등지에 해군이 창설한 사관 양성 프로그램과 관련된 새로운 발표가 있었다. 그것은 제법 안전한 선택지로 보였고, 평화 시에 평범하게 대학에 가는 것과 별 차이가 없게 들렸다. 그래서 매우 인기 있는 선택지이기도 했다. 상륙 작전함을 꾸릴 만큼의 인원이, 즉 자격이 되는 거의 모두가 그 프로그램에 지원했다. '하늘을 날고 싶어서' 공군에, 정확히 말해 'V5'라는 비슷한 프로그램에 지원한 몇 사람을 빼놓고는. 특이한 경우로 적극적인 아버지를 둔 몇 사람은 애너폴리스나 웨스트포인트 육군사관학교, 해안경비대, 심지어(이 선택지는 우연히 발견된 것이었다) 상선해병사관학교에 등록할 예정이었다. 데번은 전통적으로나 실제로나 지극히 비군사적 성향을 띤 학교였고, 그래서 교사진과 학생들이 교정에 계속 출몰하던 제복 차림의 징집 장교들과 접촉할 때면 상호 간에는 모종의 긴장된 적의가 존재했다. 우리가 속물적이었다는 얘기는 아니다. 그렇다고 저쪽이 그랬던 것도 아니었다. 다만 그들과 우리 사이의 근본적인 차이를 느낄 수밖에 없었던 것이다. 양쪽 모두가 어색하지만 꿋꿋하게 차이를 극복하려 했다. 하지만 그것은 마치 아테네와 스파르타가 휴전에 그치지 않고 동맹을 맺으려 하는 것과 같은 시도였다. 물론 우리는 아테네인들만큼 세련되지 않았고 그들도 스파르타인들만큼 용감하진 않았지만 말이다.

우리 역시 용감하진 않았다. 전쟁에 서둘러 뛰어들 이유는 아무것도 없었다. 아무도 육군 사병으로 입대할 생각은 없는 듯했고, 해군 얘기를 하는 사람도 몇 명 되지 않았다. 알아서 스스로를 지키는 것이 무엇보다 중요했다. 긴 전쟁이 될 거라고들 했으니까. 전해 듣기로 쿼큰부시는 군사학교에 두 가지 선택지를 마련한 모양이었다. 고심해서 준비한 V12 자격과, 필요할 경우 도피책으로 찾아둔 치과대학 입학 자격이었다.

나 자신은 아무런 행동도 하지 않고 있었다. 아무것도 하면 안 될 것 같았다. 왜 그렇게 느껴지는지는 알 수 없었지만 브링커는 방향을 바꾸어 절대적 미덕 대신 상대적 미덕을 추구하는 쪽으로 나아가면서, 매번 점점 더 전장에서 멀어지는 새로운 계획을 들고 나타났다. 하지만 나는 아무것도 하지 않았다.

해군 장교 한 사람이 호위함과 국민의 의무에 대한 연설로 많은 아이들을 감동시킨 어느 아침 예배 후, 브링커는 예배당 입구에서 내 목덜미를 붙들더니 현관 옆에 있는 피아노 연습실로 나를 데려갔다. 그는 방음 시설이 되어 있는 그 방의 금고 같은 문을 우리 등 뒤로 쾅 닫았다.

"네가 지원하기를 미루고 있는 이유는 딱 한 가지 때문이야." 그는 거두절미하고 말했다. "너도 알지, 안 그래?"

"아니, 모르겠는데."

"흠, 나는 아는데. 그럼 내가 말해주지. 피니 때문이야. 넌 녀석을 동정하는 거야."

"동정한다고!"

"그래, 동정이야. 그리고 네가 조심하지 않으면 녀석도 스스로를 동정하게 될 거야. 나 말고는 아무도 절대 녀석에게 다리 얘길 꺼내지 않지. 계속 이런 식이면 녀석은 물렁해져서 곧 자기 연민에 빠질 거야. 왜 다들 머뭇거리기만 하는 거야? 녀석은 절름발이고 그게 현실이야. 녀석은 그걸 받아들여야 해. 우리는 그 사실을 자연스럽게 여겨야 하고, 이따금씩 놀려주기도 해야 해. 안 그러면 녀석은 영원히 현실을 받아들이지 못할 거야."

"무슨 소리야! 도저히 못 들어주겠으니까 말도 안 되는 소리 마."

"어쨌든, 나는 그렇게 할 거야."

"안 돼, 그렇겐 못 해."

"못 하긴 뭘 못 해. 내가 네 허락을 받아야 하는 거야?"

"난 녀석의 룸메이트고, 가장 친한 친구야……."

"그리고 너는 사건이 일어났을 때 거기 있었지. 나도 알아. 상관하진 않지만, 잊어버리지도 않았지." 그는 나를 날카롭게 쏘아보았다. "넌 이 일을 뭔가 사적으로 받아들이는 것 같아. 내 말은, 너도 알겠지만 피니의 사고에 대해 모든 게 깨끗이 잊히면 너에게는 나쁠 게 없는 일이겠지."

나는 얼굴이 흉하게 일그러지는 것을 느꼈다. 피니가 정말로 기분이 상했을 때 짓는 표정처럼. "무슨 뜻이야?"

"나도 몰라." 브링커는 어깨를 으쓱하고는 지극히 점잖게 큭 웃었다. "아무도 모르겠지." 다음 순간 그는 점잖은 태도를 떨치고 덧붙였다. "네가 모른다면 말이야." 그의 입이 무표정하게 일자로 굳어지더니, 더는 아무런 말도 나오지 않았다.

브링커가 무슨 말을 할지, 무슨 짓을 할지 나로서는 알 길이 없었다. 그는 항상 자신에게 떠오른 생각을 인식했고 또 실행했다. 자신의 생각은 무조건 옳다고 확신했기 때문에. 황금 양털 토론 클럽과 선한 사마리아인 협회 지역 불우 아동 분과위원회의 세계에서 그의 행동은 어떤 문제도 일으키지 않았다. 하지만 나는 이제 그의 단순하고 독단적인 실행력이 두려웠다.

예배당에서 기숙사로 걸어 와보니 피니가 계단을 가로막고 앉아서 계단을 올라가려는 아이들더러 자신의 지휘 아래 〈내 주는 강한 성이오〉를 부르게 하고 있었다. 그만큼 음치이면서 음악을 좋아하는 사람도 없을 것이다. 아마도 그런 약점이 그가 더더욱 음악에 끌리게 만든 것이리라. 그는 모든 음악을 무조건적으로 좋아했다. 베토벤, 최신 유행의 연가, 재즈, 찬송가, 모두가 피니어스에게는 완벽하게 음악적이었다.

"……큰 환난에서 우리를." 찬송가가 풋볼 응원가 같은 박자로 공터까지 울려 퍼졌다. "구하여 내시리도다!"

"완벽했어." 노래가 끝나자 피니가 말했다. "억양, 리듬, 모든 게. 하지만 음높이에 대해선 잘 모르겠다. 즉석에서 평하자면, 반음 낮았던 것 같아."

우리는 방으로 올라갔다. 나는 피니를 위해 번역하고 있던 카이사르의 책 옆에 앉았다. 그는 올해 라틴어 과목에 합격하지 않으면 졸업할 수 없는 상황이었던 것이다. 내 생각엔 제법 괜찮게 번역한 것 같았다.

"뭐 재미있는 내용이라도 있어?"

"이 부분이 무척 흥미로워." 나는 말했다. "내가 제대로 이해한 거라면 말이야. 기습 공격에 대한 거야."

"읽어줘 봐."

"그래 어디 보자. 이렇게 시작돼. '카이사르는 적군이 며칠간 막사에 머물러 있다는 걸 알아차렸다. 그 막사는 늪지를 비롯한 자연적 지형 조건으로 방비되어 있었다. 그는 트레보니우스에게 전령을 보내 지시를 내리길,' 지시를 내렸다는 말은 원전에는 없지만, 그렇게 이해할 수 있어. 너도 그 정돈 알지."

"당연하지. 계속해."

"'지시를 내리길, 최대한 빨리 강행군해 자신에게 오라고 했다.' 이 '자신'이란 물론 카이사르를 뜻하는 거야."

피니는 흥분한 얼굴로 나를 쳐다보며 맞장구쳤다. "물론이지."

"'지시를 내리길, 최대한 빨리 군단 세 개를 데리고 강행군해 자신에게 오라고 했다. 그 자신은', 이것도 카이사르를 뜻하는 거겠지, '적군의 기습 공격을 막아낼 수 있도록 기병대를 보냈다. 얼마 후 갈리아인은 상황을 알아차리고 엄선된 보병 부대를 여기저기 매복해두었다. 그들은 갈리아인의 지도자 베르티스쿠스가 살해당한 다음 우리의 기병대를 따라잡아 무질서하게 우리 진지로 돌아오던 그들을 뒤따라왔다.'"

"내 생각엔 이거야말로 혼 선생이 '엉망진창 번역'이라고 부를 법한 사례인데. 대체 무슨 얘기야?"

"카이사르가 제대로 조치하지 못했단 거지."

"하지만 결국엔 그가 이겼잖아."

"물론이지. 전쟁 전체를 얘기하자면……." 나는 말을 끊었다. "그가 이겼지. 만약 네가 정말로 갈리아 전쟁이 있었다고 생각한다면 말이야……." 애초부터 피니어스는, 카이사르를 비롯한 몇몇 역사적 인물들이 실존했다는 것 자체를 믿지 않으려 했다. 이천 년 전의 패배자이며 죽은 언어와 제국의 주인, 라틴어를 배우는 학생들에게는 저주이자 파멸과 같은 카이사르는 피니에게 로마의 실존 인물이라기보다 오히려 데번의 독재자에 가깝게 느껴졌다. 피니어스는 카이사르에 대해 개인적으로 강한 원한을 품었고, 무엇보다도 카이사르와 로마와 라틴어 따위는 아예 존재하지도 않았다며 공공연히 단언해 교사들의 화를 돋우곤 했다……. "네가 정말로 카이사르가 존재했다고 생각한다면 말이야." 내가 덧붙였다.

피니는 침대에서 일어나더니, 잠시 후 생각난 듯 지팡이를 집어 들었다. 그는 기묘한 얼굴로 나를 보았다. 마치 웃음이 터지려는 걸 참고 있는 듯했다. "당연히 나는 책을 안 믿고 선생들도 안 믿어." 그는 몇 걸음 앞으로 걸어 나갔다. "하지만 난…… 결국엔 내겐, 너를 믿는 게 중요한 거야. 젠장, 난 믿어야 해, 적어도 너만은. 나는 다른 누구보다도 널 잘 알아." 나는 가만히 그의 말이 이어지길 기다렸다. "넌 내게 레퍼 얘길 했지. 걔가 미쳤다고. 그게 현실이고, 우리는 그걸 인정해야겠지. 레퍼는 미친 거야. 레퍼 얘기를 들었을 때 나는 전쟁이 현실이라는 걸 깨달았어. 지금 이 전쟁과 다른 모든 전쟁이. 전쟁이 누군가를 미치게 만들 수 있다면, 그건 엄연한 현실이겠지. 그래, 나도 항상 **알고는** 있었어. 하지만 인정할 필요가 없었던 거지." 그는 딛고 걸을 수 있도록 밑바닥에 금속 막대가 붙어 있는 작은 깁스에 싸인 자신의 작은 발을 침대에 앉은 내 곁에 올려놓았다. "솔직히 말하면, 나는 네 말조차도 완전히 확신하진 못했어. 네가 레퍼 얘기를 했을 땐 말이야. 물론 난 널 믿었지만." 그는 서둘러 덧붙였다. "하지만 넌 스스로도 알다시피 예민한 성격이니까, 버몬트에 가서 상상력에 약간 자극을 받았을 수도 있겠다고 생각했지. 네가 얘기한 것만큼 녀석이 망가지진 않았을 거라고 생각했던 거지." 피니의 표정은 나더러 다음에 나올 말을 준비시키려는 듯 굳어 있었다. "그런 다음 나는 실제로 녀석을 봤어."

나는 내 귀를 의심하며 그를 돌아보았다. "레퍼를 봤다고?"

"여기서 오늘 아침에 봤어. 예배가 끝난 후에. 녀석은…… 알다시피 나는 상상력이라곤 없는 사람인데, 예배당 옆 관목 사이에 레퍼가 **숨어** 있는 걸 내 눈으로 봤어. 나는 언제나 그랬듯 북적이는 걸 피하려고 옆문으로 빠져나갔지. 그때 레퍼를 봤는데, 녀석도 분명 날 봤을 거야. 한마디도 하지 않았지만. 그는 마치 고릴라를 쳐다보는 것 같은 눈빛으로 날 쳐다보더니, 카하트 선생의 사무실로 뛰어들어갔어."

"미친 게 분명해." 나도 모르게 이런 말이 튀어나왔다. 머뭇거리며 피니와 시선을 마주친 나는 갑자기 그와 함께 웃음을 터뜨리고 말았다.

"젠장, 우리가 할 수 있는 일은 아무것도 없어." 그가 쓸쓸하게 말했다.

"난 녀석을 보고 싶지 않아." 내가 중얼거렸다. 그러고는 조금이라도 더 책임감 있게 보이려고 덧붙였다. "녀석이 여기 있는 걸 또 누가 알지?"

"아무도 모를걸, 내 생각엔."

"우리는 아무것도 할 수 없어. 아마도 카하트나 스탠폴 선생이 알아서 하겠지. 우린 아무한테도 얘기하지 말자. 만약 말하면…… 그러면 다들 레퍼를 무섭게 할 거고, 레퍼도 다른 애들이 무서울 테니까."

"어쨌든, 그러니까 이젠 나도 전쟁 중이라는 걸 알아." 피니가 말했다.

"그래, 정말로 전쟁 중인가 봐. 하지만 난 네 얘기가 더 좋았어."

"나도 그랬어."

"네가 알지 못했더라면 좋았을걸. 어째서 그런 걸 알아버린 거야!" 우리는 다시 웃음을 터뜨렸다. 슬쩍 죄의식 어린 눈빛을 교환하며, 마치 흥청망청 술판에서 만나 웃고 놀았던 두 사람이 다음번에는 교구 목사의 다과회에서 마주치고 웃음을 터뜨릴 때처럼. "그래, 올림픽 경기에서 넌 참 멋지게 해냈어." 그가 말했다.

"그리고 넌 사상 최고의 시사 비평가였지."

"네가 올림픽 경기 모든 부문에서 금메달을 휩쓸었다는 걸 알아? 역사를 통틀어 아무도 그렇겐 못했다고."

"그리고 넌 네가 지어낸 얘기들로 전 세계 모든 신문사를 속여 넘겼고." 햇살은 우리 사이에 떠 있는 무수한 먼지 입자 주위를 맴돌며 방바닥에 눈부시게 유동하는 빛의 웅덩이를 그리고 있었다. "지금껏 그런 사람은 아무도 없었지."

그날 밤 10시 5분에, 브링커와 아이들 셋이 요란하게 우리 방으로 쳐들어왔다. "너희를 데리러 왔다." 그가 딱 잘라 말했다.

"지금은 한밤중이야." 난 대꾸했다. "어디 가게?" 그와 동시에 피니가 유쾌하게 질문했다.

"보면 알아. 데려가." 그의 동료들은 우리를 들어 올리다시피 거칠게 끌어내 계단을 내려가도록 했다. 나는 이것도 무슨 고도의 장난질이겠거니 했다. 데번의 상급반이 끝날 무렵엔 그런 일이 빈번했다. 학교 종에 달린 추라도 훔치게 하려는 걸까, 아니면 예배당에 소라도 묶어놓게 하려나?

그들은 우리를 본관 쪽으로 끌고 갔다. 여러 번 불타고 새로 지어졌지만 여전히 데번의 본관 역할을 하는 건물이었다. 그곳에는 강의실뿐이어서 이 시간에는 텅 비어 있었기 때문에, 우리는 한층 더 살금살금 걸어갔다. 정문에 이르자, 브링커가 반장 역할을 할 때 꼬불쳐두었던 열쇠 꾸러미가 나직이 짤랑거리며 모습을 드러냈다. 머리 위로 라틴어 경구가 새겨져 있었다. "소년들은 이곳에 와서 남자가 되리라."

자물쇠가 열렸다. 우리는 문을 열고, 대낮의 소란 속에서만 눈에 익었던 복도에 비현실적인 기분으로 들어섰다. 우리의 발소리는 대리석 바닥 위로 가만가만 울렸다. 로비를 건너 유리창이 쭉 이어진 환상적인 홀을 지나고, 왼쪽으로 돌아 희뿌연 대리석 계단을 올라간 다음, 다시 왼쪽으로 돌아서 두 개의 문을 통과하자 강당이 나타났다. 높다란 천장에는 데번의 유명한 샹들리에 중 하나가 보였다. 온통 반짝이는 눈물방울 모양 크리스털이 희미한 무지갯빛을 떨구고 있었다. 초기 아메리카 양식의 까만 벤치들이 줄줄이 이어져 뒤편의 길고 희뿌연 유리창까지 공허한 그림자를 드리웠다. 강당 앞쪽에는 전면에 난간이 달린 강단이 만들어져 있었다. 상급반에서 열 명 정도가 강단 위에 앉아 있었는데, 모두 까만 졸업 가운을 입고 있었다. 무슨 학급 가장무도회라 같았다. 가면과 촛불을 가지고 가장행렬이라도 하자는 건가, 하고 나는 생각했다.

"피니어스가 얼마나 절름대는지 보이지." 우리가 들어섰을 때 브링커가 외쳤다. 너무나 느닷없고 큰 소리로. 그런 식으로 나를 놀라게 하다니, 녀석을 한 대 쳐주고 싶었다. 피니어스는 당황한 기색이었다. "앉아." 그가 말을 이었다. "편하게들 앉으라고." 우리는 맨 앞 벤치에 앉았다. 거기엔 이미 여남은 명의 아이들이 앉아서 강단 위의 아이들을 불안하게 힐끗대고 있었다.

브링커가 무슨 꿍꿍이인진 모르겠지만 최악의 장소를 골랐군, 하고 나는 생각했다. 강당에 재미있을 만한 구석이라곤 아무것도 없었다. 백 번도 넘게 창밖으로 중앙 공터의 느릅나무들을 내다보며 멍하니 앉아 있었던 기억뿐이었다. 이제 텅 빈 어둠에 가로막힌 창들은 마치 죽은 것처럼, 눈멀고 귀먹은 것처럼 보였다. 벽은 대부분 유화 초상을 담은 캔버스들로 메워져 있었다. 유명을 달리한 교장 선생, 창립자한두 명, 잊혀버린 이사회장, 당시엔 사랑받았지만 우리 중 아무도 들어본 적 없는 운동부 코치, 우리로서는 알아볼 수 없는 숙녀(그녀가 기증한 재산으로 교내 상당 부분이 재건축되었다), 무명이었지만 앞으로 올 세대를 위해서 데번의 보호 아래 기억될 가치가 있다고 판단되었던 시인, 죽을 때 입고 있던 1차 대전 군복 차림이 더욱 극적으로 보이는 익명의 전쟁 영웅.

이런 곳에서는 그 어떤 장난도 효과가 없을 것만 같았다.

강당은 대형 강의, 토론, 연극, 연주회 때 사용되었지만, 학교 전체에서 음향 시설이 최악인 곳이었다. 그래서 나는 브링커의 말을 도무지 알아들을 수 없었다. 그는 바로 우리 앞에 있는 반짝거리는 대리석 바닥에 서서 강단을 향한 채 난간 뒤에 앉은 아이들에게 뭔가 얘기하고 있었다. 그가 아이들에게 "조사"라고 말하는 게 언뜻 들렸다. "국가적 요구"라는 말도…….

"이 열띤 분위기는 뭐지?" 난 멍하니 중얼거렸다.

"모르겠어." 피니어스는 이렇게만 대꾸했다.

브링커가 우리 쪽으로 돌아서더니 이렇게 말했다. "……책임 소지자들을 비난합시다. 먼저 짧은 기도로 시작하겠습니다." 그는 말을 멈추고는 카하트 선생이 이런 상황에서 항상 그러듯 눈을 크게 뜨고 우리를 탐색하듯 훑더니, 역시 카하트 선생처럼 점잔 빼며 웅얼대는 소리로 덧붙였다. "기도합시다."

우리 모두 즉시 고개를 숙이고는, 데번에서 하느님이 언급되면 습관적으로 따라오는 괴상한 자세를 취했다. 양 팔꿈치를 무릎에 괴고 앞으로 웅크린 것이다. 브링커는 이를 놓치지 않고 곧바로 주기도문을 외우기 시작했으며, 그 순간 더는 빠져나갈 길이 없게 되었다. 만약 브링커가 '기도합시다'라고 했을 때 내가 '웃기고 있네'라고 일갈했다면, 상황은 끝났을 텐데.

기도가 끝나자 모호하고 어중간한 침묵이 흘렀다. 브링커가 입을 열었다. "피니어스, 이리 나와." 피니는 어깨를 으쓱하며 일어나 우리와 강단 사이 한가운데로 걸어 나갔다. 브링커는 난간 뒤에서 안락의자를 하나 가져오더니 지극히 정중하게 피니를 거기 앉혔다. "이제 네 자신의 얘기를 해보도록." 그가 덧붙였다.

"무슨 얘기 말이야?" 피니어스는 그의 특기인, '뭐 이런 바보가 있나'라고 말하는 듯한 표정으로 브링커를 꼬나보았다.

"나도 너로선 별로 할 얘기가 없단 건 알지." 브링커가 사뭇 인자한 미소를 지으며 대답했다. "그럼 진의 얘기로 대신해봐."

"나더러 무슨 얘길 하라고? 너에 대해? 그렇다면야 나도 충분히 할 얘기가 있지."

"나는 **됐어**." 브링커는 자신의 말에 동의를 구하듯 엄숙하게 방 안을 휙 둘러보았다. "피해자는 너니까."

"브링커," 피니는 내가 한 번도 들어본 적 없는, 아주 낮게 깔린 목소리로 말했다. "너 정신이 나간 거냐?"

"천만에." 브링커가 차분하게 대답했다. "그건 레퍼, 우리의 다른 피해자 얘기겠지. 하지만 오늘 밤은 너를 조사할 거야."

"대체 무슨 소리를 하는 거야!" 갑자기 내가 소리쳤다.

"피니의 사고를 조사한다고!" 브링커의 대답은, 마치 그것이 우리가 할 수 있는 가장 자연스럽고 명백하며 피할 수 없는 일이라는 것처럼 들렸다.

머리에 피가 확 몰리는 게 느껴졌다. "어쨌든 간에," 브링커가 말을 이었다. "지금은 전쟁 **중이야**. 그런데 우리 쪽은 벌써 병사 하나를 잃었어. 무슨 일이 있었는지 알아내야 해."

"그저 기록을 위해서야." 강단 위에서 누군가 거들었다. "너도 동의하겠지, 진?"

"난 오늘 아침에 브링커에게 말했어." 내 목소리는 억누를 수 없을 만큼 떨리고 있었다. "내 생각에 이런 건 최악의 방법……."

"그리고 난 말했지." 브링커의 목소리는 권위에 가득 차 있었고 지극히 침착했다. "이건 피니를 위해서라고." 그러고는 한결 더 위엄 있는 음색으로 덧붙였다. "하지만 너 자신을 위해서이기도 해, 진. 이 문제를 우리 모두의 앞에 꺼내놓는 건. 우리는 학년 말에 그 어떤 소문이나 의혹도 남아 있지 않기를 원한다고, 안 그래?"

모두 그의 말에 동의하는 소리가 강당 안에 희미하게 웅성거리며 울렸다.

"무슨 얘기들 하는 거야!" 피니의 목소리는 경멸스러움 자체였다. "무슨 소문과 의혹 말이야?"

"신경 쓰지 마." 브링커가 대표자다운 엄숙한 표정으로 대답했다. 녀석은 이걸 즐기고 있어. 나는 씁쓸하게 속으로 생각했다. 자기가 저울을 든 정의의 화신이라도 되는 줄 아는 거야. 정의의 화신이 저울만 들고 있는 게 아니라 눈이 가려져 있다는 건 잊었나 보지. "무슨 일이 있었는지 네가 직접 우리한테 얘기해주면 되잖아?" 브링커가 말을 이었다. "그냥 우리 기분 좀 맞춰달라는 거야, 다르게 표현하자면 말이야. 우리도 네 기분을 상하게 하려는 건 아냐. 그냥 얘기해. 우리도 다 그럴 만한 이유가 있어서 물어보는 거라는 것쯤은 너도 알잖아……. 그럴 만한 이유가 있다고."

"할 얘기 같은 거 없어."

"할 얘기가 없다고?" 브링커는 피니의 종아리를 둘러싼 작은 깁스와 양 무릎 사이에 끼워진 지팡이를 날카롭게 노려보았다.

"아 이거, 나무에서 떨어졌으니깐."

"어째서?" 강단 위의 누군가가 물어왔다. 음향이 너무 나쁘고 조명도 어두워서 나로서는 말하는 사람을 전혀 확인할 수가 없었다. 벤치에 앉은 아이들과 강단 위의 아이들 사이, 널따란 대리석 바닥 위에 따로 떨어져 있는 피니와 브링커만 제외하고는.

"어째서라니?" 피니어스가 되풀이했다. "발을 잘못 디뎠으니깐."

"균형을 잃은 거야?" 같은 목소리가 이어졌다.

"그래." 피니가 무뚝뚝하게 되풀이했다. "균형을 잃은 거야."

"넌 우리 학교의 그 누구보다도 균형 감각이 좋잖아."

"고마워."

"칭찬으로 한 얘기 아닌데."

"그래 그럼, 안 고맙다."

"네가 나무에서 그냥 떨어진 게 아닐지 모른다는 생각은 안 해봤어?"

이 말이 피니어스가 오랫동안 마음속에 품고 있던 생각을 건드린 듯했다. 피니어스의 얼굴에서 처음으로 완고하고 경계심에 찬 표정이 사라지고, 뭔가 곰곰이 생각하는 기색이 나타났던 것이다. "정말 웃긴 얘기지만," 그가 대답했다. "그때부터 줄곧 나무가 스스로 나를 떨어뜨린 것 같은 느낌이 들었단 말이야. 그냥 내 느낌이야. 정말로 나무가 나를 흔들어 떨군 듯했다니까."

강당의 음향 시설이 너무 나쁘다 보니, 침묵 속에도 뭔가 웅웅 울리는 소리가 들리는 것 같았다.

"너 말고 다른 사람이 나무에 있었지, 안 그래?"

"아니." 피니가 곧바로 대답했다. "안 그랬던 것 같은데." 그는 천장을 바라보았다. "아님 있었던가? 아마도 누군가 발판을 밟고 올라오고 있었던 거 같아. 까먹었어."

그러자 침묵 속의 웅웅거림이 점점 더 심해져서, 그게 멈추지 않으면 내가 소리를 질러서 지우고 싶어질 지경이었다. 강단 위의 누군가가 소리를 높였다. "누군가 내게 그러던데, 진 포레스터가 그 자리에 있었다고……."

"거기 있었던 건 피니야." 브링커가 권위 있게 말을 잘랐다. "그가 다른 누구보다도 잘 알겠지."

"너도 거기 있었지. 안 그래, 진?" 강단 위에서 또 다른 누군가가 말을 이었다.

"그래." 나는 성의 있는 목소리로 대답했다. "그래, 나도 있었어."

"너…… 나무 가까이 있었어?"

피니가 나를 돌아보았다. "넌 나무 밑에 있었지, 그렇지?" 그가 물었다. 방금 전 같은 법정 증인의 공식적 말투가 아닌, 친구의 목소리로.

나는 한참 동안 양손을 꽉 움켜쥔 채 그 주름만 곰곰이 내려다보고 있다가, 결국 머리를 쳐들고 그의 의아한 눈빛을 마주 보며 답했다. "그래, 나무 밑에."

피니가 말을 이었다. "나무가 흔들리는 거나, 아님 다른 뭘 봤어?" 이렇게 묻고서 그는 스스로의 질문이 우습다고 생각했는지 살짝 얼굴을 붉혔다. "항상 너한테 물어보려고 했어. 그냥 궁금해서."

나는 생각해보는 척했다. "그런 건 전혀 기억이 안 나……."

"바보 같은 질문이었지." 피니가 중얼거렸다.

"난 네가 나무에 있었다고 생각했는데." 강단 위의 목소리가 끼어들었다.

"당연하지." 피니가 짜증스럽게 웃음을 터뜨리며 대꾸했다. "당연히 **난** 나무에 있었지. 아니 참, 진 얘기야? 쟨 없었어……. 네 말은 그 뜻이었냐? 아니면……." 피니는 나와 심문자 틈새에 끼어 정직성에 혼란을 느낀 듯 허둥거렸다.

"진 얘기였는데." 목소리가 대답했다.

"당연히 피니는 나무에 있었지." 내가 말했다. 하지만 더는 혼란을 이어갈 수 없었다. "그리고 난 나무 밑에 있었고. 아니면 발판을 밟고 있었나……."

"쟤가 어떻게 기억하겠냐?" 피니가 날카롭게 끼어들었다. "그때 얼마나 혼란스러운 상황이었냐고."

"내가 열한 살 때쯤, 같이 놀던 애가 차에 치인 적이 있었는데." 브링커가 진지하게 입을 열었다. "나는 그 사고를 하나에서 열까지 생생히 기억해. 내가 어디 서 있었는지, 하늘 색깔이 어땠는지, 자동차 브레이크에서 어떤 소리가 났는지……. 그 무엇도 절대 잊지 못할 거야."

"너하고 나는 다른 사람이니까." 내가 말했다.

"아무도 너에게 무슨 의심을 품진 않았어." 브링커가 미묘한 어조로 대답했다.

"당연히 아무도 날 **의심할** 이유가 없……."

"꼬박꼬박 대꾸하지 마." 그의 목소리는 근엄한 타협 같았고, 나 외의 다른 사람들에게 눈치채이지 않을 만큼의 경고로 가득 차 있었다.

"그래, 우리가 널 의심한다는 건 아냐." 강단 위의 어느 아이가 차분하게 말했지만, 난 거기에 모두의 의심을 받으며 서 있었다.

"이제 기억난다!" 피니가 살았다는 듯 환한 표정을 지으며 끼어들었다. "그래, 네가 강둑에 서 있던 게 기억나. 넌 위를 올려다보고 있었고, 물에서 나올 때면 항상 그랬듯 젖은 머리칼이 이마에 달라붙어서 바보처럼 보였지. 네가 뭐라고 했더라? '거기서 폼 잡고 있지 마'였던가, 네가 단짝 친구에게 항상 던지던 헛소리였지." 피니는 매우 즐거워 보였다. "그래서 나는 널 더 짜증나게 하려는 이유만으로 정말로 자세를 잡기 시작했던 것 같아. 그러고서 말했지. 뭐라고 말했더라? 우리 둘에 대한 얘기였는데……. 그래, '우리 함께 뛰어내리자'라고 했다. 우리가 손을 잡고 함께 뛰어내리면, 여태까지 한 번도 없었던 멋진 점프일 거라고 생각했지…….' 그러고서 피니는 누구에게 뺨이라도 맞은 듯 갑자기 말을 끊었다. "아냐, 내가 너한테 그렇게 말한 건 땅에 있을 때였어. 땅에서 그렇게 얘기했지. 그러고는 우리 둘이 나무를 오르기 시작했어……." 그가 말을 멈췄다.

"너희 둘이서." 강단 위의 소년이 냉혹한 목소리로 말했다. "함께 나무를 오르기 시작했지. 그런 거지? 그런데 쟤는 방금 자기가 땅에 있었다고 했는데!"

"발판 위였을지도 모른댔잖아!" 내가 외쳤다. "내가 발판 위에 있었을지도 모른다고, 그렇게 말했다고!"

"또 누가 있었어?" 브링커가 조용히 물어왔다. "레퍼 레펠리어도 그 자리에 있었지, 그렇지?"

"그래." 누군가가 말했다. "레퍼도 있었어."

"레퍼는 항상 사소한 것들에 꼼꼼했지." 브링커가 말을 이었다. "녀석이라면 그때 각자 어디 서 있었는지, 어떤 옷을 입었는지, 무슨 말이 오갔고 온도가 어땠는지까지 정확히 얘기해줄 수 있었을 텐데. 녀석이라면 모든 상황을 깔끔히 정리했을 텐데. 유감이야."

아무도 말이 없었다. 피니어스는 꼼짝도 않고 앉아 있었다. 앞쪽으로 살짝 기대앉은 모습이, 데번에서 취하는 기도 자세와 비슷했다. 한참 후 그는 몸을 돌려 머뭇머뭇 나를 쳐다보았다. 나는 그를 마주 보지도, 움직이지도, 입을 열지도 않았다. 마침내 피니는 천천히 기도 자세에서 몸을 일으켰다. 그에게는 너무 힘든 자세라는 것처럼. "레퍼는 여기 있어." 그의 목소리는 너무도 나지막하고 무심하면서도 위엄 있었다. 문득 그가 까마득히 낯설게 느껴졌다. "오늘 아침 녀석이 카하트 선생의 사무실로 들어가는 걸 봤어."

"좋아! 가서 데려와." 브링커가 즉시 우리를 데려왔던 아이들 중 둘에게 말했다. "집에 돌아가지 않았다면, 분명 카하트의 방에 있을 거야."

나는 침묵을 지켰다. 하지만 마음속에서는 수없이 이리저리 신속한 계산이 이루어지고 있었다. 레퍼는 위협이 될 수 없어. 아무도 레퍼를 믿진 않을 테니. 레퍼는 미쳤잖아. 녀석은 정신이 온전치 못해. 정신이 온전치 못한 사람이 만든 유언장에 효력이 없는 것처럼, 그런 사람이 이런 상황에서 증언을 할 수는 없는 거야.

두 아이들이 떠나자 분위기가 즉시 바뀌었다. 일단 조치가 취해졌으니 당분간은 모든 문제가 중단된 것이다. 누군가 '마벨 대장', 즉 초상화 속의 풋볼 팀 주장을 가리키며 졸업 가운을 입은 모습이 계집애 같다고 놀려대기 시작했다. 그의 12사이즈[300mm]나 되는 신발, 커다란 엉덩이 앞뒤로 술 취한 것처럼 흔들리는 가운 자락은 모두의 놀림감이 되었다. 한 녀석은 붉은 벨벳 커튼 자락으로 몸을 감싸더니 이국의 스파이처럼 우리를 염탐하는 시늉을 했다. 어떤 애는 그날 밤 우리가 위반한 교칙 하나하나를 자세하게 열거했다. 또 어떤 녀석은 날이 새기 전에 나머지 교칙도 전부 위반할 수 있다며 자신의 세심한 계획을 늘어놓았다.

하지만 강당의 음향이 아무리 열악하다 해도, 바깥 소리는 기가 막히게 잘 들렸다. 딱 한 사람, 즉 나만이 대리석 복도를 따라 우리에게 돌아오는 발소리를 알아차렸나 싶었는데 몇 초 만에 모든 우스개와 장난질이 멈추었다. 그들이 들어서기 한참 전에 나는 발소리가 세 사람의 것임을 확신할 수 있었다.

레퍼가 두 동행인보다 먼저 들어왔다. 놀라울 만큼 좋아 보였다. 안색이 환하고 눈은 반짝거렸으며 행동 하나하나가 활기찼다. "그래서?" 그의 목소리는 이 강당에서조차 잘 울려 퍼질 만큼 또렷했다. "내가 뭘 하면 되는 거야?" 그는 피니어스를 보며 자신감 넘치는 태도로 물었지만, 물론 그에게 한 말은 아니었다. 피니는 여전히 방 한가운데에 홀로 앉아 있었다. 피니가 뭔가 중얼거렸지만 레퍼는 그 말을 잘 듣지 못했는지 신이 난 얼굴로 브링커를 돌아보았다. 브링커는 남들의 시선을 의식하고 있는 사람의 무심한 듯 우아한 태도로 그에게 말을 걸었다. 세 사람이 방에 들어왔을 때 되살아났던 웅성거림은 서서히 다시 잦아들었다.

브링커의 솜씨는 노련했다. 그는 목소리를 높이는 대신 주변의 소란이 가라앉고 침묵이 찾아들 때까지 기다렸다가, 자기 역할을 전혀 강조하지 않고서도 자신의 목소리에 주의가 모이도록 만들었다. "그러니까 넌 강둑 옆에 서서 피니어스가 나무에 오르는 걸 보고 있었단 거지?" 그는 이렇게 말하고서 가만히 있었다. 마치 침묵 자체가 대답하기를 기다리듯이.

"그래. 나무줄기 바로 옆에 있었어. 위를 올려다보면서. 거의 해 질 녘이었고 저무는 햇빛이 눈가에 아른거렸던 게 기억나."

"그렇다면 넌 제대로 볼 수가 없……." 나는 무의식중에 이렇게 내뱉고 말았다.

모두 나를 외면하고 있었지만, 내가 무슨 말을 할지 귀를 모으고 있는 게 느껴졌다. 잠시 침묵이 흘렀다. 브링커는 하던 말을 이었다.

"그래서 뭘 보았지? 햇빛이 눈에 부셔서 아무것도 못 보았나?"

"천만에." 레퍼가 그답지 않은, 자신감 넘치지만 꾸며낸 듯한 목소리로 대답했다. "그냥 손으로 눈 위를 가렸지, 이렇게." 그는 한 손을 들어 눈 위에 그늘을 만들어 보였다. "그러고 나니 잘 보였어. 두 사람 모두 또렷이 보였고, 그들 주위에 온통 햇빛이 반짝이고 있었어." 그의 목소리는 점점 낭랑하고 진지한 어조를 띠었다. 마치 어린아이들의 흥미를 끌기 위해 애쓰는 이야기꾼처럼. "햇살이 그들을 비끼며 쏟아졌어. 몇백 몇천 가닥의 햇살이…… 마치 기관총이 뿜는 황금빛 불꽃처럼." 그는 우리에게 자신의 표현이 정확했는지 생각해볼 시간이라도 주려는 듯 잠시 말을 끊었다. "네가 궁금해하니 말하지. 딱 그렇게 보였어. 두 사람 모두 그 위에서 온통 새까맣게 보였어. 죽음처럼 새까맣게, 주변에 이글거리며 타오르는 불꽃에 휩싸여서……."

모두 눈치챘겠지. 너무도 분명하잖아? 녀석의 목소리엔 광기가 어려 있어. 그의 확신이라는 게 얼마나 신뢰하기 어려운지 다들 알아차렸을 거야. 바보 천치라도 알아차리겠어. 하지만 내가 뭐라고 말하든 자승자박이 될 터였다. 다른 사람들이 나를 위해 그렇게 말해주어야 했다.

"그 위 어디?" 브링커가 무뚝뚝하게 물었다. "두 사람이 어디 위에서 있었지?"

"나뭇가지지 뭐야!" 레퍼가 짜증스럽게 '너 바보냐?'라는 식으로 대꾸했다. 그의 증언에 대한 신뢰도를 떨어뜨리고도 남을 만한 태도였다. 레퍼가 예전엔 저렇지 않았다는 것, 그가 변해버렸고 더는 믿음직하지 않다는 걸 다들 알아차려야 했다.

"나뭇가지 위에 누가 있었지? 한 사람이 다른 사람보다 앞에 나와 있었니?"

"당연하지."

"누가 앞에 있었어?"

레퍼는 장난스러운 미소를 지었다. "나도 **그건** 못 봤어. 두 사람의 형체는 보였지만, 주위로 불꽃이 쏟아져서 그들은 온통 새까만 것이 마치……."

"그 얘기는 벌써 했어. 누가 앞에 있었는지 못 봤다고?"

"응, 당연히 볼 수 없었지."

"하지만 두 사람이 어떻게 서 있었는지는 봤겠지. 두 사람이 정확히 어디에 있었지?"

"둘 중 하나는 나무줄기 가까이에서 줄기를 붙잡고 있었지. 그건 또 렷이 기억나는 게, 왜냐면 나무줄기 역시 거대하고 새까만 형체로 보였으니까. 그의 손은 까만 나무줄기를 단단히 붙들고 있었어. 그건 말하자면, 그들을 감싸고 있는 나무 위의 눈부신 불꽃 속에서 든든한 지지대처럼 보였어. 다른 한 사람은 가지 위로 좀 더 나아가 있었어."

"그러고는 무슨 일이 일어났지?"

"그러고는, 둘 다 움직였어."

"어떻게 움직였지?"

"그들의 움직임은," 레퍼는 이제 웃고 있었다. 멋진 말을 떠올리고서 입 밖에 내려는 어린아이같이 천진한 함박웃음을 띠고 있었다. "그들의 움직임은 엔진 같았어."

당혹스런 침묵이 흘렀다. 긴장해 있던 내 몸이 서서히 풀렸다.

"엔진 같았다고!" 브링커의 표정은 경악과 짜증 사이를 오가고 있었다.

"엔진 이름은 생각이 안 나네. 하여튼 피스톤 두 개가 달려 있어. 이름이 뭐였더라? 하여튼 그 엔진에서는 첫 번째 피스톤이 내려가면 그 다음 두 번째 피스톤도 내려가거든. 나무줄기를 잡고 있던 사람이 순간 주저앉았어. 피스톤처럼 올라갔다 내려갔지. 그러자 다른 사람도 주저앉더니 떨어져버렸어."

강단 위의 누군가가 외쳤다. "먼저 움직인 사람이 나무를 흔들어 다른 사람의 균형을 무너뜨린 거야!"

"아마도 그렇겠지." 레퍼는 벌써 흥미를 잃은 듯 보였다.

"떨어진 사람은 피니어스였나?" 브링커가 천천히 입을 열었다. "다시 말해서, 먼저 움직인 사람과 그다음 사람 중 어느 쪽이 그였지?"

레퍼의 얼굴에 음흉한 기색이 떠올랐다. 그는 무미건조한 어조로 대꾸했다. "난 했던 말 되풀이할 생각 없어. 너도 알겠지만 난 바보가 아냐. 너한테 모든 걸 말해버리진 않을 거야. 그런 다음엔 내 말을 가지고 나를 괴롭힐 테니까. 너는 항상 나를 바보로 생각했지, 그렇지? 하지만 난 이제 바보가 아냐. 내가 위험한 정보를 가지고 있다는 것 정도는 나도 안다고." 그는 분통을 터뜨리기 직전이었다. "내가 왜 말해 줘야 해! 그저 네가 알고 싶어 한다는 이유로 말이야!"

"레퍼." 브링커가 달래려 했다. "레퍼, 이건 매우 중요한 문제야."

"나도 그래." 그가 가느다란 목소리로 말했다. "나도 중요해. 너는 한 번도 알아차린 적 없지만, 나도 중요하다고. 바보는 너야." 그는 날카롭게 브링커를 노려보았다. "넌 남들이 원하는 건 뭐든 언제나 해주지. 이제 바보는 너야. 이 개자식아."

아무도 모르는 새 피니어스가 의자에서 일어나 있었다. "상관없어." 그는 담담하게 내뱉었다. 그 모든 소란을 압도할 만큼 깊고 풍부한 목소리였다. "상관없다고."

그 앞 벤치에 앉아 있던 나 역시 벌떡 일어났다. "피니어스!"

그는 빠르게 고개를 젓고서 눈을 감더니, 아름답지만 불가해한 표정을 띠고 나를 돌아보았다. "난 상관 안 해. 신경 쓰지 마." 그러고서 그는 강당 문을 향해 대리석 바닥을 걸어가려 했다.

"잠깐만 기다려!" 브링커가 외쳤다. "우리는 아직 모든 걸 듣지 못했어. 진실을 모두 밝혀내지 못했다고!"

그의 말이 피니어스를 소스라치게 깨운 것 같았다. 피니는 뒤에서 습격을 받은 사람처럼 홱 몸을 돌렸다. "진실 따위는 너나 가져, 브링커!" 그가 소리쳤다. "그놈의 진실은 너나 실컷 가지라고!" 나는 피니가 그렇게 소리치는 걸 한 번도 본 적이 없었다. "네가 이 세상 모든 진실이란 건 다 해먹으라고!" 그는 문을 박차고 나가버렸다.

바깥의 뛰어난 음향이 그의 다급한 발소리를 생생히 전달했다. 복도를 따라 대리석 층계의 첫 단까지 또각또각 이어지는 지팡이 소리도. 그러고는 그 하나하나의 소리들이 한 덩이로 뭉개져버린 것처럼, 그의 몸이 흰 대리석 계단을 따라 쿵 하고 떨어져 내리는 소리가 들려왔다.

12

모두 정신을 놓지 않고 침착하게 대처했다. 브링커는 피니어스를 움직이지 말라고 큰 소리로 외쳤다. 다른 누군가는 진료소에 야간 당직 간호사밖에 없으리라는 것을 깨닫고서, 그리로 가는 건 시간 낭비라며 스탠폴 선생을 데려오러 그의 자택으로 달려갔다. 또 다른 아이들은 레슬링 코치로 응급처치 전문가인 필 래덤이 광장 바로 건너편에 산다는 걸 기억해냈다. 필은 피니를 층계의 좁고 길쭉한 한 단에 몸을 쭉 뻗고 눕게 하고, 스탠폴 선생이 도착할 때까지 가만히 있도록 지시했다.

본관 로비와 계단은 얼마 안 있어 한낮처럼 붐볐다. 필 래덤이 중앙 조명 스위치를 올려놓아서 사방의 대리석이 휘황찬란한 빛을 받아 반짝거렸다. 하지만 그 주위로는 자정이 가까운 시골 마을의 고요함이 머물러 있어, 다급한 발걸음과 속삭이는 목소리들은 적막 속에 공허하게 울렸다. 칠흑처럼 까만 창문들은 여전히 무덤덤하고 공허한 표정을 띠고 있었다.

브링커가 나를 돌아보고는 말했다. "강당에 돌아가서 강단 위에 담요 같은 게 있나 찾아봐." 말이 떨어지자마자 나는 층계를 뛰어올라가서 담요를 찾아 필 래덤에게 건네주었다. 그는 피니어스의 몸을 꼼꼼히 담요로 감았다.

내가 직접 그렇게 할 수 있었다면 얼마나 좋았을까. 나에게는 무척 의미 있는 일이었을 텐데. 그러나 피니어스는 아마도 알고 있는 모든 욕을 내게 퍼부어대겠지. 완전히 머리가 돌아버릴지도 모르고, 분명 나를 보고서 좋아지진 않을 거야. 그래서 나는 물러나 있기로 했다.

그는 의식이 온전했다. 슬쩍 살펴보니 그의 얼굴은 차분하기 그지없었다. 위에서 모두 차분하게 행동했다고 썼는데, 그건 피니어스도 포함한 얘기였다.

스탠폴 선생이 도착했을 때 층계 위는 조용했다. 담요에 꼭 감싸인 채 샹들리에에서 쏟아지는 불빛을 받으며, 피니는 그를 빽빽이 에워싼 얼굴들 한가운데에 홀로 누워 있었다. 나머지 아이들은 층계 위에서 내려다보거나 아래에서 올려다보고 있었다. 나는 아래쪽 구석에 서 있었는데, 내 뒤의 로비는 이제 텅 비어 있었다.

잠시 동안 묵묵히 피니를 검사한 후, 스탠폴 선생은 강당에서 의자를 가져오게 하고는 피니를 조심스럽게 들어 거기 앉혔다. 뉴햄프셔에서 사람을 의자에 앉혀 옮기는 일은 드물기 때문에, 사람들에게 들어올려진 그는 내게 매우 기묘해 보였다. 말하자면 어떤 비극적 찬양의 대상, 습격당한 대사제 같았달까. 다시 한번 나는 그의 가장 뛰어난 면모를 내내 무시해온 것 같은 아득하고 쓸쓸한 감정을 느꼈다. 어쩌면 그저 높이 들어 올려진 채 고통스러워하고 있는 피니의 모습이 부자연스럽게 느껴진 건지도 모른다. 그는 천성적으로 오히려 다른 사람을 들어 올리는 쪽이었기에, 도움받는 대상이 되었을 때 어떻게 행동해야 하고 심지어 어떻게 느껴야 할지 몰랐을 것이다. 그는 눈을 꼭 감고 입을 앙다문 채 내 곁을 지나갔다. 평소 같았으면 나는 그의 의자를 나르는 사람들 중 하나였을 테고, 그의 귓가에 뭔가 말을 건네주고 있었을 것이다. 오직 나의 도움만이 그에게는 도움이라는 말에 해당되지 않는 존재였다. 그 이유가 무엇인지, 그를 들어 올린 행렬이 서서히 휘황한 로비를 지나 문가로 향하는 동안 나는 문득 깨달았다. 피니어스는 나를 자신의 연장(延長)으로 생각했던 것이다.

스탠폴 선생은 문가에서 멈추더니 조명 스위치를 찾았다. 그의 곁에 아무도 얼쩡대지 않는 몇 초를 틈타 나는 그에게 가까이 다가가서 뭐라도 물어보려고 했지만, 아무 말도 입에서 나오지 않았다. 서두를 뗄 단어조차 찾을 수 없었다. '피니는'과 '어디가' 사이에서 나는 갈피를 잡지 못하고 망설이고 있었다. 그때 스탠폴 선생이 내 고뇌를 알아차리지 못한 채 스스럼없이 말했다. "이번에도 다리로구나. 또 부러졌어. 하지만 훨씬 깔끔하게 부러진 것 같아, 훨씬 깨끗하게. 단순 골절이다." 그는 조명 스위치를 찾아냈고 다음 순간 로비는 암흑에 잠겼다.

바깥에 나오니 온통 아이들에 에워싸인 의사의 차 안으로 필 래덤이 피니를 옮기고 있었다. 필과 스탠폴 선생이 올라타자 차는 서서히 움직이기 시작했다. 차가 길을 따라 멀어져감에 따라 전조등이 눈부신 두 줄의 평행선을 그리다가, 첫 번째 코너에서 우회전해 진료소 진입로로 접어들자 획 꺾여 또 다른 방향의 평행선을 이루었다. 아이들이 빠른 속도로 흩어지기 시작했다. 운영진이 마침내 한밤의 사건을 전해 들은 모양이었다. 교사 여럿이 두려워하는 얼굴로, 그리고 아이들을 두렵게 하며 어둠 속에서 나타나 다들 기숙사로 돌아가라고 명령한 것이다.

러즈버리 선생이 관목 덤불 뒤에서 불쑥 나타났다. "기숙사로 가게, 포레스터." 나의 복종을 확신하는 그의 메마른 목소리가 갑자기 우스꽝스럽게, 참을 수 없이 우스꽝스럽게 느껴졌다. 그는 내가 지시를 따르는지 지켜보는 건 자신의 권위를 깎아먹는 행동이라고 생각했기 때문에 내가 몇 분 더 버티고 있는 사이에 자리를 떠났다. 관목 덤불 사이로 들어선 나는 예배당 쪽으로 숲을 빙 돌아가고, 졸업생들이 기증했지만 아직 아무도 적당한 용도를 찾지 못한 큰 건물을 따라 뒤로 꺾었다가, 길을 다시 건너서 길게 자란 잔디를 밟으며 바로 옆의 진료소 진입로에 살그머니 들어섰다.

스탠폴 선생의 차가 진입로 끝에 서 있었다. 전조등이 밝혀지고 엔진도 아직 켜져 있었지만 안은 텅 비어 있었다. 나는 차를 훔칠까 하고 슬쩍 생각해보았다. 사람들이 실행 가능한 여러 가지 범죄에 대해서 한 번씩 슬쩍 고려해보는 정도로만. 차를 훔친다는 생각은 학문적인 면에서 나의 흥미를 끌었지만, 설사 실행한다 해도 그것은 범죄라기보다는 무의미하고 허망한 위반, 어디에도 이르지 못할 탈출에 지나지 않으리라는 걸 나도 알고 있었다. 내가 옆을 지나칠 때 차는 기분 나쁘다는 듯 헐떡대는 소리를 냈다. 사립학교 선생들 자동차라는 건 탈출에는 영 쓸모가 없겠어, 하고 생각했던 게 기억난다. 나는 건물 모서리를 돌아 살금살금 뒤편으로 걸어갔다. 건물 저 끝에 있는 창문 딱 하나에만 빛이 밝혀져 있었고, 그 건너편엔 앙상하지만 내가 몸을 숨기고 창문을 들여다보기에는 적당한 덤불이 자라고 있었다. 방을 곧바로 들여다보기엔 창문이 너무 높았지만, 흙이 부드러워서 뛰어도 큰 소리가 나지 않으리라는 걸 확인하고 나서 나는 가능한 한 높이 뛰어올랐다. 방 저 끝에 복도를 향해 열려 있는 문이 시야를 스쳐갔다. 다시 뛰어올랐다. 누군가의 등이 보였다. 다시. 방금 전과 똑같았다. 다시 뛰어올랐을 때 내게서 슬쩍 돌려져 있는 누군가의 머리와 어깨가 보였다. 필 래덤이었다. 바로 이 방이었다.

앉아 있기엔 땅이 너무 축축해서 나는 웅크린 채 기다리기로 했다. 단조롭게 웅성대는 목소리들이 열린 창문을 통해 아득하게 들려왔다. 저 사람들이 뭔가 끔찍한 일이라도 저지르지 않으면, 피니가 지루해서 죽어버리겠는데. 나는 중얼거렸다. 그날 밤 내 머릿속은 그럴싸한 농담들로 넘쳐나는 것만 같았다. 땅에 바짝 붙어 가만히 웅크리고 있자니 추웠다. 나는 몇 번쯤 일어나서 뛰어올랐지만, 방 안을 들여다보기 위해서보다는 몸을 덥히기 위해서였다. 들려오는 소리라고는 이따금씩 스탠폴 선생의 자동차 엔진이 더는 못해먹겠다는 듯 헐떡거리는 소리, 그리고 여전히 헐벗고 있는 나무들 높은 곳에 때때로 바람이 스쳐가는 가냘프고 처량한 소리뿐이었다. 그런 소리들을 배경 삼아, 병실에서 필 래덤과 스탠폴 선생, 야간 당직 간호사가 피니를 돌보며 두런거리는 소리가 희미하게 들려왔다.

무슨 얘기들을 하는 걸까? 야간 당직 간호사는 학교 최고의 수다쟁이였다. 반면 필 래덤은 좀처럼 입을 열지 않았다. 그가 하는 얼마 안되는 말 중 하나는 "우리 학교 방식으로 부딪쳐봐"였다. 그는 모든 것을 '우리 학교'의 기준에 맞추어 생각했고 학생들에게 공부, 운동, 종교

적 방황, 성적 부적응, 신체장애를 비롯해 무수한 청소년기의 문제들에 '우리 학교' 방식으로 부딪쳐보라고 가르쳤다. 나는 귀를 쫑긋 세우고 그의 말을 들으려 했다. 너무 집중한 나머지 정말로 그의 목소리를 다른 사람들의 목소리와 구분할 수 있을 것 같았고, 그가 이렇게 말하는 게 들리는 듯했다. "피니, 그놈의 뼈에 우리 학교 방식으로 부딪쳐보라고!"

그날 밤 나는 정말로 맛이 가 있었다.

필 래덤의 출신 대학은 하버드였지만, 듣기론 일 년밖에 다니지 못했다고 했다. 어쩌면 누군가에게 '우리 학교 방식으로' 부딪쳐보라는 말을 함부로 썼다가 사단이 난 건지도 모른다. 하버드에서는 그런 식으로 말하면 제적 사유가 되는지도 몰랐다. 어쩌면 '우리 하버드 방식'이란 건 존재하지 않을지도 몰랐다. '우리 데번 방식'이란 건 있을까? 우리 데번의 법도(法度) — 고리타분한 데번의 법도 — 이거 좋군. '고리타분한' 데번의 '법도'라. 언젠가 흡연실에서 써먹어야지. 제법 우스웠어. 이 정도면 분명 나도 피니의 영향력에서 벗어날 수…….

스탠폴 선생도 상당히 수다스러운 편이었다. 그 사람이 항상 하는 얘기가 뭐였지? 없어. 없다고? 아냐, 의사 선생이 항상 하던 얘기가 뭐 있었는데. 누구나 뭔가, 어떤 단어든, 어떤 문구든 항상 써먹는 말이 있는 법인데. 스탠폴의 문제는 어휘력이 너무 풍부하다는 점이었다. 그는 자기가 아는 단어들을 삥 돌려가며 얘기하고, 백만 개가 넘는 그 단어들을 한 번씩 다 써먹고 나서야 다시 사용하는 것 같았다.

어쩌면 저 사람들은 지금도 그런 식으로 얘기하고 있는지 모른다. 스탠폴 선생은 자신의 단어들을 최대한 빨리 한 바퀴 섭렵하는 중이고, 수다쟁이 간호사는 끊임없이 이런저런 말들을 내뱉고, 필 래덤은 '우리 대학 방식으로 부딪쳐봐, 피니'하고 말할 거야. 피니어스는 물론 그들에게 오직 라틴어로만 대꾸하고 있겠지.

그 생각에 나는 거의 웃음을 터뜨릴 뻔했다.

"Gallia est omnis divisa in partes tres("갈리아 전체는 세 부분으로 나뉘어 있다"는 뜻으로 카이사르의 《갈리아전기》에 나오는 말)." 아마도 피니는 필 래덤이 뭐라고 하든 라틴어로 이렇게만 대답하겠지. 필 래덤은 멍하니 어쩔 줄 모를 테고.

피니가 필 래덤을 좋아하던가? 물론 좋아할 거다. 하지만 피니가 갑자기 필을 돌아보며 이렇게 말한다면 정말 우습지 않을까? "필 래덤, 당신은 멍청이야." 그러고서 또 이렇게 말한다면? "스탠폴 영감, 댁은 역사상 최고로 말 많은 의사라고." 그리고 나서 간호사의 끝없는 수다를 가로막고 이렇게 얘기한다면 진짜 최고로 우습겠지. "수다쟁이 아줌마, 댁은 그야말로 구제불능이야. 반드시 댁한테 말해줘야만 할 것 같아서." 피니가 이런 말 중 하나라도 입 밖에 낼 일은 절대 없겠지만, 그런 생각을 하니 너무 웃겨서 도저히 웃음을 참을 수 없었다. 나는 손으로, 그러다가 아예 주먹으로 입을 막으려고 해보았다. 어떻게든 웃음보를 막아내지 않으면 방 안의 사람들이 내 소리를 듣게 될 터였다. 웃음을 너무 꾹 참은 나머지 배가 아팠고 얼굴이 점점 상기되는 게 느껴졌다. 나는 주먹을 이로 꽉 물고서 정신을 차리려고 하다가, 문득 내 손이 온통 눈물로 젖어 있다는 걸 알아차렸다.

스탠폴 선생의 차가 방금이라도 숨이 넘어갈 듯 헐떡였다. 전조등 불빛이 불규칙한 곡선을 그리며 멀어지더니 자동차가 힘겹게 나아가는 소리가 들려왔다. 자동차 소음이 사라지고, 그것이 어떻게 들렸는지에 대한 기억조차 사라져버릴 때까지 나는 귀를 기울이며 기다렸다. 병실은 불이 꺼진 채 아무 소리도 흘러나오지 않았다. 들리는 소리라고는 머리 위 나뭇가지 사이로 유난히 스산하게 휘휘 불어대는 바람 소리뿐이었다. 내 뒤로 나무들 사이 어딘가에서 새어 나오는 가로등 불빛이 진료소 창문을 희미하게 밝혀주었다. 나는 피니의 방 창문 아래로 다가갔다. 쇠창살에 발을 딛고 올라서서 몸을 쭉 뻗자 내 어깨가 창가 높이에 이르렀다. 창문이 꼭 닫혀 있으리라고 생각했던 탓에 나는 두 손을 뻗어 세차게 창문을 밀었다. 창문이 확 열리고, 어두운 침대에서 흠칫 몸을 움직이는 소리가 들렸다. 나는 어두운 방 안을 향해 나직하지만 날카롭게 속삭였다. "피니!"

"누구야!" 그가 침대 밖으로 몸을 기울이며 물었다. 가로등 불빛이 아른거리며 그의 얼굴을 비쳤고, 그러자 그는 나를 알아보았다. 한순간 나는 그가 침대에서 나와 내가 창으로 들어오도록 도와주리라 생각했다. 하지만 그는 한참 동안 어색하게 꿈지럭대기만 했고, 놀란 나머지 회전이 둔해져 있던 내 머리도 그제야 두 가지 사실을 깨닫게 되었다. 다리가 매여 있어 그가 제대로 움직일 수 없다는 것, 그리고 지금 그는 막 나를 향해 자신의 증오를 터뜨리려는 참이라는 것을.

"내가 온 건……."

"내게 남은 다른 곳들도 망가뜨리고 싶겠지! 그래서 여기 온 거지!" 그는 어둠 속에서 거칠게 내뱉었다. 침대가 그의 몸 아래에서 끽끽거렸고, 그가 버둥댈 때마다 침대보 스치는 소리가 났다. 하지만 그는 내게 다가올 수 없을 터였다. 누구보다도 우아했던 그 움직임을 그는 잃어버렸다. 그는 침대에서 일어날 수조차 없었다.

"네 다리를 고치고 싶어." 나는 정신없이 말했다. 내 목소리는 지극히 침착했지만, 그 때문에 그 말이 오히려 더 우스꽝스럽게 들렸다. 심지어 나 자신에게도.

"네가 내 다리를……." 그는 팔을 뻗어 우리 사이의 허공을 무의미하게 휘저었다. 다시 팔을 뻗었다가 이번에는 넘어져버렸다. 다리는 여전히 침대 위에 묶인 채, 그의 두 팔이 쿵 소리를 내며 방바닥에 떨어졌다. 잠시 후 그의 몸에서 힘이 쭉 빠지더니, 그는 서서히 두 손에 머리를 떨궜다. 다치진 않은 것 같았다. 그저 천천히 두 손에 묻은 머리를 방바닥에 기댄 채 가만히 움직이지 않고 있을 뿐이었다.

"미안해." 나는 멍하니 중얼거렸다. "미안해, 미안해."

내겐 간신히 그의 방에서 나올 정신밖에 남아 있지 않았다. 그가 다시 침대에 올라가느라 애쓰는 모습을 다른 사람에게 보이지 않아도 되도록. 나는 미끄러지듯 창문에서 내려왔다. 밤하늘을 올려다보며 한참 땅에 누워 있었던 기억이 난다. 하늘은 맑지 않았지만 흐리지도 않았다. 그런 다음 홀로 하릴없이 길을 따라가다 체육관을 지나서 오래된 연못까지 걸었던 기억도 난다. 소위 이중 시야라고 할 만한 증상이 나를 괴롭히고 있었다. 나는 체육관이 주위 조명들로 반짝이는 것을 보았다. 그곳이 내가 매일 들어가는 데번의 체육관이라는 걸 나도 잘 알고 있었다. 하지만 그곳은 체육관이기도 했고 그렇지 않기도 했다. 마치 그곳에 뭔가 본질적으로 낯선 구석이, 항상 거기 있었지만 내가 미처 알아차리지 못했으며 익숙한 외관과는 완전히 다른 내적 근원이 존재하는 것 같았다. 그곳은 내 눈앞에서 시시각각 변해가는 듯했고,

눈 깜박할 사이에 지금껏 내가 알아왔던 것보다 훨씬 심오하고 실제적인 의미를 지닌 완전히 낯선 건물이 된 것 같았다. 연못에서도 그런 느낌은 마찬가지였다. 겨울이면 그곳에서는 비공식 하키 경기가 벌어지곤 했다. 이젠 얼음이 풀려서 연못 중앙에 반들반들한 얼음덩이 몇 개, 그리고 연못 가장자리로 단단하고 반짝거리는 테두리가 남아 있을 뿐이었다. 연못을 둘러싼 오래된 나무들은, 매우 중대하지만 완전히 불가해한 메시지라도 띤 것처럼 의미심장하게 느껴졌다. 거기서 길은 왼쪽으로 꺾여 진흙탕이 된 채 운동장의 낮은 가장자리로 이어졌다. 희뿌연 달빛 아래 운동장은 살짝 성에가 내린 구릉을 이루며 내게서 멀리 뻗어나갔다. 앞서 말한 것과 같은 심오한 의미들의 연속체, 이전엔 한 번도 의식한 적 없는 실재의 층, 지금까지 내 피상적인 눈과 번잡스러운 정신이 지각하지 못했던 일종의 거대하고 장엄한 영광. 그 모두가 지금 내 앞에서 무심하게 풀려나갔다. 마치 내가 떠도는 유령인 것처럼, 오늘 밤뿐만 아니라 항상 그랬던 것처럼. 내가 그곳에서 몇백 번 뛰어다니지 않았던 듯, 내 발이 그곳을 한 번도 딛지 않았던 듯, 데번에서 보낸 내 삶 전체가 꿈이었던 듯이 — 그보다도 데번의 모든 것, 운동장과 체육관과 연못과 그곳의 모든 건물과 사람들은 실존 자체이며 생기에 넘치고 의미심장하지만, 나 혼자만이 꿈이며 여지껏 그 무엇에도 닿지 못했던 환상인 듯이. 내가 이 놀랍도록 견실하며 의미로 가득 찬 세계의 살아 있는 일부였던 적은 이전에도, 지금도, 그리고 앞으로도 영원히 없을 것처럼, 나는 그렇게 느꼈다.

나는 가느다란 데번 강 너머로 아치를 그리는 다리에 이르렀다. 다리 너머로는 경기장까지 구불구불 흙길이 이어졌다. 경기장 자체는 앉을 자리가 늘어선 두 개의 흰 콘크리트 덩어리일 뿐이었지만, 내게는 아즈텍 문명의 잔해만큼 강력하고 낯설게 느껴졌다. 사라진 사람들과 소멸한 의식들, 고결한 감정과 고매한 비극의 자취로 가득한 것처럼. 문득 '만약 이 벽들이 말할 수만 있다면'이라는 옛 경구가 떠올랐다. 지금의 나만큼 그 말의 의미를 깊이 이해한 사람은 이제까지 없었을 것이다. 경기장이 말을 할 수 있을 뿐 아니라, 그 말들이 나를 마법에 걸리게 할 것처럼 느껴졌다. 사실 이 경기장은 이 순간뿐만 아니라 항상 힘차게 말을 해왔던 것이다. 다만 내가 듣지 못했던 것뿐이고, 그래서 나는 존재하지 않았던 것이다.

다음 날 아침 나는 경기장 아래의 바싹 마른, 제법 아늑한 경사로 구석에서 눈을 떴다. 불편한 자세로 자는 바람에 목이 뻣뻣했다. 해가 높이 떠올라 있었고 공기는 선선했다.

나는 학교 중심부로 걸어가서 아침 식사를 들고는 방에 가서 공책을 찾아왔다. 수요일이어서 9시 10분 수업에 들어가야 했다. 하지만 방 문가에서 나는 스탠폴 선생의 쪽지를 발견했다. "피니의 옷가지와 세면도구를 진료소로 가지고 와주렴."

나는 구석에 처박혀 먼지가 쌓인 그의 옷 가방을 꺼내 그에게 필요할 만한 물건들을 챙겼다. 진료소에 가면 무슨 말을 해야 할지 알 수 없었다. 게다가 이 모든 사건을 이미 한 번 겪었던 것 같은 혼란스런 기분을 떨치기 힘들었다—피니는 진료소에 있고, 그건 내 책임이다. 지난 8월, 마른하늘에 날벼락처럼 사고가 나를 덮쳤던 그때보다 지금의 나는 더 침착하게 보였을 것이다. 그 후로 훨씬 나쁜 사건들에 대한 암시, '림프액'이니 '정신병'이니 '설파제' 같은 말들, 라틴어 명사 같은 어미를 가진 낯선 말들이 일으키는 불길한 연상들이 우리 주위를 맴돌았던 것이다. 마치 허공에 떠도는 희미한 악취처럼. 뉴스영화와 잡지들은 불을 뿜는 대포와 어딘가의 모래사장에 반쯤 가라앉은 몸뚱이들로 포화 상태였다. 우리 1943년 졸업반은 이제 빛의 속도로 전쟁터에 가까워지고 있었다. 너무 가까워진 나머지, 심지어 전쟁터에 이르기도 전에 정신이 흐려지거나 다리가 부러지는 사람도 발생했다. 하긴 이 정도는 전쟁이 숨 가쁘게 닥쳐오는 와중에 사소하고 어쩔 수 없는 사고로 간주해야 했을 것이다. 우리 주변에는 훨씬 나쁜 일들도 흔했으니까.

피니의 옷 가방을 들고 진료소로 걸어가면서 이런 식으로 나는 마음을 진정시키려 했다. 생각해봐, 사람들은 참호 속에 기관총을 갈기고 다른 사람들을 산 채로 태워버리고 있어. 전함들이 어뢰를 맞아 얼음처럼 찬 바다에 사람들 몇천 명이 침몰당하고, 도시의 한 구역이 한순간에 폭발해서 타버리잖아. 하지만 이런 냉혹한 생각은 겨우 한순간, 아니 순간도 못 되는 찰나에 지나지 않았으며, 내가 인식하기도 전에 떠올랐다가 스스로 그런 생각을 했다는 걸 깨닫기도 전에 사라져버렸다. 이런 참혹함의 와중에 그런 생각 따위가 무엇이겠는가.

진료소에 다다른 나는 피니의 옷 가방을 갖고 안으로 들어갔다. 사방에 병원 냄새가 풍겼다. 체육관 냄새와도 살짝 비슷했지만, 다만 진료소 냄새에는 넘쳐흐르는 육체적 생기가 부족했다. 이 냄새가 피니의 삶에 새로운 배경이 될 터였다. 건강을 잃은 신체를 위한 순수한 의료적 요소.

마침 복도는 텅 비어 있었다. 나는 일종의 끔찍한 활기에 휩싸인 채 복도를 따라 걸어갔다. 모든 의혹은 이제 끝났어. 전시 상황에서 유행하기 시작한 문구가 있었다. '바로 이거야!' 나중엔 진부하기 그지없어졌지만, 분명 특정한 순간에 늘어놓을 수 있는 온갖 말들을 한마디로 정리하는 명쾌함을 지닌 문구였다. 지금이 바로 그런 순간 중 하나였다. 바로 이거였다.

나는 방 문을 두드리고 안으로 들어갔다. 그는 윗도리를 벗은 채 침대에 일어나 앉아서 잡지를 뒤적이고 있었다. 나는 본능적으로 고개를 숙인 채였지만, 용기를 그러모아 그의 얼굴을 흘끗 올려다보고 조용히 입을 열었다. "네 물건들 가져왔어."

"가방은 여기 침대 위에 올려줄래?" 그의 어조는 완벽하게 중립적이었다. 우정의 자취도 미움의 흔적도 없고 유쾌하지도 무심하지도 않았으며, 활발하지도 침울하지도 않았다. 나는 그의 옆에 가방을 놓았다. 그는 가방을 열고서 내가 챙긴 여분의 속옷과 셔츠와 양말들을 훑어보았다. 나는 방 한가운데 불안하게 서 있었다. 어디에 시선을 주어야 할지, 무엇을 말해야 할지 궁리하면서, 얼른 나가버리고 싶었지만 그러기엔 너무 무기력한 채로. 옷가지를 꼼꼼히 살펴보는 피니어스의 모습은 침착하기 그지없었다. 하지만 뭔가를 그처럼 주의 깊게 살펴본다는 건 그답지 않았다. 전혀 그답지 않은 행동이었다. 그는 옷 가방을 가지고 한참 시간을 끌었는데, 문득 나는 그가 계속 옷 가방 안주머니에서 머리빗을 빼내려고 했지만 손이 너무 떨려서 그럴 수 없다는 것을 알아차렸다. 그것을 보자 나는 무너져버리고 말았다.

"피니, 난 그전에도 말하려고 했어. 보스턴에 갔던 그때 네게 말하려고 했어……."

"알아, 나도 기억해." 결국 그도 자기 목소리를 계속 통제할 수는 없었던 모양이었다. "어젯밤에는 왜 여기 온 거야?"

"나도 모르겠어." 나는 창가로 다가가서 창문턱에 두 손을 얹었다. 그 손들은 내게서 단절된 존재처럼 보였다. 누군가 다른 사람이 빚어서 어딘가 다른 곳에 전시해놓은 손들 같았다. "그래야만 했어." 그러고서 나는 한층 더 힘겹게 덧붙였다. "내가 여기 있어야 한다고 생각했어."

그가 몸을 돌려 나를 보는 게 느껴졌다. 나도 그를 돌아보았다. 그는 아주 특정한 순간에 짓곤 하던 그런 표정을 띠고 있었다. 무언가를 이해했지만 이해했다는 것을 드러내고 싶지 않을 때의 단호하고도 사려 깊은 표정. 그의 그런 얼굴은 내가 한동안 본 것들 중 가장 반가운 광경이었다.

그는 갑자기 주먹으로 옷 가방을 쾅 내리쳤다. "전쟁 같은 건 없었으면 하고 간절히 빌었어."

나는 날카롭게 그를 쳐다보았다. "왜 그런 말을 해?"

"내가 이렇게 됐는데 전쟁이 벌어지는 걸 견딜 수 있을지 모르겠어. 정말로 모르겠어."

"견딜 수 있다니……."

"망가진 다리로 전쟁에서 무슨 쓸모가 있겠어!"

"그래도…… 알잖아, 많은 사람이…… 그러니 너도……."

그의 몸이 다시 옷 가방 위로 수그러졌다. "나는 육군에 편지를 보냈어. 해군에도, 해병대에도, 심지어 캐나다 군대에도 보냈어. 겨울 내내. 너도 알고 있었어? 아니, 몰랐겠지. 나는 답신 주소로 읍내의 우체국을 적었으니까. 그들은 모두 똑같은 답장을 보냈어. 나에 대한 의료

기록을 열람한 다음 말이야. 유감이지만 안 됩니다. 당신은 우리에게
쓸모가 없습니다. 해안경비대, 상선해병사관학교에도 편지를 썼어. 드
골 장군에게, 장제스에게도 편지를 보냈어. 소련의 누군가에게 편지를
쓸 생각까지 했어."

나는 웃어 보이려고 애썼다. "러시아는 네 마음에 들지 않을 텐데."

"전쟁에 참여할 수 없는 한 내 마음에 드는 곳은 **아무 데도 없어!**
내가 왜 겨울 내내 전쟁이란 존재하지 않는다고 떠들었다고 생각해?
나는 계속 그렇게 지껄일 생각이었어. 오타와건 충칭이건 다른 어디에
서건 '좋습니다, 우리 부대에 들어오세요'라는 답장을 받은 순간까지
만." 그의 얼굴에 뿌듯하고 유쾌한 표정이 한순간 스쳐갔다. 마치 정말
로 그런 답장을 받은 것처럼. "그렇게 되면 내게도 전쟁은 존재하게 됐
겠지."

"피니." 나는 갈라지는 목소리를 짜내어 말했다. "피니어스, 너는 전
쟁에 아무 도움이 되지 못했을 거야. 만약 네 다리에 아무런 문제가 없
었더라도 말이야."

경악한 표정이 그의 얼굴에 떠올랐다. 그걸 보자 겁이 났지만, 내가
한 말이 중요하며 옳다는 것을 나는 알았다. 내 목소리는 오래전부터
느껴왔고 또 알고 있었던 사실을 마침내 입 밖에 내는 사람의 충만한
어조를 띠고 있었다. "그들은 널 전선의 어딘가에 투입할 거야. 그러다
전투가 소강상태로 접어들면, 바로 다음에 일어날 일은 네가 독일군이
나 일본군에게 가서 야구 팀을 짜서 우리 편과 싸울 생각 있냐고 묻는
것일 테지. 너는 그들의 사령부 중 한 곳에 앉아서 그들에게 영어를 가
르치겠지. 그래, 너는 헷갈린 나머지 그들의 군복을 빌려 입고, 그들에

게는 네 것을 빌려주겠지. 바로 그런 일이 일어나게 될 거야. 네가 모든 걸 뒤섞어놓는 바람에 다들 이제 누구와 싸워야 할지 모르게 되겠지. 너는 그야말로 엉망진창, 뒤죽박죽을 만들 거야, 피니. 전쟁을 가지고 말이야."

내 말을 들으면서 그는 차분한 표정을 유지하려고 애썼다. 이제 그는 울고 있었지만, 여전히 스스로를 억누르려 했다. "그때 네가 나무에서 느꼈던 것은 그저 맹목적인 충동이었지. 너 자신도 무슨 짓을 하고 있는지 몰랐던 거야, 내 말이 맞지?"

"그래, 맞아, 그랬어. 그런 거였어. 하지만 넌 정말로 그렇게 믿을 수 있어? 그렇게 믿을 수 있겠어? 나 자신조차도 네가 그걸 믿을 수 있을 거라 생각할 수 없는데."

"난 믿어, 믿을 수 있다고 생각해. 나도 가끔은 완전히 확 돌아서 내가 뭘 하고 있는지 잊어버릴 뻔하니까. 난 널 믿을 수 있어, 네 말을 믿을 수 있을 것 같아. 그러면 그게 맞는 거야. 그냥 넌 무엇에 홀린 거야. 정말로 내게 나쁜 감정이 있었던 게 아냐. 네가 항상 날 미워하고 있었던 게 아니라고. 그건 전혀 개인적인 일이 아니었어."

"그래, 하지만 네게 어떻게 증명해야 할지 모르겠어. 어떻게 하면 증명할 수 있을까, 피니? 어떻게 하면 될지 말해줘. 그건 다만 내 안의 어떤 어리석음이었어. 내 안에 있던 광기, 맹목적인 무엇이었어. 그게 다야."

그는 고개를 끄덕였다. 턱을 꽉 악물고 흘러내리는 눈물을 막으려는 듯 눈을 꼭 감은 채. "난 널 믿어. 이제 괜찮아. 난 널 이해하고 널 믿어. 넌 이미 내게 증명해 보였고, 난 널 믿어."

그날의 남은 시간은 빠르게 흘러갔다. 복도에서 나와 마주친 스탠 폴 선생은 그날 오후에 뼈를 맞출 예정이라고 말했다. 5시쯤 다시 오렴, 그때면 피니가 마취에서 깨어났을 테니까, 라고 그는 말했다.

나는 진료소를 떠나 10시 10분 수업에 들어갔다. 미국사 수업이었다. 패치위더 선생은 우리에게 헌법상의 '필수적이며 적절한' 조항에 대해 5분간 쪽지시험을 실시했다. 11시에 나는 강의실을 떠나, 아직은 좀 이른 계절인데도 벌써부터 몇몇 아이가 서성거리고 있는 중앙 광장을 건너갔다. 본관에 들어가서, 피니가 떨어졌던 층계를 올라 11시 10분 수업에 출석했다. 수학 수업이었다. 10분 안에 풀어야 하는 삼각법 문제가 주어졌는데, 내게는 그것이 종이 위에서 저절로 풀려나가는 것처럼 느껴졌다.

12시에 나는 본관을 나서서, 다시 중앙 광장을 건너 재러드 포터관에서 점심 식사를 했다. 빵가루 묻힌 송아지고기 커틀릿에 시금치, 으깬 감자, 자두를 곁들인 크림이었다. 식탁에서 우리는 으깬 감자에 초석 가루가 들어 있을지 아닐지를 놓고 논쟁을 벌였다. 나는 아니라는 쪽에 걸었다.

점심 식사 후 나는 브링커와 함께 기숙사로 돌아갔다. 전날 밤과 관련해서 그는 피니어스가 어떤 상태냐는 말 외엔 하지 않았다. 나는 괜찮아 보이더라고만 대답했다. 내 방에 올라가서 《평민 귀족》(프랑스 극작가 몰리에르의 희극)을 할당된 쪽수만큼 읽었다. 2시 30분에 나는 방에서 나와 피니가 겨울 동안 내 운동 코스로 지정해준 타원형 산책로의 절반을 걸었다. 변방 광장을 넘어 체육관에 이르렀다. 트로피 전시실을 지나 계단을 내려가서는 땀내가 풍기는 라커 룸에서 운동복 바지로 갈아입고 한 시간 동안 레슬링 연습을 했다. 상대편을 한 번 넘어뜨렸고 그쪽에서도 나를 한 번 넘어뜨렸다. 필 래덤은 내게 상대편의 등 너머로 공중제비를 넘어 공격에서 빠져나가는 복잡한 기술을 보여주었다. 그는 전날 밤의 사고에 관해 얘기를 꺼냈지만, 내가 도피 기술을 연습하는 데 집중하자 얘기는 거기서 끝나버렸다. 그러고 나서 샤워를 하고 옷을 갈아입은 후 기숙사로 돌아와 《평민 귀족》의 할당 부분을 다시 읽은 다음 4시 45분에, 브링커 대신 참여해달라는 부탁을 받고 출석하기로 했던 졸업 준비 위원회 모임에 가는 대신, 진료소로 향했다.

복도에 스탠폴 선생의 모습은 보이지 않았다. 바쁜 일이 없으면 그는 항상 거기 나와 있곤 했다. 나는 약 냄새가 풍기는 벤치에 앉아 그를 기다렸다. 10분쯤 지나자 그가 성큼성큼 집무실에서 걸어 나왔다. 고개를 숙이고 두 손은 흰 가운 주머니에 푹 찔러 넣은 채였다. 그는 나를 거의 지나칠 뻔했을 때에야 정신이 들었는지 멈춰 섰다. 그의 눈이 내 눈을 조심스럽게 마주 보았다. "저, 그 애는 어때요, 선생님?" 나는 이렇게 물었다. 내 목소리는 차분했지만, 일단 입 밖에 나오자 기묘하게도 불길하게 울렸다.

스탠폴 선생은 내 곁에 앉아서 유능해 보이는 그의 손을 내 다리에 얹었다. "네 세대의 아이들은 이런 일을 무척 많이 보게 되겠지." 그는 조용히 말했다. "그러니 지금 바로 말해줘야 할 것 같구나. 네 친구는 죽었다."

나는 그 말을 이해할 수 없었다. 내 등과 목덜미에 얼음처럼 차가운 한기가 흘렀지만, 그게 전부였다. 스탠폴 선생은 여전히 알아들을 수 없는 말을 중얼거렸다. "정말로 단순한, 깔끔한 골절이었는데. 누구라도 맞출 수 있을 정도였는데. 내가 그를 보스턴에 보내지 않은 것도 당연한 일이었다. 그럴 필요가 뭐 있었겠니?"

그는 내가 대답을 해주길 바라는 것 같아서 나는 고개를 저으며 그가 한 말을 반복했다. "그럴 필요가 뭐 있었겠어요?"

"수술 도중에 심장이 그냥 멈춰버렸어. 아무 예고도 없이 말이다. 도무지 설명이 불가능하구나. 아니, 가능은 하지. 가능한 설명은 단 하나뿐이야. 내가 뼈를 움직일 때 그의 골수 일부가 혈류로 흘러들어간 게 분명해. 곧바로 심장까지 흘러가서 거길 막아버린 거야. 그것만이 가능한 설명이란다. 그것뿐이야. 물론 위험은 있었어. 항상 위험성은 존재해. 수술실에서는 위험성이란 게 다른 장소에서보다 더 공식적일 뿐이지. 수술실, 그리고 전쟁터에서는." 그 순간 나는 그의 자제력이 무너져버리는 걸 느꼈다. "왜 이런 일이 너희에게 이토록 빨리 일어나야 하는 거냐, 이 데번 같은 곳에서?"

"그의 골수가……." 나는 두서없이 되풀이했다. 그 말의 의미가 마침내 내 마음속을 관통했다. 피니어스는 죽었다. 그의 골수가 혈류를 타고 심장까지 흘러가는 바람에.

나는 피니를 위해 울지 않았다. 그때도, 지금까지도. 심지어 보스턴 교외의 빽빽이 들어찬 그의 가족 묘지에 그가 누운 관이 내려지는 걸 지켜보면서도 나는 울지 않았다. 그것이 나 자신의 장례식이라는 느낌을 떨쳐버릴 수 없었다. 그리고 자기 자신의 장례식에서는 누구도 울지 않는 법이다.

13

변방 광장을 둘러싼 건물이 데번에서 중요하게 여겨진 적은 한 번도 없었다. 데번의 정수는 다른 곳에, 중앙 광장을 둘러싸고 있는 더오래되고 흉측하지만 한결 편안한 건물들에 있었으니까. 학교의 역사가 펼쳐졌던 곳은 바로 거기였다. 전설로 남은 싸움들, 대통령의 방문, 남북전쟁 시기의 소집……. 그 모두가 이 건물들에서, 적어도 같은 자리에 있었던 그들의 조상 격인 건물들에서 이루어졌다. 상류층 사람들과 교사들이 모이는 곳도 거기였고, 예산도 거기서 편성되었으며, 퇴학이 결정되는 곳도 거기였다. 졸업 후 10년이 지난 동창생에게 '데번'이라고 말한다면, 그가 떠올리는 곳은 바로 중앙 광장이리라.

그와 달리 변방 광장의 건물들은 부유한 여성들의 기부로 조성된것이었다. 학교의 다른 건물들과 마찬가지로 조지 왕조 양식이었고, 스콜라철학과 우아함을 결합한 특유의 방식으로써 데번을 건축학적으로 흥미롭게 만들었다. 하지만 그곳의 벽돌들은 뭔가 너무 교묘하게 놓여 있었고, 목조 세공 또한 다른 건물들과 달리 연약하고 닳아버린 맛이 없었다. 이처럼 그곳은 데번의 정수가 아니었기에, 그다지 큰 갈등 없이도 전쟁을 위해 제공되기에 이르렀다.

변방 광장은 내 방 창문에서 내려다보였다. 6월 초 어느 날 나는 창가에 서서 전쟁이 서서히 그곳을 잠식해 들어오는 광경을 지켜보고 있었다. 기차역에서부터 거리를 따라온 전위부대는 지프 여러 대로 이루어져 있었다. 자갈 몇 개를 제외하면 평탄하기 그지없는 이 오래된 도로에서 지프의 사륜구동 바퀴들은 좀처럼 활약하지 못했고, 오히려 좀 더 조심해서 조종되어야 했다. 엄청난 힘을 지녔음에도 사용해선 안 되는 처지에 놓인 이 자동차들은 무척 어색해 보였다. 방금 지나온 단계야말로 가장 아쉽고 소중하게 느껴지기 마련이다. 눈앞의 저 지프들이 이 밋밋한 길에서 구르는 대신 험난한 워싱턴 산자락에서 시속 80마일로 쿵쾅거리며 질주한다면 얼마나 좋을까 하고 나는 바랐는데, 그것들이 우스꽝스럽고도 통렬한 방식으로 이제 끝나버린 내 청소년기를 연상시켰기 때문이었다.

그 뒤로는 국방색으로 도색한 대형 트럭들이 굴러왔고, 그 뒤로 군인들이 따랐다. 그들은 딱히 호전적인 인상을 주진 않았다. 대열은 뿔뿔이 흩어졌고, 햇볕에 바랜 제복은 기차를 타고 오느라 구깃구깃했으며, 모두 목청껏 〈술통을 굴려라〉를 부르고 있었다.

"저게 뭐야?" 뒤에서 불쑥 나타난 브링커가 맨 뒤에 따라오는 몇몇 무개 트럭들을 내 어깨 너머로 가리키며 물었다. "저 트럭들에 실린 게 뭐지?"

"재봉틀처럼 보이는데."

"**진짜** 재봉틀이잖아!"

"아마도 낙하산 담당 부대에서 재봉틀이 필요한가 보지."

228

"만약 레퍼가 공군에 지원해서 낙하산 부대에 배치되기만 했더라도……."

"그렇다 해도 달라지는 건 없었을 거야." 나는 대꾸했다. "레퍼 얘기는 하지 말자."

"레퍼는 괜찮아질 거야. 제대만큼 좋은 게 어디 있겠어. 전쟁이 끝나고 2년만 지나면, 사람들은 제8조라는 게 침대차의 객실 번호인 줄 알걸."

"그래. 이제 다른 얘기 좀 할래? 네가 어떻게 할 수 없는 문제에 대해 지껄일 이유가 없잖아?"

"알았어."

바꿀 수 없는 문제에 대해선 얘기하지 말자는 내 말은 옳았던 것 같고, 대부분의 사람들도 내가 옳다는 데 동의했던 것 같다. 그들 중 아무도 피니어스에게 일어난 일에 대해 내 책임을 묻지 않았다. 믿을 수 없었기 때문인지 혹은 이해할 수 없었기 때문인지는 모르겠지만. 나는 그 일에 대해 얘기할 수 있었지만, 다른 사람들은 그러지 않으려 했다. 그리고 나는 그 일에 대해 얘기하지 않고서는 피니어스 얘길 할 수가 없었다.

지프, 군인, 그리고 재봉틀 들은 이제 모두 변방 광장을 둘러싼 건물 옆으로 정렬해 있었다. 그중 한 건물인 비지 홀의 층계 위에서 일종의 회의 혹은 의식이 진행 중인 듯했다. 교장 선생과 주요 교사들 몇 명이 무리를 지어 문간에 서 있었고, 공군 장교 여러 명이 대화를 나누기 편할 만큼 떨어져 또 다른 무리를 이루고 있었다. 교장 선생이 몇 걸음 앞으로 나오더니 한결 크게 몸짓해가며 얘기했다. 군인들에게 연설을 늘어놓고 있는 게 분명했다. 그다음엔 장교 한 사람이 그 자리로 오더니 더 큰 소리로 더 길게 얘기했다. 우리도 그의 목소리를 뚜렷이 들을 수 있었지만 무슨 말을 하는지 알아듣진 못했다.

그들 주위로는 아름다운 뉴잉글랜드의 한낮이 펼쳐져 있었다. 복된 여름날의 평화가 데번에 내려앉아 있었다. 그것은 일종의 집행유예, 겨울의 그 모든 암울함과 죽음에 대한 뉴햄프셔의 응답이었다. 이런 여름날에는 어떤 일도 긴급할 수 없고, 그 어떤 낙하산도 냅킨 정도의 쓸모밖에 없을 것 같았다.

어쩌면 그런 느낌은 나를 비롯한 몇몇 사람에게만 유효했는지도 모른다. 지난여름의 우리 집시들에게만. 어쩌면 그들 전부에게 그랬던 건 아니었을지도 모른다. 예를 들어 쳇과 바비는 그렇게 느꼈을까? 레퍼도 그의 달팽이 사육판들과 상관없이 그렇게 느꼈을까? 확실한 것은 오직 두 사람뿐이었다. 피니어스와 나. 그러니 이젠 아마도 나 혼자만 그렇게 느끼는 것이겠지.

대열이 풀어지더니 변방 광장 주위로 흩어져가기 시작했다. 기숙사 창문들이 꽝꽝 열어젖혀지고 몇십 개나 되는 창틀 너머로 국방색 담요가 공중에 내걸렸다. 재봉틀들은 지극히 조심스럽게 비지 홀 내부로 운반되었다.

"아빠가 오셨어." 브링커가 말했다. "흡연실에서 시가나 피우고 계시라고 말씀드렸어. 널 만나고 싶으시대."

우리는 계단을 내려가서 울퉁불퉁한 의자들 중 하나에 앉아 있는 해들리 씨를 찾아냈다. 너저분한 주변이 불편한 기색을 애써 참고 있던 그는, 우리가 들어서자 정말로 반가워하면서 일어나 악수를 청했다. 눈에 띄게 잘생겼고, 살이 찌긴 했지만 브링커보다도 키가 컸기 때문에 제법 괜찮아 보였다. 희고 숱 많은 머리칼은 정력적인 인상을 주었고 얼굴은 건강한 혈색을 띠고 있었다.

"너희 좋아 보인다, 좋아 보여." 그는 깊고 풍부한 목소리로 말했다. "내가 보기엔 저 사병 녀석들보다 낫구나. 나도 군인들이 들어오는 걸 봤다. 저 친구들의 무기란 건 또 어떻고! 재봉틀이라니!" 브링커는 바지 뒷주머니에 손을 집어넣었다. "이 전쟁이 너무 기술적으로 흐르는 바람에 가능한 모든 기기를 동원해야 하나 보죠. 재봉틀조차도 말이에요. 그렇지, 진?"

"글쎄," 해들리 씨가 단호하게 말을 이었다. "내가 젊을 때라면 남자가 재봉틀을 가지고 복무에 임한다는 건 상상도 할 수 없었다. 도저히 생각할 수 없는 일이야." 그쯤 하고 나자 성질이 가라앉았는지 그는 다시금 온화한 미소를 지었다. "하지만 시대는 변하는 법이고 전쟁도 변하게 마련이지. 그래도 남자란 변하지 않는 거다, 그렇지? 너희는 꼭 옛날 나와 내 친구들 모습 같구나. 너희를 보니 기분이 좋다. 이 친구는 어디 지원할 생각이지?" 그는 나를 보며 물었다. "해병대, 아니면 낙하산 부대? 요새는 입대에도 정말로 다양하고 흥미로운 선택지가 있더구나. 소위 잠수 부대라는 것도 있지. 물속에서 이것저것 폭파한다더구나. 그처럼 다양한 선택이 가능하다니 나도 다시 소년이 되고 싶어질 정도야."

"저는 그냥 징집을 기다리려고 생각했어요." 나는 최대한 공손하게, 하지만 정직하게 그의 질문에 대답했다. "하지만 그렇게 하면 아마도 바로 일반 육군 부대에 배치되겠지요. 그건 가장 힘들 뿐만 아니라 가장 위험하니까 최악의 진로가 될 거고요. 그래서 해군에 지원했더니 펜사콜라로 보내지게 되었어요. 거기 가면 다양한 훈련을 받을 테고 개구멍을 직접 볼 일도 없을 거예요. 그러길 바라요."

'개구멍'이라는 말은 참호를 가리키는 신조어였는데 해들리 씨가 그 말을 아는지 나로서는 알 길이 없었다. 하지만 나는 그가 내 어조를 썩 마음에 들어 하지 않는다는 걸 눈치챘다. "그리고 브링커는, 해안경비대에 가기로 정해졌어요. 그쪽도 좋은 선택이죠." 나는 덧붙였다. 해들리 씨의 얼굴이 점점 더 찡그려졌지만, 숙련된 예의범절 덕에 어느 정도는 덜어졌다.

"아빠도 아시죠." 브링커가 끼어들었다. "해안경비대도 무척 험한 일들을 해요. 해안에 사람들을 배치한다든지, 상륙작전 때 여러 가지 위험한 일들을 한다고요."

그의 아버지는 바닥을 내려다보며 가만히 고개를 끄덕이더니 입을 열었다. "너희가 옳다고 생각하는 일을 해야겠지. 하지만 그것이 지금 당장뿐만이 아니라 장기적 시각에서 옳은 일인지 잘 생각해보도록 해라. 너희의 전쟁 기억은 영원히 함께하는 것이고, 전쟁이 끝난 후에도 그에 대해 몇천 번은 질문을 받게 될 거다. 너희의 대답에 따라서 너희에 대한 사람들의 존중심이 결정되는 거다. 물론 그게 **전부는 아니지**. 오해하진 말거라. 하지만 만약 너희가 정말로 총알이 날아다니는 전방에 있었다고 얘기할 수 있다면, 그것은 앞으로 몇 년 동안 엄청나게 큰 의미를 지닐 거다. 너희가 다양한 분야를 보고 겪고 싶어 한다는 건 알지만, 편안하게 지내고 싶다든지 어떤 부대는 너무 힘들다든지 하는 얘길 하고 다니진 말거라. 나는 이제 너희를 아니까—여기 브링크 녀석을 내가 아는 것만큼 진 너도 잘 알게 되었으니까 괜찮지만, 다른 사람들은 오해할지도 모른다. 너희는 복무하고 싶은 거고, 그게 다야. 조국에 봉사하는 것은 너희에게 가장 위대한 순간이자 최고의 특권이란다. 우리 모두는 너희가 자랑스럽고, 또 우리 모두—나 같은 노친네들 말이다—너희가 정말로 부럽단다."

그의 이런 말에 브링커는 나보다도 당혹스러워하는 것 같았다. 하지만 대답을 하는 것은 그의 몫이라고 나는 느꼈다. "알았어요, 아빠." 그가 우물거렸다. "우리는 해야 하는 일을 할 거예요."

"그건 썩 좋은 대답이 아니구나, 브링크." 해들리 씨의 어조는 역정을 억누르고 있는 기색이 완연했다.

"어쨌건 우리가 할 수 있는 일은 그뿐인걸요."

"그렇지 않아! 훨씬 더 많은 것을 할 수 있어. 네가 평생 자랑스러워할 군 경력을 원한다면, 그저 해야 할 일을 하는 것보다 훨씬 더 많은 것을 할 게다. 내 말을 믿거라."

브링커는 들릴락 말락 한숨을 내쉬었다. 그의 아버지는 안색이 굳어졌지만, 잠시 말없이 있더니 간신히 마음을 진정한 듯했다. "네 엄마는 차에서 기다린다. 나도 이젠 가봐야겠구나. 너희는 그러니까……신발 좀 닦아라." 그는 마지못해, 내키지 않는 의무인 것처럼 덧붙였다. "신발 말이다, 브링커. 광도 좀 내고. 그럼 6시에 우리 숙소에서 만나자."

"알았어요, 아빠."

그의 아버지는 시가의 희미하고 낯선, 그리고 달콤한 냄새를 길게 남기며 방을 나갔다.

"아빠는 맨날 국가에 봉사하라느니 하고 연설해대서." 브링커가 미안하다는 듯 말했다. "제발 좀 안 그랬으면 좋겠어."

"괜찮아." 우정의 일부는 친구의 약점을 받아들이는 데서 생겨난다는 걸 나는 알고 있었다. 때로는 친구의 부모님까지도.

"난 입대해." 그가 말을 이었다. "아빠의 표현대로 '봉사'하게 되겠지. 어쩌면 죽을지도 모르고. 하지만 그것에 대해 아빠처럼 네이선 헤일("내 조국을 위해 바칠 수 있는 목숨이 하나뿐이라는 게 원망스러울 뿐이다"라는 말을 남기고 처형된 미국 독립전쟁의 영웅)식의 태도를 가지느니 차라리 죽어버리겠어. 1차 대전 때나 통하던 그런 허튼 소리가 날 돌게 만든다니까. 저분들은 그 전쟁 얘기만 나오면 어린애가 돼. 넌 눈치 못 챘니?" 그는 자기 아버지를 짜증나게 했던 그 의자에 편안히 기대앉았다. "솔직히 말해서 정말 골치 아파. 나는 절대 영웅이 못 되고, 너도 그렇지. 우리 영감님도 마찬가지야, 예전에도 마찬가지였고. 자기가 샤토 티에리에서 무슨 무슨 공적을 '세울 뻔'했다고 떠들지만 관심도 없어."

"저분은 그냥 대세에 맞추려고 노력하는 거야. 어쩌면 소외된 기분인지도 모르지. 이제는 너무 나이를 먹었으니까."

"소외됐다고!" 브링커의 눈빛이 이글거렸다. "소외됐다니! 영감님 세대가 자초한 전쟁이야! 그런데 나가서 싸워야 하는 건 **우리**라고!"

브링커의 이 같은 세대론적 불평은 이전에도 들은 바 있었다. 사실 너무 자주 들어서, 나는 그런 생각이야말로 겨울 동안 그를 사로잡은 환멸의 원인이라고 결론을 내린 터였다. 자기 연민의 냄새가 슬며시 풍기는, 알지도 못하는 몇백만 명의 기성세대를 향한 일반화된 분노. 하지만 그의 아버지는 그가 아는 사람이었고, 그러니 지금 그들 사이에 불화가 생기는 것은 어쩔 수 없었다. 어떤 면에서 그것은 피니의 생각과도 통했다. 단지 그는 당연히도 좀 더 희극적인 시각을 지녔을 뿐이다. 거창하고 지극히 실용적인 농담, 뚱뚱하고 어리석은 노인네들이 무대 뒤에서 어설프게 조종하는 연극.

나는 브링커와 피니 둘 중 누구에게도 동조할 수 없었다. 그럴 수 있었다면 편했겠지만, 두 쪽 모두 나는 믿을 수 없었다. 왜냐면 전쟁이란 게 특정한 세대에 의해, 혹은 그들의 특별한 어리석음 때문에 일어나지 않았다는 건 분명했으니까. 오히려 전쟁을 일으키는 건 인간 내면의 어떤 무지함이라는 것이.

브링커는 짐을 마저 싸러 위층에 올라갔고, 나는 사물함을 정리하러 체육관으로 걸어갔다. 변방 광장을 가로질러가다 보니 그곳은 어느새 알아보기 힘들게 변해 있었다. 여러 전략 지점에 커다란 녹색 통을 세워놓았고, 땅바닥에는 집무실과 구역들을 표시하는 흰 표식들이 꽂혀 있었다. 그처럼 뚜렷이 보이는 변화 말고 다른 것들도 있었다. 뭔가 딱 자르는 듯한 분위기, 프로페셔널한 낙관주의, 의식적으로 사기를 높이 유지하려는 노력. 나 자신도 지금까지 종종 데번에서 행복했지만, 그날 오후엔 이제 그런 시간들은 끝났구나 하고 느꼈다. 행복은 고무, 비단, 그 밖의 여러 가지 품목과 함께 전쟁의 와중에 사라지고, 합성 소재와 높은 도덕적 요구로 대체된 것만 같았다. 전시 상황을 위해서.

체육관 라커 룸에서는 소대 하나가 옷을 갈아입고 있었다. 그들의 체격에 관련해 말할 수 있는 최선의 칭찬은, 놀랄 만큼 흉측한 이끼 색깔 속옷 차림이었는데도 여위었지만 강인해 보인다는 것이었다.

나는 피니어스에 대해 얘기하지 않았고 다른 사람들도 마찬가지였다. 하지만 스탠폴 선생이 내게 그 얘기를 한 이후로 매일의 모든 순간 그는 내 곁에 있었다. 피니는 그처럼 순식간에 소멸시킬 순 없을 생명력을 지니고 있었다—설사 그 자신의 골수에 의해서라 해도. 바로 그렇기 때문에 나는 그에 대해서 얘기할 수도, 그에 대한 얘기를 들을 수도 없었던 것이다. 그는 모든 것을 너무도 강인하게 견뎌냈기 때문에, 내가 했을 말들은 다른 사람들에게는 정신 나간 것처럼 들렸을 테고—예를 들어 나는 그에 대해 얘기하면서 과거시제를 쓸 수 없었다—다른 사람들이 했을 말들은 내게는 불가해하게 들렸을 것이다. 우리가 함께 있을 때면, 피니어스는 지금 내가 계속 살아가고 있는 그런 분위기를 만들어내곤 했다. 말하자면 변덕스럽고도 지극히 사적인 유보를 통해 세상을 판단하는 방식, 바위처럼 단단한 현실들을 체로 치듯 걸러 한 번에 아주 조금씩만, 혼돈이나 상실감 없이 수용할 수 있는 정도만 받아들이는 그런 방식.

피니 말고 그렇게 할 수 있는 사람을 나는 지금까지 하나도 보지 못했다. 다른 사람들은 모두 어느 시점에 와서는 자신 안의 그 무엇이 주변 세계의 그 무엇과 격렬하게 충돌함을 깨닫곤 했다. 내 동기들은 전쟁이라는 현실을 받아들이는 과정에서 종종 그런 충돌을 겪었다. 자신을 압도할 만큼 적대적인 어떤 존재가 이 세상에 자신과 함께 있음을 느끼게 되면서, 인격 속의 단순함과 통일성이 파괴되어 결코 예전과 같을 수 없어진 것이다.

오직 피니어스만이 그런 충돌을 벗어났다. 그는 남다른 활력을, 자신에 대한 드높은 신뢰를 품었고, 평온하고 자연스럽게 애정을 받아들이는 능력을 지녔다. 그리고 그런 능력이 그를 구원했다. 그가 집에서 성장하는 동안에도, 데번에 있는 동안에도, 심지어 전쟁 중에조차 아무것도 그의 조화롭고 자연스런 통일성을 파괴하지 못했다. 그걸 결국에 파괴한 것은 나였다.

낙하산 부대원들이 현관에서 달려나와 운동장을 향해 가고 있었다. 나는 사물함에서 운동화와 국부 보호대, 운동복 바지를 챙긴 다음 돌아섰다. 처음으로 사물함 문을 잠그지 않고 연 채로, 버림받은 듯 쓸쓸이 벌어진 채로 놔두고. 교장 선생이 내게 졸업장을 건네주었던 순간보다도, 지금 이 순간이야말로 진정한 마지막이었다. 나의 학교생활은 이제 끝났다.

나는 줄지어 선 사물함들을 따라 복도를 걸어 내려갔다. 왼쪽으로 돌아 기숙사로 이어지는 출입구를 향하는 대신, 오른쪽으로 돌아 데번의 운동장으로 달려가는 공군 병사들을 따라갔다. 그곳에 세워진 높다란 목재 연단 위에서는, 교관이 아래쪽에 줄지어 선 병사들에게 으르렁대며 체조 구령을 붙이고 있었다.

지난 몇 주간 그 같은 통제와 조직화가 내 안에서도 일어난 것 같았다. 나는 그들의 모습을 보며 더는 불안을 느끼지 않았지만, 한편으로는 내가 저런 훈련을 받을 곳이 데번이 아니라는 걸, 데번과 비슷한 곳조차도 아니라는 걸 다행스럽게 여기지 않을 수 없었다. 불안함은 전혀 없었다. 오히려 전쟁을 맞닥뜨린 지금 내게 확신이, 활기가 차근차근 쌓이는 걸 느꼈다. 나는 전쟁에 준비가 되어 있었다. 이제는 거기 참여하는 데 대해 어떤 혐오감도 느끼지 않았다. 분노는 떠나갔다. 나는 분노가 사라지는 걸, 근본에서부터 말라들어 완벽하게 소멸되는 걸 느꼈다. 피니어스가 나의 분노를 흡수해 가져갔고, 내게서 분노는 영원히 떠나버렸다.

몇백 배 증폭한 개구리 울음소리처럼 들리는 체육 교관의 목소리가 구령을 뽑아대고 있었다. "헛, 둘, 셋, 넷!" 구령 소리를 뒤로하고 나는 기숙사를 향해 돌아섰지만, 당연하게도 내 발은 무의식중에 거칠고도 강력한 그 목소리에 박자를 맞추어 걸음을 옮기고 있었다. 구령 소리는 공습경보처럼 내 몸을 싣고 운동장과 공터들을 가로질러갔다.

그렇게 내 발은 박자에 맞추어 움직였다. 몇 주 후에, 훨씬 더 쩌렁쩌렁한 목소리와 이글거리는 태양 아래에서 그러했듯이. 그곳에서 나는 나의 내면이, 피니어스로 채워진 내 마음이 허용하는 만큼만 박자에 맞추어 움직였다.

나는 아무도 죽이지 않았다. 적에 대해 진지하게 증오를 느낄 기회도 없었다. 내가 군복을 입기도 전에 전쟁이 끝나버렸기 때문이다. 내가 진정으로 복무한 것은 학교에서였다. 그곳에서 나는 나의 적을 죽였다.

오직 피니어스만이 결코 두려워하지 않았다. 피니어스만이 아무도 미워하지 않았다. 다른 사람들은 그 끔찍한 충격을, 적을 목격하는 일을 다른 어딘가에서 겪어야만 했다. 그렇게 해서 강박적으로 방어를 시작하고, 특정한 사고방식을 통해 자신이 맞닥뜨렸다고 생각한 악의에 대응하려 했다. 그들의 태도는 세상 모든 사물과 사람에게 이렇게 선언하는 듯했다. "아시겠지만 나는 그저 한 마리 개미일 뿐입니다. 난 아무것도 아닙니다. 난 당신의 그런 적의를 받을 만한 사람이 아닙니다." 러즈버리 선생 같은 태도를 취하는 사람들도 있었다. "어떻게 감히 이런 것이 나를 위협한단 말인가. 나는 이런 대우를 받기엔 훨씬 뛰어난 사람이란 말이다. 난 이 상황을 극복할 테다." 쿼큰부시처럼, 언제 어디서든 무턱대고 대들며 덤벼드는 사람들도 있었다. 브링커처럼 부주의하고 일반화된 분노를 키우는 사람들도 있었고, 레퍼처럼 아무것도 모른 채 자신을 감싼 모호한 구름 속에서 나왔다가 오직 공포만을, 자신이 항상 두려워했던 그대로의 형체를 맞닥뜨리고 나서 맞서 싸우기를 완전히 포기해버린 사람들도 있었다.

피니어스만을 제외하고, 그들 모두는 막대한 대가를 치르고 적에게 맞서 마지노선을 구축했다. 그들이 전선 너머로 보았다고 생각한, 그러나 결코 전선에서 그들을 공격하진 않았던 적에게. 정말로 적이 그들을 공격하긴 했다면, 아니, 그것이 정말로 적이기는 했더라면.

옮긴이의 말

    2차 대전이 한창인 1942년, 미국 뉴잉글랜드의 명문 사립 기숙학교 데본에서 여름을 보내는 열여섯 살 소년들. 졸업과 동시에 머나먼 전장으로 떠나게 될 상급생들은 벌써부터 군인 취급을 받으며 훈련 중이지만, 한 학년 아래인 그들의 앞날은 아직 불투명하다. 혹시 전쟁이 일찍 끝나지는 않을까? 아니면 우리도 바로 전장으로 가야 할까? 그런데 이 모호한 유예기간이 그들에게는 기존의 엄중한 교칙과 규율에서 다소나마 풀려날 수 있는 여지를 준다. 교사들 또한 전쟁으로 인해 여러 가지로 바쁘거나(교장은 정치적 업무로 인해 부재중이다), 혹은 소년들의 앞날에 대한 연민 때문인지 사소한 일탈은 눈감아주기도 한다. 그리고 그 여름은 주인공 진 포레스터에게 인생의 가장 아름다운, 또한 가장 비극적인 시기로 남는다.

    우리 열여섯 살 소년들을 통해 선생들은 평화가 어떤 것이었는지 추억하고 있었던 것 같다. 우리는 징집 명부에 올라 있지 않았고 신체검사를 받을 필요도 없었다. 아무도 우리에게 탈장이나 색맹 여부를 검사하자고

하지 않았다. 무릎뼈 탈구나 고막이 찢어지는 정도의 사소한 부상뿐, 아직
은 우리 중 아무도 치명적이고 돌이킬 수 없는 장애를 얻진 않았다. 무심
하고 제멋대로였던 우리는, 전쟁 동안에도 보존되고 있는 생명의 상징처
럼 여겨졌던 게 아닐까. 어쨌든 선생들은 우리에게 그 어느 때보다도 참을
성 있게 대했다. 그들은 상급생들의 발꿈치를 쫓아다니며 전쟁에 대비해
몰아치고 단련하고 무장시켰다. 하지만 우리의 장난은 너그럽게 지켜보
았다. 우리는 그들에게 평화의 모습을, 파멸당할 숙명에 매여 있지 않은
삶들을 보여주고 있었다.

    피니어스는 이 무심한 평화의 결정체와도 같았다. (이 책 23쪽)

    학생과 교사를 막론하고 모두에게 절대적 영향을 미치는 피니어
스. 무엇이든 자기가 원하는 대로 할 수 있을 것 같은 그를 진은 선망
하고 질투하며 신비스럽게 여기기도 한다. 하지만 그의 남다른 점은
뛰어난 재질보다도(데본은 기본적으로 유복한 집안의 우수한 소년들을 모아
놓은 학교이다) 그러한 재질을 드러내면서 다른 사람들의 눈을 전혀 신
경 쓰지 않는다는 것이다. 진과 브링커는 성적이나 영리함에서 피니어
스보다 뛰어날지 모르지만 일거수일투족 그러한 자신의 '스펙'을 의식
하며 남들에게 어떻게 보일지 신경 쓰고, 바로 그 때문에 피니어스만
큼 강렬한 존재는 될 수 없다.

    "네가 공부할 필요가 있다는 걸 몰랐어." 그는 이렇게만 말했다. "네가
    공부를 해야 한다는 걸 지금까지 생각 못 했어. 넌 그냥 잘할 수 있는 건
    줄 알았어."

어쩌면 그는 내 성적과 자신의 운동 실력 사이에 일종의 평행선을 긋고 있었는지도 모른다. 어쩌면 그는 누구나 자기처럼 딱히 노력 없이도 무언가에 탁월할 수 있다고 생각했는지도 모른다. 그는 자신이 특별하다는 걸 모르고 있었다. (이 책 64쪽)

아무런 증거를 남길 수 없는 상황에서 교내 신기록을 세우고도 '그냥 내가 해낼 수 있을지 알고 싶었을 뿐'이라며 비밀로 하라는 피니어스. 그는 고대 그리스의 벌거벗은 운동선수들처럼 '본래 그러한', 그 자체로 완벽한 자연과 같다. 그러나 그러기에 진 같은, 그리고 우리 같은 평범하고 나약한 이들에게는 질시를 받을 운명이기도 하다. 아마도 우리 모두 살아가면서 (정도의 차이는 있겠지만) 이러한 느낌을 주는 사람을 한 번쯤 만나보지 않았을까.

어찌 보면 완벽한 존재에 대한 평범한 자의 애증이라는 단순한 이야기일 수 있지만, 피니어스가 나무에서 추락하여 불구가 된 후 (그리고 진이 그 책임이 자신에게 있다는 것을 간접적으로 고백한 후) 둘 사이에 일어나는 복합적인 감정 묘사가 이 작품을 한결 풍부하게 만든다.

나는 그가 아는 사람들 중 가장 믿을 수 없는 사람일 터였다. 나는 그 사실을 알았고 그 역시 알았을 터이다. 알고 있어야 했다. 나는 그에게 진실을 말하기까지 했다. 내가 직접 그에게 말했다. 그럼에도 (⋯) 그는 내가 곁에 있기를 바랐다. 그 순간 전쟁은 내 머릿속에서 사라져버렸다. 입대와 탈출과 새 출발에 대한 꿈도, 내게는 모든 의미를 잃어버렸다. (이 책 124쪽)

서로의 관계를 회복한(어쩌면 더 돈독해진) 두 사람이 갑작스레 브링커의 '재판정' 앞에 서게 되고 피니어스가 두 번째 추락 사고를 당하면서 이야기는 더욱 깊고 복잡한 방향으로 흘러간다. 둘 사이에서 암묵적으로 덮여 있던, 가해자와 피해자 모두 묻어두길 원했던 진의 어두운 비밀이 들춰진다. 진은 피니를 가장 친한 친구로 여기면서도 한편 미워했고, 그런 감정을 순간적으로 이기지 못하고 그에게 치명적 부상을 입히게 된다. 자신이 저지른 일을 있는 그대로 인정하고 사과하면서 진은 비로소 자신이 피니어스를 진정 얼마나 사랑하는지 깨닫는다.

"그때 네가 나무에서 느꼈던 것은 그저 맹목적인 충동이었지. 너 자신도 무슨 짓을 하고 있는지 몰랐던 거야, 내 말이 맞지?"

"그래, 맞아, 그랬어. 그런 거였어. 하지만 넌 정말로 그렇게 믿을 수 있어? 그렇게 믿을 수 있겠어? 나 자신조차도 네가 그걸 믿을 수 있을 거라 생각할 수 없는데."

"난 믿어, 믿을 수 있다고 생각해. 나도 가끔은 완전히 확 돌아서 내가 뭘 하고 있는지 잊어버릴 뻔하니까. 난 널 믿을 수 있어, 네 말을 믿을 수 있을 것 같아. 그러면 그게 맞는 거야. 그냥 넌 무엇에 홀린 거야. 정말로 내게 나쁜 감정이 있었던 게 아냐. 네가 항상 날 미워하고 있었던 게 아니라고. 그건 전혀 개인적인 일이 아니었어."

"그래, 하지만 네게 어떻게 증명해야 할지 모르겠어. 어떻게 하면 증명할 수 있을까, 피니? 어떻게 하면 될지 말해줘. 그건 다만 내 안의 어떤 어리석음이었어. 내 안에 있던 광기, 맹목적인 무엇이었어. 그게 다야."

그는 고개를 끄덕였다. 턱을 꽉 악물고 흘러내리는 눈물을 막으려는 듯 눈을 꼭 감은 채. "난 널 믿어. 이제 괜찮아. 난 널 이해하고 널 믿어. 넌 이미 내게 증명해 보였고, 난 널 믿어." (이 책 223쪽)

　　두 사람 주변의 인물들은 긍정적/부정적으로 단정하기 어려운 현실적인 모습을 보여준다. 소위 '타의 모범이 되는' 학생으로 살아온 사람이라면 일말의 동족 혐오를 느낄 법한 영악한 처세꾼 브링커, '4차원'이지만 평온한 시대였다면 자신만의 세계에서 행복하게 살았을 연약한 영혼의 소유자 레퍼 같은 주요 인물들은 물론, 하버드에서 제적당한 후 평생 '우리 학교'에 대한 상실감 혹은 콤플렉스를 품고 살아가는 레슬링 코치나 1차 대전에서 '세울 뻔'한 공적을 평생 동안 얘기하며 영웅주의의 허상에서 벗어나지 못하는 브링커의 아버지 등 짧게 묘사되는 인물들 또한 시공간을 뛰어넘어 친숙하게 다가오고, 작가의 통찰력을 실감하게 한다.

　　이 작품에서 또 한 가지 눈여겨봐야 할 것은 전쟁에 대한 작가의 명백히 부정적인 시각이다. 그것은 전쟁의 참상을 고발하는 것이 아니라 좀 더 추상적인 관점에서다. 그도 그럴 법한 것이 양차 대전 당시(그리고 이후의 베트남 전쟁에서도) 미국에는 전장이 없었기 때문이다. 선전영화에 홀려 입대한 레퍼가 정신적 붕괴에 이른 것도 전방의 참혹함을 접했기 때문이 아니라, 전쟁에 앞선 훈련 과정에서부터 수반되는 비인간적 획일성에 맞닥뜨리면서였다. 참혹하든 그렇지 않든, 사람을 얼마나 많이 죽이든 전쟁 자체가 비인간적인 것이다. 전쟁이란 뚱보 노인네들이 짜고 치는 고스톱이라는 피니의 주장도, 물론 우스갯소리 섞인

궤변이긴 하지만, '전쟁은 사람들을 죽이니까 나쁘다'식의 단순한 논리를 벗어나는 사회적 맥락을 환기해주는 바가 있다.

유예적 환경과 진의 사춘기적 냉소, 피니어스의 즉흥적 객기로 결성된 '여름 학기를 위한 특별 자살 클럽'은 역설적으로 두 사람 모두에게 죽음의 계기가 된다. 피니어스가 겪는 두 번의 물리적 추락, 그리고 죽음에 이르는 기나긴 과정. 그 끝에서 진은 자아의 일부, 자기 안의 적을 죽인다.

나는 아무도 죽이지 않았다. 적에 대해 진지하게 증오를 느낄 기회도 없었다. 내가 군복을 입기도 전에 전쟁이 끝나버렸기 때문이다. 내가 진정으로 복무한 것은 학교에서였다. 그곳에서 나는 나의 적을 죽였다. (이 책 238쪽)

작가는 인간 내면의 악, 누구나 마음속에 품고 있는 어둠을 탐구하고 그것을 전쟁의 비인간성과 나란히 풀어낸다. 그럼에도 이야기의 끝에는 희망이 제시된다. 악이 인간을 완전히 지배할 수는 없다. 이 소설은 결국 진실을 받아들이기 위한 진의 싸움이며, 그것은 피니어스의 용서로 끝난다. 어둠이 빛을 만나 그 속에 스러지듯이.

이 작품의 제목을 우리말로 옮기는 데 옮긴이와 편집부의 고민이 있었다. 원제인 Separate Peace는 일반적으로 군사 용어인 '단독강화'를 뜻하지만, 그것으로는 작품 전체의 내용과 느낌을 담아내지 못한다는 생각이 들었다. 중요한 대목 중 하나인 겨울 축제 장면에서 이 구절이 그대로 등장하는데, 그 부분의 맥락을 봐도 그렇게 느껴진다. 그래서 '문학적 허용'이랄까, 원제를 곧이곧대로 우리말로 옮기는 방향을 택했다. 옮긴이로서는 최선의 선택이라고 생각하지만, 다르게 생각하는 독자도 있을 것이다. 독자 여러분의 양해를 구한다.

옮긴이 **신소희**
서울대학교 국어국문과를 졸업하고 출판 편집자 및 번역가로 일해왔다.
옮긴 책으로 《피너츠 완전판》,《아웃사이더》,《그린 맨션》,
《그때는 그때고 지금은 지금이야》,《소로와 함께 강을 따라서》,
《사형판결》등이 있다.

분리된 평화

1판 1쇄 발행 2014년 11월 10일
1판 5쇄 발행 2024년 8월 30일

지은이 존 놀스 | **옮긴이** 신소희
펴낸곳 (주)문예출판사 | **펴낸이** 전준배
출판등록 2004. 02. 11. 제 2013-000357호 (1966. 12. 2. 제 1-134호)
주소 04001 서울시 마포구 월드컵북로 21
전화 393-5681 | **팩스** 393-5685
홈페이지 www.moonye.com | **블로그** blog.naver.com/imoonye
페이스북 www.facebook.com/moonyepublishing | **이메일** info@moonye.com

ISBN 978-89-310-0783-1 03840

◦ 잘못 만든 책은 구입하신 서점에서 바꿔드립니다.

∙문예출판사® 상표등록 제 40-0833187호, 제 41-0200044호